버드 스트라이크

열사의 대지라도 한밤중에는 기온이 5도까지 떨어진다. 남자는 낙하산 천에 파묻힌 채 간신히 고개를 내밀곤 멀리서 피어오르는 검은 연기를 속수무책으로 바라본다. 방향은 짐작되나 기체의 끄트머리도 보이지 않고, 여간해서는 걸어서 닿기 힘든 지점에 추락했음이 분명하다. 찾아내더라도 그걸 혼자 힘으로 수습하기 어려울 테고, 기적적으로 복구 및 수리 가능한 수준의 손상으로 확인된다 해도 이 몸으로는 고칠 수 없을 것이다. 기체에서 뛰어내릴 때 어디 부딪혔는지 한쪽 다리에 감각이 없다. 낙하산을 이불 삼아 그럭저럭 밤은 나겠지만, 아침이 되면 뜨거운 햇볕 아래 그대로 머물 수 없어 다리를 절며 걷다 어느 순간 한 장의 나뭇잎처럼 말라비틀어질 도리밖에.

어느 쪽으로 나아가야 도시로 돌아가는 방향인지도 감이 잡히지 않는다. 이정표 없는 사막 한가운데다. 이 상태론 도시보다 신기루를 먼저 보고 그 자리에 엎어져 모래 더미의 일부가 될 확률이 더 높다.

그는 조종간을 놓고 유영기(遊泳機)를 버리기 직전의 상황을 머릿속으로 재구성해 본다. 압력값이 안 맞았거나 무게중심에 미세한 오차가 있고 회전축과 연산장치 일부에서도 오류가 발생했으리라는 생각을 하면서 낙하산 천에 덮인 몸을 옹송그린다. 자신이 개발에 직접 참여했다면 이런 식으로 만들지는 않았을 것이다. 어쩌면 중간 관리자가 자금을 해 먹었을지도 모른다. 그러나 이런 위기에서 벗어나기만 하면 관련 부서 책임자들에 대한 문책이 필수라는 생각보다도, 겉으론 눈에 안 띄지만 치명적인 전산 오류 및 중요한 기체 결함을 발견했다는 성취감이 앞선다.

연구를 접고 경영을 선택한 것은 스스로 내린 결정이다. 조부를 비롯한 일가친척 그 누가 옆에서 뭐라고 압박을 주었든 간에 최고 경영자 자리를 물리지 못하고 받아들인 건 자신이다. 이왕 놓기로 작정한 손이라면 깔끔하게 힘을 뺏어야 하는데 어중간한 악력으로 어설프게 쥐고 있었다. 예정대로라면 내일 공군이 시운행하기로 되어 있던 유영기를, 선대에게서 경영 관리를 인수한 직후에 불과한 햇병아리 회장이 아무 신고도 허가도 없이 충동적으로 몰고 나왔다. 이번이 인생 처음이자 마지막 충동이라 여기고 자신에게 너그럽게 굴었으며 그것이 지금과 같은 결과를 빚었다. 지금은 자신의 발견을 연구에 적용하여 기체 결함을 수정하기는커녕 무사히 돌아갈지부터가 의문이다.

돌아간다.

입술을 움직여 그렇게 발음하는 그의 머릿속에 열 살 아이의 얼굴이 떠오른다. 그리고 아내. 충만한 사랑으로써가 아닌 필요와 전략에 따라 맺어진 인연이긴 하나 그 결과물인 아이를 떠올릴 때만큼은 일종의 경이와 감격에 사로잡히며, 그는 이 순간 두 사람이 보고 싶다.

야간 당직자들은 유영기가 요란한 소리와 함께 지평선을 넘어가는 모습을 보았다. 아무도 따라오지 말라는 엄포에 발을 동동 구르며 유선형의 꼬리날개만 바라보았을 것이다. 아침이 되기까지 최고 경영인이 돌아오지 않으면 회사가 발칵 뒤집히겠지. 그때까지 저 검은 연기가 그치지 않고 하늘로 올라간다면 도시에서 그 모습을 포착할 수 있을지도. 그러면 수색대가 파견될 테고 문제 해결. 책임자로서 회사에 입힌 막대한 손해를 배상해야 한다는 사실만 제외하면. 그런데 얼마만큼 날아온 걸까, 여기는 도시에 더 가까운가, 아니면……

그는 확신을 갖고 특정할 수 없는 어딘가를 향해 고개를 돌린다.

저 고원 지대와 더 가깝다면.

그렇다면 도시에서는 자신을 발견하기 힘들 것이다.

어쨌거나 태양광과 풍력을 동력 자원으로 바꾸어 운항하는 유영기는 지금 기술로는 시기상조겠다. 한밤중이어서 낮 동안 비축해 둔 태양력 일부에 풍력 변환 에너지만 가동했다는 걸 감안하고서라도 실패다. 태양력 저장 장치가 시의적절히 작동하지 않은 것이다. 내일 운항했더라도 결과는 크게 다르지 않았을 것이다. 공군 가운데 누군가가 무의미하게 희생당하지 않고, 지금 유영기를 몰고 나온 것이 바로 자신임을 차라리 다행으로 여기며 그는 눈을 감는다.

그때 머리끝까지 덮은 낙하산 위로 환청처럼 새의 날갯

짓 소리가 다가오고, 그는 사막의 모래가 바람 따라 몸을 일으키며 춤추는 소리가 꿈결에 스미면서 일으키는 환청이라 믿는다. 그러나 날갯짓 소리는 점점 가까워지는데 그 무겁고 울림이 큰 소리에 거대한 육식조가 아닌가 짐작되어서 그는 비로소 눈을 뜨고 품 안에 상비한 호신용 칼을 집는다. 부디 지나가라. 사람 냄새를 맡고 공격해 오기라도 한다면 싸우지 않을 수 없을 텐데 이런 다리론 맞설 자신이 없다. 이 짧은 칼은 애당초 밧줄이나 이런저런 잡다한 것들을 끊어 낼 용도밖에 안 되는 것이다. 조종간 오른쪽 보관함에 넣어 둔 산소권총을 급한 마음에 그대로 두고 탈출한 것이 후회된다.

  망설임인지 포획 직전의 탐색인지 한참 주위를 감돌던 날갯짓 소리가 바로 옆에 내려앉는다. 그는 호흡을 억누르며 다음 반응을 기다린다. 놈이 발톱으로 할퀴거나 부리로 먼저 쪼아 대기 시작하면 그 압력으로 갈비뼈 한 대는 족히 나가겠지만 특수 소재로 내구력을 강화한 낙하산 천이 그리 쉽게 뚫리지는 않을 것이다. 선제공격을 할 필요는 없으나 저쪽에서 치고 들어오는 순간 바로 찔러야 한다. 낙하산 천을 뒤집어쓴 채로 소리에만 의존해서 처음부터 급소를 찌르기는 불가능하다. 이쪽에서 크게 움직이면 새는 반사적으로 날개를 푸드덕거리며 튀어 오를 테고, 그만큼 벌어진 간격을 틈타 다친 다리를 끌고 일어나서 다음번 공격에 대비해야 한다.

그런데 다가오는 것은 부리가 아니다. 누군가가 조심스러운 동작으로 낙하산을 걷어 내는 듯한 손길이 느껴지고, 뜻밖의 느린 움직임 덕으로 남자는 상반신을 일으켜 칼을 휘두를 시간을 번다.

그러나 상대방이 그의 움직임을 알아차리고 몸을 뒤로 젖혀 날린 까닭에 칼날은 상대방의 목 아닌 뺨만 살짝 긋고 지나갔을 뿐이다. 그는 눈앞에서 튕겨 나간 적을 바라본다. 몸이 작은 대신 그 몸의 곱절에 이르는 날개를 펼친 사람이 달빛 아래 서 있다.

익인(翼人)이다.

익인이 이런 새벽에 자신들의 구역을 벗어나 한가로이 산책 중이었을 리는 없고, 사막 한가운데서 솟아오르는 연기를 보고선 호기심과 두려움을 느끼고 살피러 나온 듯하다. 이유가 무엇이든 뺨에 배어난 피를 훔치며 이쪽을 바라보는 익인의 빛나는 눈에는 적의가 담겨 있지 않다. 그 사실을 확인하자, 엄습하는 위험과 죽음의 가능성에 저항하기 위해 여태 버티고 섰던 한쪽 다리에 힘이 빠져나가고, 그의 얼굴은 사막의 차가운 모래에 파묻힌다.

버드 스트라이크

구병모 장편소설

창비

차
례

인질

　―뭘 보면서 그러니?

　비오의 머리 위로 부드러운 윤곽의 그림자가 드리워졌
다. 직전까지 주저앉아 들먹이던 어깨를 추스르고 비오는
손바닥만 한 자신의 날개와는 비할 바 없이 크고 넉넉한 아
버지의 날개 그림자 안으로 숨어들듯 웅크렸다.

　―이 아이를 위해 내가 해 줄 수 있는 일이 아무것도 없
어서 고민 중이었어요.

　그렇게 말하며 비오가 피 묻은 두 손으로 들어 올려 보인
작은 다람쥐는 어느 나무에서 떨어져 날카로운 울타리에
걸리기라도 했는지 곳곳에 깊은 자상과 열상이 나 있었으

며, 그 와중에도 두 앞발로는 자그마한 도톨밤을 꼭 쥔 모습이었다. 벗어나기 위해 몸부림치다 상처가 벌어진 듯 붉은 내장이 비어져 나왔다.

—이 아이는 이렇게나 작은데, 내 날개는 그보다 더 작아서, 감싸 줄 수도 낫게 해 줄 수도 없어요.

다친 동물을 감싸기 위해서는 양어깨의 날개를 앞으로 모두 모아야 한다. 따라서 날개가 큰 자일수록 더 큰 동물을 보살필 수 있다. 태어나면서부터 새의 보호를 받고 누구에게나 공평하게 새의 영혼이 깃들어 있는 그들은 때가 되거나 필요한 순간이 오면 모두 일정 크기 이상의 날개를 펼칠 수 있다. 그러나 아무리 펼쳐 보아도 비오의 날개는 그 자신의 등을 덮기에도 모자랄 만큼 짧고 작았다.

—그래서 지금 막 동생들한테 데리고 가 보려던 참이었어요. 그 애들의 날개는 내 어깨를 덮을 만큼 크니까. 그런데 마침 아빠가 오셔서 다행이에요.

비오는 대수롭지 않은 일상의 일부라는 듯 웃어 보였지만, 이어진 아버지의 대답에는 비오를 향한 측은한 마음이 애정과 불분명하게 섞인 채 고여 있었다.

—그래서 내가 이 아이를 대신 살려 주면 네 마음은 그걸로 편해지겠니?

16

비오가 원한다면 아버지는 반드시 그렇게 해 줄 테지만, 어딘지 모르게 몰아붙이는 말이어서 비오도 본심을 드러내고 말았다.

─그러면 어쩌란 말이에요. 내 날개로는 턱도 없는데. 나라고 좋아서 이러는 줄 알아요.

아버지는 비오를 나무라는 대신 머리를 쓸어내렸다. 그 손짓은 조금 당혹스럽다고까지 할 만큼 어색했으나 위로라는 이름 말고는 달리 부를 방법이 없는, 약간의 의무감이 담긴 진심의 행위였다.

─네가 뭘 모르는구나. 이럴 때 우리가 쓸 수 있는 건 날개만이 아닌데.

─무슨 말씀이세요? 우리의 초원조(初原鳥)는 이 숲을 다 합친 것보다도 커다란 날개로 다친 사람을 덮어 낫게 했다면서요.

─그건 오래전의 이야기고 우리는 우리지. 신화는 우리를 있게 했지만 우리가 신화를 따라갈 수는 없어. 그로부터 몇천 년이나 세월이 흘렀는지 모르는데, 우리와는 모습도 능력도 달랐을 초원조의 행적을 그대로 답습할 필요도 없고. 지금부터라도 잘 기억해 둬라. 날개가 작아서 덮을 수 없다면……

······그냥 그대로 꼭 안아 주면 돼, 너의 두 팔로, 너의 가
슴에.

아버지의 목소리가 허공에 날리는 깃털처럼 몸속을 부유
하다 거품이 꺼지듯 사라지고, 눈을 뜬 비오 앞으로 현재의
장면이 밀려 들어왔다. 아버지의 다정한 격려와 포옹 대신
이쪽이 현실이었다.

잠에서 깨어난 것은 경비병 가운데 하나가 턱을 쥐고 흔
들어서였다. 눈꺼풀마다 매달린 땀방울 때문에 경비병들의
악의 가득한 조소가 기괴하게 이지러져 보였다. 비로소 비
오는 자신이 처한 상황을 인식했다. 날개는 진작 들어갔고,
몸은 앉은 자세로 두 팔이 의자 등받이 뒤에 결박되었다. 노
끈이라면 쉽게 끊을 수 있지만 손발을 묶은 건 쇠사슬. 옆구
리와 다리에 산소탄을 맞은 자리는 낫는 중이겠으나 묶인
몸에 피가 잘 통하지 않아 회복 및 재생 속도가 느린 모양이
었고 뼈와 근육 사이로 무언가가 우글거리는 듯한 감각이
들끓었다. 이런 상태로 태평스레 어린 시절의 꿈을 꾸었다.
그때 결국 다람쥐를 살려 낸 것은 언제라도 두 손 내밀 준비
가 되어 있는 다정한 지요였던가, 매사 귀찮아하며 툴툴거

리던 가하였나. 어쩌면 바로 눈앞에 있던 아버지였을지도. 어느 쪽이든 그 응원과 가르침이 무색하게, 결국 비오 자신만은 아니었을 것이다.

"깨웠습니다. 물어보십시오."

그렇게 말하는 경비병의 어깨 너머로 또 다른 얼굴이 드러났다. 경비병들의 경직되고 단호한 자세와 예절로 보아 그가 여기서 제일 높은 사람임을 알 수 있는데, 얼굴에 드러나는 나이로 값을 매기는 일은 무용하지만 지나치게 젊어서 책임자의 부하의 부하 정도로 보였다. 혹 진짜 절대권자라면 바로 엊그제에야 그 권리를 세습받아 뭐부터 집행해야 할지 모르는 듯한 표정이라고나 할지. 최대한 무엇에든 공정하게 또는 성실히 임하려 애쓰나 과단성이나 실속은 없어 보이는. 비오가 사는 고원 지대의 옛 지장(智長)은 여든 살부터 나이를 세는 걸 그만두었다고 하며, 그의 눈과 귀가 어두워지고 날개마저 나오지 않게 된 다음에 뽑힌 지금의 지장도 오십 줄에 드는 것을 생각하면 놀라운 일이었다.

"잡아 났다는 게, 이 아이입니까?"

높은 사람이 정중하게 묻는 말 속에 책망의 가시가 담겨 있음을 알아차리고 경비병이 긴장했다.

"어쩔 수 없었습니다. 다른 것들은 다 도망치고 이것 하나 남았습니다."

높은 사람은 한숨을 쉬며 고개를 저었다.

"이건 좀, 너무 애가 아닙니까. 아이한테서 뭘 들을 수 있겠습니까."

다른 경비병이 서둘러 부연했다.

"그것들이 얼마나 날쌘 놈들인지는 시행(市行)께서도 익히 아실 겁니다. 개중 제일 굼뜬 놈이 맞아서……. 저희도 이런 걸 생포하게 될 줄은 몰랐습니다. 지금은 감추었지만 날개 크기가 다른 놈들의 절반 못 미치게 작고, 반대로 체구는 다른 놈들보다 머리 하나는 큰 편입니다. 말하자면 돌연변이지요. 돌연변이가 아니었다면 이나마도 잡을 수 없었을 겁니다."

"그런 얘기를 듣고 싶은 게 아닙니다."

시행이라고 불린 남자는 허리를 숙이고 약간의 망설임이 고인 표정으로 비오를 들여다보았다.

"우리가 하는 말…… 대강 알아듣지? 너희는 어릴 때부터 우리 말과 벽안인(碧眼人)들의 말까지 모두 배운다고 들었는데."

비오는 고개를 끄덕였다. 알다마다. 비오의 엄마의 엄마가 태어나기 전부터 도시 사람들에게 유구한 세월 들볶이

고 형태가 있는 거라면 뭐든 빼앗기는 과정을 거치며 이제
는 고원 지대의 고유어를 제대로 기억하고 쓸 줄 아는 사람
이 지장을 비롯해서 열 손가락 안에나 들까, 마을 행사 때
단체로 부르는 노랫말 정도를 제외하곤 자신들의 말을 쓸
일이 없었다. 고원 지대에 남은 거라곤 이제 한 뼘의 땅과
흐드러진 꽃과 바람 같은 것들뿐. 애당초 그런 것들조차 소
유하려 들지 않고 고원의 품에 되돌려주면서 살아가고 싶
었던 사람들은, 도시인의 약탈로 인해 그런 꿈을 꿀 수 없게
된 지 오래였다.

"그러면 50명도 넘는 익인이 한밤중에 우리 시 청사를 떼
지어 들이받은 이유도 말해 보실까."

시행은 정말로 몰라서 물어보는 모양이었다. 비오는 그
순진함을 용납할 수 없기도 했고 어안이 벙벙하기도 하여
즉답을 하지 못했는데, 시행은 그 반응을 고의적인 침묵으
로 받아들였는지 눈살을 찡그렸다.

"멋모르고 어른들을 쫓아왔다고 둘러대고 싶으면 그렇게
해도 좋지만, 자네 표정을 보면 그게 아니라는 것쯤은 알겠
어. 자네 이름은?"

"······비오."

"몇 살 먹었지?"

"열일곱."

"그래. 내 누이동생보다 어리네."

시행은 전략을 바꾼 듯 접의자를 하나 끌어다 비오 앞에 마주 앉았다.

"내가 이곳 총책임자이긴 하지만 그런 건 관두기로 하고, 이제부터 그냥 형에게 털어놓는다 생각하고 말해 봐. 익인들이 무얼 노리고 이런 짓을 꾸몄는지."

"너 같은 형은 둔 적 없고, 형편 모르는 놈한테 말할 의무도 없어."

시행은 경비병이 막 뻗어 오는 주먹을 한 팔로 막은 채 이어 물었다.

"그러면 우리가 까닭 없이 입은 손해는 어떻게 책임지겠나? 경비병 18명 중상, 지원 나온 군인들 가운데 25명 경상. 그뿐인가, 기둥과 벽과 천장까지, 청사 곳곳에 엄청나게 금이 갔어. 빨라도 5년 뒤에나 하려던 전면 보수 공사를 앞당겨야 하게 생겼지, 바로 자네들의 난동 덕분에. 고원 지대에 사는 자네들은 모르겠지만 한 도시의 살림을 꾸리는 데 있어서 예상외 비용이란 언제나 치명적인 법이야. 그건 이를테면 고원 지대에서 나는 한 해의 산물을 모두 갖다 바쳐도 변상이 될까 말까 하지."

정확한 수지 타산과 무관하게 대강 던져 본 말이라 해도 도시 사람들이 그와 같은 착취를 일상으로 삼고 있다는 걸 아는 비오는 세상에서 제일 웃기지 않은 농담이라도 들은 것처럼 실소했다.

"우리야말로 잃어버린 것을 찾으러 왔을 뿐이야. 자기 도시에서 무슨 일이 벌어지는지조차 모르는 무능한 인간과 더 말할 필요가 있을까."

그때 비오는 시행의 표정이 얼어붙은 것을 알았다. 그는 분명 비오의 말 속 어딘가에 생리적인 반응을 보였다. '잃어버린 것'? 아니다. '무능한'이다. 두 명의 경비병이 하얗게 질린 얼굴로 시행의 눈치를 살피고 있었다. 아무렴, 이제 신뢰와 예의의 가면을 벗어던지고 다른 자들과 마찬가지로 주먹질이나 하겠지.

그러나 시행은 호흡을 고른 뒤 시계를 한 번 보곤 돌아섰다.

"서로 맑은 정신으로 얘기할 만한 시간은 아니지. 눈 좀 붙였다가 아침 8시에 계속하겠습니다. 그때까지 잘 부탁드립니다."

두 경비병이 허리를 숙였다. 방문 손잡이를 돌려 나서던 시행이 문득 생각났다는 듯이 보탰다.

"필요한 만큼 잠도 재우시고, 고문은 안 됩니다."

"명심하겠습니다."

"그렇긴 합니다만."

다시 한번 비오를 돌아보는 시행의 얼굴에는 분노에 뿌리내렸던 표정이 이미 거두어지고 없었다.

"제가 다시 올 때까지 저 버르장머리만은 어떻게 좀 했으면 좋겠는데요. 가능한 한 얌전하게 만들어 주시면 고맙겠습니다."

낮의 소란이 거짓말인 것처럼 전면 유리창 밖의 정원에서는 새소리와 풀벌레 소리가 기이하도록 평화롭고도 초월적인 화음을 연주하고 있었다. 3배 강화 유리는 익인들의 공격에도 형태가 무사했으나 흙먼지가 두껍게 앉았고, 푸르게 우거져 청사 정원 구석구석에 광맥처럼 뻗어 있던 나무들도 저마다 부러진 채 엉켜서는 원래의 조화를 잃었다.

당장 아침부터 미화와 조경 관리 담당자들이 고생이 많겠지만 지금은 그런 게 눈에 들어오지 않았다. 어느새 새벽 1시, 수석비서 아마라와 만나 대책 회의 내용을 전달받기로 했는데 이런저런 일들로 분주하여 약속에 한 시간 가까이 늦었다. 그녀는 아직 기다리고 있을까. 혹시 잠들었다면 이 시간에 깨워도 될까. 정원에서 눈길을 거두고 청사 별관으로 통하는 복도를 따라 걷던 휴고는, 문득 멀찍이서 마주 다가오던 작은 그림자가 기둥 뒤로 재빨리 숨는 모습을 포착했다.

"나와서 똑바로 서라. 태도가 그게 뭐냐."

쭈뼛거리며 기둥 앞으로 모습을 드러낸 루는, 휴고와 눈이 마주치지 않기 위해서인지 허리를 어정쩡하게 숙이고 있었다. 휴고는 잠옷에 가까운 얇고 후줄근한 면바지에 7부 소매의 셔츠만 걸친 열다섯 살의 어린아이를 마치 어떤 불길한 신호나 불온의 결정체라도 되는 듯 내려다보았다.

"인사하는 법부터 네 어머니한테 다시 배워야겠구나."

어머니 얘기가 나오자 어깨를 움찔하면서도 루는 여전히 고개를 들지 않는데, 시행과 얼굴을 마주해 보았자 경멸의 빛 외에 다른 걸 읽어 냈던 적이 없어서였다. 그 대신 루는 못마땅하다는 티를 숨기지 않으며 중얼거렸다.

"주의하겠습니다."

휴고는 루의 숙인 머리를 내려다보았다. 숱이 많고 긴 밤색 반곱슬머리가 하나로 묶여 등 뒤로 넘어가 있는데 머리채는 이미 풀어지고 흐트러져 느슨해진 머리끈이 흘러내릴 듯했다. 머리끈은 아마도 이 아이의 생일 때 탄이 사 준 것으로, 고원 지대에서만 생산되는 특별한 보석이 장식으로 달린 고가의 장신구였다.

루는 시행 수석비서인 아마라의 아이로, 휴고와 그의 누이동생 탄의 절반짜리 동생이라는 명분하에 3년 전부터 청사 별관에서 지내 오고 있었다. 그 전까지는 어머니와 떨어져 고향의 과수원에서 외조부와 함께 지냈으나, 외조부가 세상을 떠난 뒤 아이를 고용인에게 맡겨 둔 채 사실상 홀로 그곳에 내버려 두는 게 위험하다는 아마라의 간청으로 이곳에 오게 됐다. 시행이 교체된 뒤로도 아마라가 현직에 남아 휴고의 일을 돕기 때문에 루 또한 함께 머무는 것이지만 어쨌든 신분이 낮은 무자격자였다. 휴고는 나이를 더 먹고 수석비서의 도움이 더 이상 필요 없으며 자신의 위치가 흔들림 없다는 확신이 생길 때 언제든 그들을 고향으로든 다른 도시로든 쫓아 보낼 예정이었다.

시행의 교체……. 교체된 게 맞는지 휴고는 확신이 없었다. 정식 취임식이 있었던 것도 아니고, 그는 자신이 3년째 의식이 없는 아버지의 대행에 불과하다는 자괴감에서 아직 벗어나지 못하고 있었다. 10년 전 아버지와 이혼한 그의 생모조차 아들의 기량이 부족한 편이라며 아쉬워한 적이 있었을 정도고, 생모의 친인척들은 언제든 시행의 자리를 노리고 있었으며 그 때문에 루와 아마라를 더욱 눈엣가시로 여겼다. 탄은 정해진 약혼자가 있어서 몇 년 안으로 청사를 떠날 예정이니, 미혼으로 자식이 없는 휴고에게 무슨 일이라도 생긴다면 아마라가 루를 앞세워 그 자리를 꿰차지 않겠느냐는 짐작들이었다. 휴고는 아버지가 독에 쓰러진 것도 친인척들 중 하나의 소행이라고 추측했으나 심증만 갖고서는 그들을 한꺼번에 내치지 못해 최소한의 관계만 유지해 왔는데, 은밀히 물밑 조사를 진행할 뿐 대상을 좁히거나 특정할 수 없어 섣불리 보복하지 못하는 휴고를 두고서도 능력 운운하며 사방에서 수군거리는 자들투성이였다. 심지어는 새어머니 격인 수석비서의 치마폭에 싸인 애송이라거나 실은 그녀와 용서받을 수 없는 관계라도 되는지 누가 알겠느냐는 말들도 나와서 그런 망상을 입 밖으로 낸 직원들은 품위 손상 등의 사유로 즉시 해고되었는데, 근원을 거슬러 올라가면 그런 더러운 생각들을 퍼뜨리고 다닌 인간들은 따로 있을 터였다.

그러니 휴고는 눈앞의 루에 대해 더욱 복잡한 감정의 주름이 잡힐 수밖에 없었다. 루의 나이를 보자면 부친이 이혼훨씬 전부터 아마라와 그런 관계였을 건 분명한데, 이를 변명하거나 친척들 교통정리라도 해 줄 아버지는 침대 신세라니. 휴고 자신은 애당초 학문의 길로 계속 가려던 차에 날 벼락을 맞아 아버지의 대리 역할에 이제 겨우 익숙해졌을 뿐이다. 그것도 아마라의 도움으로.

"이 시간에 안 자고 돌아다니나. 이런 볼품없는 차림으로."

"별일 아닙니다. 그저 잠이 안 와서요. 낮에 그런 큰일이 있었으니까요."

루의 성의 없는 목소리는 그가 볼일이나 보러 빨리 사라져 주기를 바라는 마음으로 가득 차 있었다.

"내가 평소 너 하고 다니는 짓이나 생각을 모르지 않는다. 보나 마나 어디서 얘기를 주워듣기라도 하고, 생포한 익인의 실물이 궁금해 나와 봤겠지. 본관에 빈방만 300개가 넘는데 어딘 줄 알아서, 온 청사를 다 뒤지고 다닐 셈이었나."

"그러려던 거 아닌데요."

루의 목소리가 점점 기어 들어가는 것으로 미루어 꼭 그러려던 참임을 휴고는 알았다.

"포로라고는 해도 우리 안 동물을 건너다보듯이 익인을 들여다보는 건 허락하지 않는다. 네 방으로 돌아가라."

"네네네."

"대답 한 번만."

"네."

고개를 돌리고 루는 내빼듯 걸음을 빨리했다.

"거기 서라."

휴고는 몇 걸음 천천히 다가가더니 바닥에 소리 없이 떨어져 내린 머리끈을 주웠다. 루의 길고 치렁치렁한 반곱슬 머리가 이리저리 흐트러져 있었다. 휴고는 머뭇거리다 루 앞으로 끈을 내밀었다.

"이런 거 흘리고 다니지 마라."

못 본 척 걸어차거나 밟아서 깨 버리는 게 아니라 손수 주워 주기까지 하다니, 보기 드문 친절에 루는 움츠러들며 잡아채듯이 끈을 받아 갔다.

"늦은 시간에 돌아다니지 말고, 실내라 해도 어딜 가든 갖춰 입고 다녀라. 그리고 누구한테든 인사는 바른 자세로 해라."

그럼 그렇지. 곧바로 잔소리다. 루는 금세 지루해져 뒤로 슬금슬금 물러났다. 시 청사에서 청소나 각종 수리 또는 식사를 담당하는 직원들 모두에게 루는 인사성 밝고 친절하기로 알려져 있지만, 주로 높은 지위의 사람들을 팽팽한 긴장 상태로 상대하며 낮은 자리를 돌아볼 여유가 없는 휴고가 거기까지 알 리 없었다.

"네 어머니의 평판이 절반은 너한테 달려 있다는 걸 잊지
마라. 그 머리도…… 몇 번 말했지만 단정하게 하고 다니지
않으면 나중에 청사 밖으로 나가서도 우리 얼굴에 먹칠만
할 뿐이다."

돌림노래의 후렴구처럼 수시로 어머니를 걸고넘어지는
것도 못마땅한데 '우리'라고. 언제 그 빌어먹을 '우리' 가운
데 하나로 여긴 적도 없으면서. 루는 이를 악물고 허리를 굽
혀 보인 다음, 휴고가 옆을 스쳐 지나 별관으로 모습을 완전
히 감출 때까지 숙인 머리를 들지 않았다.

그저 대하기 어려운 정도가 아니라 기본적으로 루는 자
신이 태어났다는 이유만으로 휴고를 비롯한 일가로부터 눈
밖에 나 있다는 사실을 잘 알았다. 유일하게 탄이 신경 써
주긴 하나 동정심과 다르지 않은 범주일 테고.

그 전까지 어머니는 줄곧 전(前) 시행의 곁을 밀착 수행
하면서 루를 외조부에게 맡겨 두곤 일 년에 서너 번쯤 휴가
를 얻어 만나러 왔었다. 청사 직원들은 그동안 수석비서 아
마라에게 아비 모르는 아이가 있더라는 얘기만 들었다가,
그 아이가 전 시행의 자식이기도 하다는 사실을 불과 3년

전에야 알고 경악했다. 밖으로 말이 새어 나가는 즉시 시민들의 먹잇감이 될 사안이었다. 고위 직원들은 형식과 구색을 갖추기 위해 서둘러 전 시행과 아마라의 재혼 절차를 밟았다. 그리고 결혼 서류를 적는 자필 서명식과 예식을 이틀 앞둔 날, 전 시행은 음독 사고로 쓰러졌다. 우선 요리장이 잘리고 식사 담당 직원이 전원 교체되었지만, 공개수사로 돌리기 어려워 내사가 이루어지는 동안 진짜 암류(暗流)를 잡아내지 못한 채 재료를 직접 다룬 요리장과 그 재료를 납품한 업자의 과실로만 처리되었다.

외조부가 떠난 뒤 과수원 일꾼 부부와 지내게 되리라고 막연히 여겼던 루는 시 청사에서 데리러 왔을 때 차라리 혼자 살겠다며 동행을 거절했다. 그동안 드문드문 고향을 방문하곤 했던 어머니에게서 미안하다는 말과 안타까운 포옹 외에 다른 것을 전해 받거나 느낀 적이 없었으므로. 그러나 어머니가 생활비를 부쳐 준다고 하더라도 당시 열두 살의 아이가 혼자 살아간다는 것은 상식적으로나 법률적으로나 무리가 있었고, 전 시행의 아이라는 사실이 알려진 이상 어떤 믿을 만한 고용인을 붙여 놓는다 한들 이런저런 습격에서 안전하지 않으며 경우에 따라서는 죄 없는 과수원 일꾼마저 위험해질지 모른다는 현실적인 전갈과 함께, 루는 거의 강제로 이송되었다.

그리하여 루는 본인이 발 들이기를 한 번도 원한 적 없고 어떤 지분이나 권리를 주장할 예정도 없던 청사에, 사람들의 수상쩍어하는 시선과 수군거림을 한 몸에 받으며 입성했다. 루가 들어와 처음으로 마주한 것은 사람을 내려다보는 휴고의 차가운 눈이었고, 그다음으로는 다소간의 난처함을 무마하려는 듯 다정하게 이복동생을 포옹하는 탄의 두 팔이었다. 그 전보다 가까운 곳에서 어머니를 자주 볼 수 있게 되었다는 점을 제외하면 청사는 루의 마음에 들지 않는 일들뿐이었다.

옮겨 온 뒤로 시행의 지시에 따라 외부 노출이 극도로 제한된 루는 학교를 다니는 대신 가정교사의 방문 학습을 받았고, 남는 시간에는 과수원을 떠올리며 정원에 쌓인 눈을 치우거나 낙엽을 긁어모으는 등 용역 미화원들이 일하는 곳을 따라다니며 도왔다. 그들은 이도 저도 아닌 처지로 대놓고 푸대접을 받는 루를 감싸고 같이 어울려 주었지만, 탄은 루가 흙먼지 묻는 일을 한다며 우려했다. 품위를 중요시하는 오라버니가 보시면 한소리 할지 모른다는 것이었다. 그러나 탄의 충고에 루는 오히려 당당하게 일갈하기를, 저는 제가 저들과 조금도 다르지 않은 사람이라고 생각해요……. 그 말에는 두 가지 뜻이 담겨 있었다. 청사의 다른 잘나신 분들 눈에 자신은 노동자와 같은 신분으로 간주되고 있음을 안다는 것과, 그에 앞서 사람은 누구나 평등해야 한다는 것이었는데, 평생 청사에서 부족함 없이 떠받들려 살아오고 정해진 대로 약혼을 한 탄에게 그 의미가 잘 전해졌을지는 미지수였다.

그 뒤로 탄이 미리 운을 띄워 놓은 듯, 정원에서 일꾼들과 어울리는 루를 지나가던 휴고 일행이 발견했을 때, 일꾼들은 황송해하며 모자를 벗고 조마조마한 마음으로 시행의 불호령을 기다렸다. 그러나 휴고는 입가에 조소를 약간 머금으며 눈살을 찌푸리고 지나갔을 뿐이다. 나중에 탄이 의아해하며 저런 일들과 저들과의 관계를 그만두게 하지 않을 테냐고 묻자, 그는 저 아이에게는 저 같은 장소가 잘 어울리지 않느냐고 반문했다는 것이다. 그것은 명백하게 루만이 아니라 그 어머니의 신분도 함께 후려치는 말이었으나, 그 말을 옆에서 듣고 선 아마라의 얼굴은 다만 무표정이었다고.

루는 그런 어머니의 처지를 알 것 같으면서 동시에 알고 싶지 않았다. 자식이라고 해서 루의 편에 서거나 루를 각별히 챙기기 어려운 입장이라는 것은 이해했지만, 전 시행이 그렇게 되고 나서도 그의 아들인 휴고 곁에서 어떻게 업무를 계속 보조할 수 있는지, 그 마음까지는 헤아리고 싶지 않았다. 그게 어른의 사정이라는 것인데, 물려받은 과수원이 계속 남의 손에서 가꾸어지고 있다는 걸 고려할 때, 어머니가 세상에서 할 수 있는 일이 그것뿐이라는 생각은 들지 않았다. 진심으로 전 시행이 깨어나기를 기다리며 현재의 모든 모욕을 감내하고 있는 것일지도. 그에 대해 깊은 얘기를 나눠 본 적은 없다. 아니, 부모 자식 사이의 대화라고 할 만한 걸 나눈 기억이 없다.

루가 견딜 수 없는 것은 틀에 박히고 부자유한 생활만이 아니라, 언제 밟아도 상관없지만 단지 신발을 더럽히고 싶지 않기에 지나가도록 놔둔 벌레 한 마리를 내려다보는 듯한 휴고의 눈길이었다. 그와 탄을 제외한 다른 일가친척들은 청사에 함께 살지 않으니 마주칠 일이 극히 드물지만 아침저녁으로 휴고를 보면 체기가 올랐다. 어서 성년이 되어 청사 밖으로 나가는 게 루의 꿈이었다. 아니, 그렇게 되기 전에 전 시행이 회복하면 상황이 정리되고 루는 제자리로 돌아갈 수 있을지도 모른다. 어머니의 바람은 어쩌면 계속 시행 곁에 남는 것일 수도 있지만 루는 자신에게까지 그걸 요구해서는 안 된다는 생각이었다. 전 시행이 기적적으로 깨어나 두 분이 정식으로 맺어지든, 어머니가 행부인이 되든 말든 루는 고향으로 돌아가 누구의 시선이나 비난도 신경 쓰지 않고 외조부의 사과밭을 일구며 살아가기를 선택할 터였다.

여러모로 맘에 들지 않는 생활이지만 청사에서 지내다 보면 가끔 특별한 기회가 있었다. 청사 밖에 사는 또래 아이들은 할 수 없는 경험을 하는 것. 예를 들어 오늘 같은 경우, 책에서 사진으로나 보았던 익인을 직접 볼 수 있는 기회가 생기는 것이다. 고원 지대에 모여 사는 익인은 날기에 최적화된 작고 가벼운 몸집에 성질은 순한 편이라 들었는데 어쩌다 오늘처럼 떼를 지어 청사를 공격해 온 건지, 지적 수준이 도시인들과 같으며 동작이 빠르고 날기까지 해서 생포가 쉽지 않았을 텐데 어떻게 잡혔는지 궁금했다. 낮에 그들이 천장과 벽을 두드려 대고 부수는 동안 진동을 일으키는 책상 밑에서 볼썽사납게 웅크리고 있었던 시간을 생각하면 루는 이제 가까이서 포로를 관찰하는 특전 정도는 누리고 싶은, 아직은 천진난만하고 무신경한 나이였다. 사람은 누구나 똑같다는 사실을 알면서도, 그 감수성이 익인한테까지 미치지는 못했고 그들이 무언가 진귀한 대상 정도로 여겨지는 것이었다.

방에는 경비병이 둘 남았다. 하나는 건장한 체격으로 한쪽 팔에 완장을 두른 삼십 대 중반, 다른 하나는 중키에 사각 안경을 낀 이십 대 후반이었다.

　처음 포로를 넣어 두었을 적에 이 방은 경비병 일곱 명이 지키고 있었다. 오후 3시경 익인 50여 명이 침투하여 시청을 쑥대밭으로 만들어 놓고 후퇴한 뒤, 옆구리에 소형 고체산소탄을 맞고 미처 도망가지 못한 단 한 명의 익인을 생포한 직후에는 그랬다. 중상을 입은 경비대원 18명을 제외하고 남은 이들이 모두 바싹 긴장하여, 생포한 익인 옆에서 그날 밤을 지새우기라도 할 작정 같았다. 그러나 익인들의 뜻밖의 광포함과 야만성은 50여 명이 떼로 덤빌 때에야 큰 날개의 움직임으로 인해 두드러져 보였을 뿐, 단 한 명을 포박하고 보니 이토록 평범하고 별 볼 일 없었다. 하여 모두 피로에 지치기도 했거니와, 포로의 상태가 위협이 되지 않는다는 경비대장의 판단 아래 두 명만 남고 나머지는 숙소로 돌아간 것이 현재 상황이었다.

　남은 경비병들에게는 날이 밝는 대로 그들의 습격 목적을 정확히 추궁한 뒤 처분을 결정해 별도 명령을 내리겠다는 시행의 전갈이 내려왔고, 그때까지는 이 상태로 구금이

지속될 터였다.

"엊그제 아이들 데리고 공원에 갔다가 비둘기 떼를 봤는데 말이야."

완장을 두른 경비병이 입을 열자 안경 쓴 경비병이 몸서리치며 손을 내저었다.

"전 비둘기 싫어요. 징글징글합니다. 아무거나 주워 먹어서 몸은 뒤룩거리고, 깃털은 먼지 색깔에."

"내 말이 그 말이야. 그것들이 열댓 마리가 떼로 몰려선 간밤에 어떤 주정뱅이가 게워 놓은 걸 부리로 찍어 대고 있더라니까. 아이들은 뭘 모르니까 신기해서 다가가 보려는 걸, 애들 엄마가 더럽다고 떼어 놓았지. 더럽기만 한가, 머리에 든 것도 없지. 새대가리란 말이 괜히 있는 게 아니라니까."

완장은 포로를 묶어 둔 벽 쪽으로 다가갔다. 비오는 고개를 떨어뜨린 채 가끔 졸다 깨기를 반복하고 있었다. 호흡은 고른 편이나 옆구리에는 아직도 깔끔하게 뚫린 구멍이 나 있는데, 몇 시간 지난 상처라 조직이 재생 중인 듯 피는 더 이상 나오지 않았다. 산소탄은 목표물에 닿는 순간 형체가 부서져 탄환 내부에 압축된 산소를 음속으로 퍼뜨리면서 신체 조직을 헤집기 때문에, 겉으론 깔끔한 상처로 보이더라도 내상은 클 것이었다.

완장은 비오의 머리칼을 한 움큼 붙잡아서는 얼굴을 들어 올렸다. 비오가 손을 떨치려 머리를 흔들자 다른 한 손으로 턱을 붙들고 시비를 걸었다.

"너희들도 혹시 그러냐? 남이 토한 거 먹고 똥이나 핥고 뒤뚱뒤뚱. 쓰레기도 적당히 처먹어야지 안 그러면 비둘기 꼴 난다. 걔들처럼 굼뜨게 다니다 결국 차바퀴에 납작 깔리는 거지."

완장이 한 모금 빨아들인 담배 연기를 비오의 얼굴에 내뿜자 화합물 자극에 익숙하지 않은 비오가 마른기침을 했다. 완장의 비웃음이 높아 갔다.

"그러고 보면 네가 이미 그 지경인 거 아니야? 그러니 친구들 다 도망갔는데 머저리같이 혼자 남았지."

완장은 줄곧 손가락 사이에 끼고 있던 비오의 머리카락을 연거푸 뒤로 잡아 젖혔다.

"내가 이 세상에서 세 번째로 싫어하는 게 예고 없는 야근이거든. 네놈 때문에 이러고 있는데, 솔직히 말해 봐. 너희들 뭐가 불만이어서 우리 청사를 이래 놓은 거냐고."

안경은 눈살을 찌푸리며 천장에서 내내 돌아가는 CCTV의 방향을 사각지대로 돌렸다.

"관두세요. 시행께서 생각이 있으실 텐데 뭐 하러……. 얌전하게 만들라고 했지 고문하라곤 안 하셨습니다."

"고문 같은 소리 하네. 이건 그냥 놀아 주는 거거든. 너 오늘 좀 삐딱하다? 내가 손톱을 뽑기를 했어, 관절을 꺾기를 했어. 그냥 내 심기를 건드렸다 이거야. 난 이놈들 일만 없었으면 오늘부터 휴가 예정이었다고."

두 사람의 대화 소리가 가물거리는 것을 느끼며 비오는 눈을 감았다. 도시 사람들은 숨만 쉬어도 위선이고 가면이라더니 정말이었다. 바로 엊그제 가족 동반으로 공원에 놀러 가서 울창한 나무들이 뿜어내는 생기를 입고 사랑스러운 아이들을 하늘 높이 안아 올리며 목말을 태워 주었을 사람이, 지금은 이 넓고 밝은 방에서 손톱이니 관절이니 하는 소리를 아무렇지도 않게 한다. 비오는 살짝 눈길을 돌렸다. 한쪽 벽이 통유리로 되어 있어서 그 밖으로 청사의 정원에 달빛이 쏟아지는 모습이 훤히 보였다. 비오는 빛을 머금은 그 나뭇잎들이 파르르 몸을 떠는 소리마저도 들을 수 있을 것만 같았다. 그 광경과 도무지 어울리지 않는 눈앞의 현실. 비록 지금은 익인들의 공격으로 상당 부분 파손되긴 했으나 인공적으로 조형된 아름다운 정경을 매일같이 마주 대해 온 이들일 텐데, 그들의 성질은 음습하고 잔혹했다. 이자들은 정원에 작은 새 한 마리가 내려앉으면 아무런 목적도 거리낌도 없이 순전히 흥미 본위로 쏘아 맞히거나 목을 부러뜨릴 수도 있을 터였다. 비오는 그들에게서 시선을 돌리며 눈에 띄지 않게 피식 웃었다.

"여기가 명색이 외부 손님용 접객실 중 하나라서요, 피라도 튀었다가 안 지워지면 골치 아파요. 애한테 그럴 것까지는."

"애들은 자기 편할 때만 애라고 갖다 붙이는 법이지. 게다가 이놈은 아까 말했듯이 익인치고 좀 큰 편인데, 우리랑 거의 비슷할지도……. 이거 정체가 뭐야?"

완장은 비오의 머리를 뒤로 더 당겨서 얼굴을 들어 올렸다. 안경의 말대로 얼굴은 어리지만 그들이 평소 익인에 대해 알아 온 신체적 특성과 완전히 일치하지는 않는 모습이었다. 수시로 공기의 흐름에 몸을 맡기는 생활을 하는 익인들은 대부분 140센티미터에서 잘해야 160센티미터의 단신이라고 알려졌는데 지금 이 청년은 작게 잡아도 170은 되어 보였다. 도망가지 못하고 혼자 총상을 입었다는 것부터가 체구만의 문제가 아니라 보통의 익인들과 신체 구조가 다르다는 뜻인지도 몰랐다.

"아니면 설마 했는데 너 혹시 그거냐. 웬만큼 정신이 제대로 박힌 사람 같으면 익인하고 그 짓은 안 할 텐데 아무리 봐도."

그 말이 끝나기도 전에 비오는 바싹 마른 입 속에 침을 끌어 모아다가 혀뿌리가 뽑힐 만큼 힘을 주어 완장의 얼굴에 날려 뱉었다. 다음 순간 안경이 말릴 틈도 없이 완장이 비오의 뺨을 때리고 군용 구두를 신은 발로 복부를 두 번 걷어찼다. 비오의 몸을 묶은 사슬이 날카로운 금속성을 냈다.

뜯어말리지 않으면 포로를 들어서 바닥에 메다꽂을 것 같은데 그 전에 사슬에 묶인 포로의 팔이 먼저 부러질 것이었다. 안경이 완장의 어깨를 뒤에서 잡아당겼다.

"제발 선배, 기껏 근속해 놓고 문제 일으키지 맙시다."

"놔, 새끼야. 이런 건 여기서 한 마리쯤 죽어도 아무도 몰라."

"아침에 시행님께는 뭐라고 보고하시게요."

"밤새 혀 깨물고 죽었다 하면 그만이지, 너만 입 닥치면……."

"내가 다 봤는데."

방 안 공기를 흔드는 맑은 음성에 두 경비병은 동작을 멈췄다. 비오는 입 속에 고인 피를 뱉고 호흡을 가다듬으며 고개 들었다. 한 손을 허리에 짚고 문간에 선 사람의 작은 윤

곽이 안쪽으로 들어섰다.

"루, 여기 오시면 안 됩니다."

어쨌든 자기들보단 지체 높은 이가 왔으므로 안경이 형식을 갖추어 인사했다.

"그러게 말입니다. 자칫 또 시행님 귀에 들어가 무슨 봉변을 당하시려고."

반면 완장은 껄렁껄렁한 자세로 떠보는 듯 비웃는 말투였다.

"나야 이골이 났으니 상관없지만 어디 당신들도 그런가 한번 볼게요. 가서 시행님께 일러바치세요. 나도 여기서 본 것 신문사에 풀 테니까요."

완장은 루를 외면하고 자리로 돌아갔다. 고작해야 비서의 자식인 주제에 주눅이 들어도 모자랄 아이가 목소리도 크고 원하는 대로 말하는 데에 거침없었다. 완장은 현재의 시행이 비서의 축적된 자질을 필요로 하여 그녀를 옆에 두기는 하되 그 자식인 루에 한해서는 얼마나 같잖게 보는지 곳곳에서 들어 알고 있으므로, 귓구멍을 후비며 루의 말을 무시했다.

"루, 제가 알아서 정리하겠습니다. 이런 데 오신 거 시행님이 아시면 근신 정도로 끝나지 않을 겁니다."

그런 와중에도 성의껏 루를 달래 보내려는 안경의 예의 바른 태도 또한 완장은 불만이었다.

"그건 그야말로 내가 알아서 할 일이고요. 경비대 분들이 포로의 인권을 무시하고 폭력을 휘두르는 게 더 문제일걸요. 신문사란 시 청사에서 일어나는 일이라면 하나라도 더 건수를 잡고 싶어서 48시간 안달이 나 있는 법이고, 지금도 근처에서 잠복 중일지도요."

"그래서 시행님과 탄 아가씨가 계신 이곳에 흠집을 내시게요?"

"나라고 좋을 리 없죠. 하지만 포로에 대한 당신들의 태도를 바꾸려면 그 정도 위험은 걸어야지요. 저 사람이 여기 붙들려 있은 지 몇 시간이 지났죠? 물 한 모금은 마시게 해 줘야 하는 것 아닌가요?"

순수하고도 경건한 인간성과 동정심에서 비롯한 루의 표정은, 날마다 초긴장 상태로 청사 안팎의 안위를 살피는 게 직업인 자들이 보자면 현실에서는 자라지 않는 씨앗이 파종된 꽃밭이나 다름없었다.

"범죄자입니다. 그것도 청사를 공격한 무리 가운데 하나죠. 루 당신과 아마라, 두 분이 무사한 게 누구 덕분인지 아십니까."

루는 완장을 올려다보며 조금 멈칫거리고 뒷걸음질하면서도 말했다.

"그건 감사합니다만 범죄자라도…… 내일 죽을 사람이라도, 이래선 안 돼요. 사람을 저 지경을 만들고……."

"어쨌든 시행님의 별도 명령이 떨어지기 전에는 저희가 임의로 취급을 바꾸지 못합니다. 저 익인이 목이 타는 게 안타까우시면 시행님께 가서 직접 말씀드려 보시죠. 지금 새벽 2시네요."

그 대목에서 루가 망설이는 기색이 역력하자 완장은 그거 보라는 듯 혀를 찼다. 루가 시행에게 그 어떤 것도 개인적으로 부탁할 입장이 아니라는 것 정도는 청사에서 일하는 사람이면 누구나 알고 있었다.

한편 비오는 흘러내린 코피를 입술로 연방 삼키며, 루라고 불린 아이를 잘 떠지지 않는 한쪽 눈으로 바라다보았다. 이들의 대화를 통해 지위와 처지를 다 헤아릴 수는 없지만 다소 어중간한 위치에 있는 아이인 모양이었다. 구체적인 사연은 몰라도 그 느낌만은 비오도 너무나 잘 알고 심지어 익숙하기까지 한 것이었다. 어쨌거나 아이가 끼어들어 경비병들이 시그러졌으므로 숨 돌릴 틈을 번 것은 고마운 일이었다.

그때 루가 머리채를 휘날리며 그들 앞을 지나쳐 가더니 책상 위에 있던 생수 통을 집어다 비오의 얼굴에 끼얹었고, 비오가 물세례에 깜짝 놀라 머리를 흔들자 루의 긴바지에 물방울이 튀었다.

"이건 상관없겠죠. 다치고 피 흘린 사람을 씻기지도 않고 내버려 두다니, 온 청사에 세균을 퍼뜨릴 셈이에요?"

"루의 말이 맞아."

신분이고 지위고 간에 곧 루를 걷어차기라도 할 듯이 다가서던 완장은 새로 난입한 목소리에 멈칫했다. 탄이 열린 방문을 손가락으로 두드리고 있었다.

"우리는 사람을 그렇게 다루라고 배우지 않았어. 오라버니께는 나중에 내가 말씀드릴 테니까 저 아이를…… 아이는 좀 아닌가, 어쨌거나 손목을 풀어요. 조금 더 뒀다간 조직이 괴사할 거예요. 익인이 아무리 회복력이 남다르다지만, 이런 상황에 익숙하진 않을 거잖아요."

흐트러진 머리에 부대 자루 같은 윗옷 자락을 펄럭이며 발을 구르는 꼬맹이와 달리, 스물두 살인 탄은 귓불에 닿는 단발에 더해 이 시간에도 세련되고 경직된 정장 가까운 차림으로 나타나 조금 더 권위적으로 보였으며 메리 제인 타입의 힐 구두를 신어서 경비병들과 눈높이도 거의 비슷했

다. 탄은 휴고와 함께 전 시행 부부의 적통이어서 직원들이
트집 잡을 만한 하자가 없기에 그녀의 말속에는 좀 더 무게
가 실리는 듯, 완장은 예를 갖추었다.

"본인이 뛰어들어 자초한 일이고요, 위험인물입니다, 탄
아가씨. 저것을 풀어 주는 순간 당신에게 어떤 위해가 가해
질 수 있는지 저희는 그것까지 염두에 두어야 합니다."

"위험인물에, 부상자일 뿐이죠. 나는 걱정 안 해요. 이렇
게 유능한 경비대 분들이 두 분이나 곁에 계신데 설마."

탄은 발끈하지 않고 기품을 유지하며, 비록 그 의중이 훤
히 드러나긴 하나 상대방을 적당히 추어올렸다.

"왜들 이 밤에 안 주무시고 이런 데를 돌아다니시는지."

"나는 내일모레 제출할 무역경제 보고서가 있다고요. 낮
에 그런 일이 있어서 조금 지체됐거든요."

완장이 귀찮다는 듯 눈짓을 보내자 안경은 잠자코 익인
의 손발을 묶은 사슬을 풀었다.

"원래는 제일 윗선의 지시가 우선인데요."

"걱정된다면 내가 바로 오라버니에게 물어보죠."

"고작 이런 일로요."

"네, 고작 이런 일로요. 오라버니는 지금 아마라와 얘기
중이라서 깨어 있거든. 전화 한 통이면 바로 끝나."

탄은 시청 직원들이 루에 대해 수군대거나 경멸을 드러내는 것을 발견할 때마다 즉각 경고하곤 했다. 직원들에 대한 생사여탈권이 자신에게 없으므로 어디까지나 권고의 방식에 불과했지만, 그렇게 해서라도 루에게 기댈 곳이 아주 없지는 않다는 것을 보여 주려 했다. 그녀는 루가 원하는 것이 차기 시행의 자리가 아니며 어머니인 아마라와 평화롭게 살아가는 것뿐임을 잘 알고 있었고, 언제고 자신이 권한과 자격만 되면 그들을 내보내서 안전하게 지내도록 도울 것이었다. 지금은 비록 내일 제출할 과제에 시달리는 대학생일 뿐이지만.

"이제 됐습니까?"

완장이 포로 쪽을 힐끗 돌아보며 말했다. 기진하여 바닥에 웅크린 위험인물의 팔을 안경이 막 잡아 일으키려는 중이었다.

"의자에 앉히고, 상처를 소독한 다음에 쇠붙이 아닌 다른 걸로 묶겠습니다. 공단이라도 끊어다 쓸까요?"

그렇게 말하며 다시 탄을 본 순간, 완장은 탄의 눈에 드리워진 경악과 공포를 발견하고 움찔했으나 이미 늦었다. 돌아본 자리에는 언젠지 모르게 안경이 쓰러져 있었으며 그 대신 머리카락이 길게 풀어헤쳐진 익인이 한 팔로 루의 목을 조른 채 날이 세 갈래로 뻗어 나간 칼을 들이대고 서 있었다.

완장은 한숨을 쉬었다.

"귀찮게 됐네. 아가씨, 제가 뭐랬습니까……. 너 좋은 말로 할 때 그분 내려놔라."

탄은 이제 분노를 참지 않았다.

"귀찮아? 지금 그런 말이 나와? 붙잡았을 때 몸수색 안 했어요? 루, 움직이지 마."

"왜 안 했겠습니까. 저도 저게 어디서 튀어나왔는지 모르겠는데요."

완장의 말은 거짓이 아니었다. 잡자마자 제일 먼저 한 일이 손에 든 칼이며 폭약 따위를 빼앗는 거였고 무기를 숨길 만한 데라면 허리에 찬 익인들 특유의 가죽으로 된 부적 주머니까지 뜯어냈었다. 단 하나, 머리를 틀어 묶은 비녀를 미처 보지 못했다는 생각이 완장은 뒤늦게 들었다. 숱이 많은 긴 머리카락 속에 깊이 파묻혀 있기도 했고, 뽑아내 살펴봤자 성냥개비만 한 장식에 불과할 터였다는 변명도 필요 없이 비녀 자체를 생각도 못 하고 있었다. 용의자를 제압한 뒤 머리핀이나 열쇠, 목걸이, 반지 같은 금속류를 확보하는 것은 기본 중의 기본이었는데도. 원래는 손가락 두 마디 정도 길이일 것으로 짐작되는데 엄지로 단추를 밀면 한쪽 끝에서 세 갈래의 긴 칼날이 뻗어 나오는 모양이었다. 그만한 크기의 숨겨진 장신구를 찾아내려면 애당초 머리카락부터 잘라 버려야 했을지도.

비오는 그 상태로 탄을 향해 눈짓했다.

"이거 열어."

"루를 놔준다고 약속부터 해."

"토 달지 말고 열어."

금방이라도 세 갈래의 칼날이 루의 턱 밑을 그어 버릴 것 같아서 탄은 떨리는 손으로 무선 리모컨을 들어다 정원으로 통하는 전면 창을 열었다. 뒷걸음질로 나가는 두 사람을 완장과 탄이 엉거주춤 쫓아가자 비오가 소리쳤다.

"따라오지 마. 그리고 너, 손에 든 거 버려."

완장은 포기했다는 듯 양손을 펴 보이며 다른 경비병들을 호출하려던 비상 단말기를 떨어뜨렸다.

"이게 다…… 무슨 일입니까?"

문간에 조금 전 다다른 휴고와 아마라가 아연실색하여 이 상황을 바라보고 있었다.

"오빠! 나 때문에 루가."

울음을 터뜨릴 것 같은 탄을 손짓으로 뒤로 보내고 휴고는 침착하게 창밖을 향해 다가섰다.

"책임자 아저씨, 오밤중에 자꾸 깨워서 미안하게 됐는데."

비오는 그렇게 말하며 루의 목을 당기는 팔에 힘을 넣었다. 그 압력에 루는 저절로 눈이 감기지만, 가늘어지는 시야를 통해 휴고의 한심하다는 듯한 표정과 어머니의 파랗게 질린 얼굴을 볼 수 있었다.

"오늘은 실례가 많았습니다. 우리는 우리 쪽 사람들을 해치고 데려간 자들을 쫓아온 겁니다. 하지만 아까 당신 태도로 봐선 역시 아는 바가 없으신 것 같네요."

"자네 말뜻을 잘……."

휴고는 말하다가 문득 짚이는 데가 아주 없지는 않았는지 입을 다물었다.

"아무래도 좋습니다. 당신이 그 일을 주도하지 않았더라도 어떤 식으로든 관계가 있을 테고, 어찌 됐든 이곳에 물리적으로 해를 입힌 나를 곱게 보내 줄 리는 없겠죠."

"……뭔가 오해가 있었다면 말로 풀어 볼까. 그 칼 거두고. 우리 입장에서도 당혹스러우니까."

"내게서 들으려 하지 말고, 당신네 도시에서 생긴 일은 당신이 파악해. 껍데기만 멀쩡한 수장 아저씨."

그건 아마도 휴고가 가장 싫어할, 모두가 몸을 사리는 부분이었다. 익인은 어쩌자고 그의 가장 예민한 자리를 건드리는 걸까, 생각하며 탄은 휴고를 돌아보았다. 휴고는 더 이상 그들과의 거리를 좁히지 않았다. 다만 금방이라도 그쪽으로 몸을 던져서 상황을 악화시킬 것처럼 보이는 아마라를 한 팔로 힘주어 막아설 뿐이었다. 정신을 차린 안경이 잇새로 신음을 흘리며 주섬주섬 몸을 일으켰고, 완장은 슬그머니 비상 단말기를 집어 경비대 호출 신호를 보냈다.

"너 이대로."

완장이 뭘 하는지 눈치챈 비오가 얼핏 혼잣말로 여겨질 만큼 작은 소리로 중얼거렸다. 숨길을 확보하기 위해 그의 팔을 양손으로 부질없이 붙들고 있던 루는 고개를 들었다.

"네?"

"살아서 집에 돌아오고 싶으면 이대로 내 목에 팔을 감아. 양팔 다."

"어?"

루는 공포와 혼란 속에서 그의 말뜻을 잘 알아듣지 못했다. 팔을 감으라니, 암만 체구 차이가 난대도 루의 두 팔이면 충분히 익인의 목을 조를 수 있었다. 익인은 아마 루를 만만하게 보고 아무것도 하지 못하리라 믿는 모양이었다.

목에 팔을 두르는 척하며 힘을 줘서 경비병이 익인을 제압하는 데 도움을 줄까. 조금만 시간을 벌면 다른 경비병들도 가세할 텐데. 그렇게 생각하며 루는 익인의 옆얼굴을 올려다보았고, 그 얼굴을 보는 순간 자신이 결코 그럴 수 없으리라는 걸 알아차렸다. 그때 익인이 나지막하면서도 단호한 어조로 재촉했다.

"얼른, 시간 없어. 쓸데없는 짓 하면 두 팔 다 잘라 버릴 테니까 그리 알아."

루는 그 말이 끝나기도 전에 있는 힘껏 익인의 목에 팔을 감았고, 다음 순간 비오는 루를 데리고 빠른 속도로 뒷걸음질했다. 경비병들이 떼로 몰려나와 산소총을 겨누기는 했지만 그것이 루를 맞히지 않으리라는 보장이 없을 만큼 두 사람이 밀착된 걸 보고 주저하는 사이에, 그는 루를 한 팔로 안아 올리더니 돌아서서 뛰기 시작했다. 익인이 등을 보이자 경비병들은 이 기회가 아니면 루를 구할 수 없으므로 총을 난사하기 시작했는데, 탄환은 이미 도움닫기로 허공에 떠오른 그의 발끝만을 간신히 스치고 지나갔을 뿐이다. 그와 동시에 비오의 몸속에 숨어 있던 날개가 비단에 그림을 그리듯 허공에 펼쳐지자, 그런 모습을 처음 보는 이들은 두려움과 감탄이 뒤섞인 탄식을 토해 내다 그다음 탄환을 목

표물에 적중시킬 적절한 기회를 놓쳐 버렸다. 루의 비명이
비행운처럼 길게 꼬리를 물었고, 다시금 정신을 차린 경비
병들이 위를 향해 총을 겨누었을 때 이미 그들의 높이는 사
정거리를 벗어나 있었다.

사막

긴 대책 회의 끝에도 당장 뾰족한 수가 나지 않아 잠정 휴식을 갖기로 하고 시행과 다른 관리들이 쉬러 들어가자, 간신히 혼자 남게 된 아마라는 지금까지 쓰고 있었던 수석비서의 가면을 벗을 수 있었다. 그런 가면이야 루의 목덜미에 세 갈래의 칼날이 들이대어진 것을 보았을 때 진작 벗어던지고 싶었다. 그 위험천만한 장면이 떠오르자, 아마라의 내부에서 장기와 피부의 위치가 뒤바뀌기라도 할 것처럼 발작에 가까운 숨이 가쁘게 치밀어 올라왔다. 아마라는 걸어가다 복도에 주저앉았다. 보통 때라면 루는 그렇게 맥없이 당하고만 있을 아이가 아니었다. 함께 산 지는 얼마 되지 않앉지만 루의 성격을 알고 있었고, 루에게 주어진 가정 방문 수업 과정에는 오랜 옛날 탄과 휴고가 배운 것과 마찬가지로, 때론 정신 수양이나 예의범절 교육에 가깝긴 했으나 기초 무예가 들어 있었다.

그러나 아마라는 고원 지대에 사는 익인들이 다만 한 쌍의 날개만을 믿고 설치는 게 아니라 기본적으로 완력이 강하다는 사실을 알고 있었다. 몸속 구조가 보통 사람과 어떻게 다른지는 알려져 있지 않지만 악력만 해도 도시 평균 남성의 2.5배에 달했다. 낮에 왔던 익인 무리를 봐도, 그들 중 몇몇이 발로 한 번 걷어찼을 뿐인데 석조상에 금이 갔다. 두 번, 세 번 걷어차자 꺾어져 쓰러진 석상에 경비병 한 명이 깔렸다. 누군가는 자신들보다 키가 20센티미터 이상이나 큰 경비병 두 명의 덜미를 양손에 하나씩 낚아채어 패대기쳤다. 서로 머리를 부딪친 경비병들 일부는 아직 의식이 없었다. 익인들은 힘만이 아니라 여러 군데 밝혀지지 않은 특징이 있었다. 루같이 작은 아이는, 설령 그 애가 날뛰었다 쳐도 한주먹 거리도 안 되었을 터다. 익인은 자기네 고원 지대로 돌아가기 위해 분명 사막의 차가운 모래바람 한가운데를 통과할 텐데, 루가 그것을 견딜 수 있을까. 문득 얇은 옷만 걸치고 있었던 게 떠올랐다. 익인은 가다 보면 짐이 될 것이 틀림없는 루를 사막 중간에 버릴지도 모른다. 어쩌면 곱게 내려놓는 게 아니라 허공에서 떨어뜨릴지도.

당직 경비병 몇이 일으켜 부축했을 때 그녀는 조용히 손을 뿌리치고 그대로 앉아 있었다. 경비병들이 이 어머니가 안쓰럽기보다는 난처하면서도 성가시다는 듯한 눈빛을 서로 주고받을 때, 탄이 다가와선 아마라의 어깨를 잡아 흔들었다.

"아마라, 내 말 들려요? 정신 놓지 마요. 루는 괜찮을 거예요. 내 탓이에요. 내가 뻔히 옆에 있었으면서. 무슨 일이 있어도 루를 찾아오도록 할게요. 필요하면 무화(武花) 쪽에 도움을 청해서 유영기라도, 아니 투탄기(投彈機)가 더 낫나, 하여간 몇 대 띄워 볼 테니까 이러고 있지 마요."

"안 됩니다, 아가씨."

아마라는 혼신의 힘을 다해 눈에 초점을 찾아 몸을 일으켰다. 탄이 눈앞에 있는 이상 아직 업무 시간이었다.

"그런 사사로운 일로 기를 띄우는 무리수를 시행께서 허락하지 않으실 겁니다. 이 이상으로 익인들과의 관계를 악화시킬 수 없고요. 지금까지 저희가 나눈 얘기가 그것입니다. 저도 동의한 부분이지요."

사사로운 일이라니! 어찌 보면 객관적으로는 타당한 말

이었다. 무고한 시민들이 끌려갔다면 경우가 달랐을 테지만, 한 도시를 책임지는 시청에서 그것도 시행의 가족 가운데 한 사람이 끌려갔다는 이유로 고가의 기를 띄운다면 공무와 무관한 독단이 될 터였다. 탄은 눈앞에서 동생이 납치당했는데도 아무런 권한이 없는 자신이 답답했고 휴고가 원망스러웠다. 만일 익인에게 붙들려 간 것이 루가 아닌 자신이었대도 오빠나 직원들 모두 이와 같이 침착하게 추후에 대책을 논하자는 한가한 소리를 할 수 있을까 싶었다.

루는 청사에 올 때부터 반은 위협을 담아 끌려오다시피했다. 동의를 구하는 과정이나 의논 같은 것은 없었다. 휴고의 승인이 떨어지자마자 아마라는 눈에 띄게 서둘렀는데 탄은 아마라의 그런 모습을 그때 처음 보았다. 이유는 물론 루의 신변을 보호하기 위함이었으며 탄은 자신의 어머니와 일가친척이 어떤 성격의 사람들인지 알고 있었으므로 루를 강제로라도 가까운 곳에 두기로 한 아마라의 결정을 이해했지만, 그런 이유는 아이를 끌고 오기 전에 미리 알려 주었어야 했다.

동서남북으로 수행원이 둘러싼 상태에서 루가 도착했을 때 마중 나온 사람은 아무도 없었다. 다음 절차나 거취에 대한 사전 지시를 따로 받은 바 없는 수행원들은 어디의 누구에게 아이를 인계해야 할지 몰라 당황스러워했는데, 결국 아이를 그 자리에 그대로 세워 둔 채 수행 책임자가 몇 통의 전화 연락을 한 끝에 별관의 임시 거처로 루를 데려갔었다.

아무도 아는 이 없고 자신을 부른 어머니마저 나타나지 않는 낯선 곳에 홀로 선 채 구경거리가 된 아이가 느꼈을 중압감이 해소되기도 전에, 아마라가 아닌 비서 보조가 루를 데리러 나타났다. 그렇게 간 곳은 시행의 집무실이었고 거기 휴고와 어머니가 있었지만 루는 선뜻 반가워하며 어머니에게 달려갈 수 없었다. 자주 본 적 없는 어머니는 남과 크게 다르지 않았고 심지어 휴고는 처음 보는 사람이었다. 아마라는 그나마 건조하고 짧게 어서 오렴, 한마디를 건넸지만 휴고는 루 쪽을 한 번 흘끔 돌아보곤 눈살을 찡그렸을 뿐, 거의 없는 사람 취급이었다. 둘러선 어른들이 몇 명 더 있었으나 어머니가 그들에게 자식이라고 따로 소개하지는 않고 다만 시행께 인사드리라 하여 루는 여전히 사태 파악이 안 되고 시행이 누구를 가리키는 말인지, 뭘 하는 사람인지 모르는 채로 허리를 숙였다. 그 자리의 중심 위치라고 여겨지는 이는 거기 한 사람뿐이었으므로 그쪽을 향해. 시행은 여전히 들어온 아이를 돌아보지 않은 채로 됐다 가 봐, 한마디 던지곤 자기 하던 일을 계속했으며, 아마라의 수신 호를 받고 비서 보조가 루를 다시 끌고 나가서 본관의 미로 를 지나 별관 처소까지 데려다주었다……는 당시 장면을, 그곳에 흘렀던 팽팽한 긴장과 냉기가 손에 만져지기라도 할 듯이 비서 보조가 탄에게 실감 나게 전달했었다.

그 뒤로 루는 학업을 비롯하여 의류나 의료 등 생활에 필 요한 일체를 객관적 지표와 기준에 따라 제공받았으나, 밭 에서 자유롭게 뛰어놀고 땀 흘리며 일하던 아이가 갑자기 뒤집힌 일상에 적응하기란 쉽지 않았을 것이다. 가정교사 는 루에 대해 머리가 좋은 아이라 역사며 언어 정도는 금방 따라잡겠다고 칭찬했지만, 휴고는 그런 건 보고할 필요 없 다고 그 자리에서 면박을 주었다. 그에게 올려야 할 보고는 루가 무슨 사고를 쳐서 이쪽 얼굴에 먹칠을 하지나 않는지, 그럴 재주도 없겠지만 설마 도망이라도 쳐서 이쪽의 골치 를 썩이지나 않는지 같은 것이었다. 루는 탄과 같은 동생이 아니라 아버지의 또 다른 자식일 뿐이라는 식으로 선을 긋 는 태도를 휴고가 공공연하게 드러내자 차츰 다른 직원들 도 루의 실질적 위치를 파악하고 루에게 어떤 대접을 해도 되는지를 가늠하게 됐다. 드러내 놓고 괴롭히지 않고 최소한의 예의를 갖추되, 청사에 출입하는 신문기자나 탄이 안 보는 데서는 루 본인을 향한 차별이나 뒷공론 내지는 손가락질을 해도 무방하다는 식이었다.

날이 밝아 오고, 전날 벌어진 사건은 가능한 한 압축 및 생략된 채 생포한 익인이 도망쳤다고만 알려질 터였다. 그 익인이 루를 잡아갔다는 사실은 청사 출입 기자들에게 함구될 것이었다. 그러나 탄의 외가 쪽 친척들 귀에는 들어가지 않기가 어려울 테고, 그들은 루가 그대로 돌아오지 못하기를 노골적으로 바랄 것이 분명했다. 탄의 아버지인 전 시행이 자리에서 일어나지 못하기를 은근히 기대하는 것과 마찬가지로.

그러니까 안타깝고 가여운 루, 어떻게든 할 수 있는 일을 해 볼게. 탄은 기어이 쓰러진 아마라를 경비병에게 시켜 보건실로 실어 나르게 한 뒤 돌아서서 입술을 깨물었다.

새벽빛이 밝아 오는 가운데 익인은 여전히 힘겹게 날고 있었다. 루는 처음에는 돌발 상황으로 인한 두려움만이 혈관을 타고 퍼져 나가서 다른 모든 감각이 마비되었으나, 사막으로 접어들고부터는 아래에 내려다보이는 풍경과 기묘한 일체감이 들고, 묵묵히 날아갈 뿐인 상대에 대한 일종의 경이감마저 생겨나기 시작했다.

　이때 익인의 비행 고도는 지면으로부터 10미터 남짓에 불과하여 루의 눈에는 아래쪽 세상이 까마득하지 않고 바위산이며 모래언덕 등이 비교적 선명히 내려다보였다. 비행의 속도 또한 보통의 맹금류가 공기를 가르고 나아가는 그것과는 비교할 바 아니며 허공에 둥실 떠올라 표표히 떠가는 정도로 오히려 나비의 날갯짓에 가깝다는 느낌이었고, 이쯤 되면 나는 건지 기어가는 건지 모를 일이었다. 그러나 오히려 낮고 느리게 날기 때문에 익인의 팔에 안긴 루는 점차 심리적 안정을 찾아 갔다. 고도가 높아지면 보통 사람의 안구나 장기는 기압의 변화를 버티기 어려울 것이므로 그가 일부러 낮게 난다는 것을 알 수 있었고, 이동이 느린 것은 총상 때문이 아니라—총상은 진작 아물어 있는 것으로 보였다—35킬로그램의 짐이 팔 안에 매달려 있을뿐더러 그의 날개가 다른 익인들에 비하면 턱없이 작기 때문인 것 같았다. 도감이나 영상으로 접해 온 바로는 다 자란 익인의 날개는 흰색 또는 은색이며 그 크기는 보통의 어른 두 명을 덮을 수 있을 만큼 컸는데, 여명에 힐끗거려 본 이 익인의 날개는 혼자만 시간이 멈춰 버린 듯 겨우 예닐곱 살 어린이의 날개만 하며 빛깔은 금색에 가까웠다. 그런데도

키는 탄이 구두를 신지 않았을 때와 비슷할 정도라, 이 날개로 그만한 몸을 이끌기 쉽지 않을 터였다. 어쩌자고 이 녀석은 이렇게, 다른 이들보다 작은 날개를 갖고 도시에 날아와 그 행패를 부렸는지 알 수 없었다.

"정말 위험했던 거 알아?"

정면으로 맞부딪쳐 몸을 관통하는 사막의 모래바람 때문에 루는 말해 놓고도 자기 목소리가 잘 들리지 않았으나 상대방의 대답은 매달린 팔을 타고 진동으로 전해져 왔다. 단지 몸을 의지하는 것뿐 아니라 하나로 이어져 있다는 착각마저 불러일으키는 진동이었다.

"귀한 아가씨를 안 다치게 할 정도로는 날 수 있거든. 그 옆에 있던 누님이라면 데리고 떠오르기도 쉽지 않았을 테지만."

"아니, 나 말고 너! 게다가 나는 귀한 아가씨도 아니야! 그 사람들은 실수인 척 그대로 나를 쏘아 버릴 수도 있었어! 그러면 너는 다시 붙들리잖아, 겨우 도망칠 기회를 잡았는데 의미 없게!"

"귓가에다 꽥꽥거리지 마. 다 들리니까. 그자들은 시행의 관계자가 어떻게 되든지 상관 안 하나 보네?"

"한마디로 패를 잘못 뽑았다는 뜻이야. 그나마 탄의 눈치를 봐서 발포를 주저하고 있었을 테니 운이 좋았지만."

말하는 동안 지면과 점점 가까워지고 있어서 루는 어리둥절했다. 사막 한가운데서 이제야 비로소 쉬어 가려는 건가 보았다. 하긴 그 작은 날개로 지금까지 날아왔으니 숨이 턱까지 차올랐을 만했다. 부드러운 안착의 느낌과 함께 차가운 모래가 루의 발가락에 감겼다.

"그 말이 사실이라면 너도 딱한 인생이네."

땅에 내려앉아 숨을 고르자 책에서 본 대로 익인의 날개는 천천히 접히는 듯하다 그것이 견갑골 어디로 들어가는지 살필 새도 없이 눈 한 번 깜박이는 동안 사라졌다. 지금껏 그 어떤 연구자도 캐내지 못한, 익인들 스스로도 원리를 규명하지 못하는 비밀. 태어날 때부터 초원조의 축복을 입고 저마다 새의 영혼이 깃든다는 종족이 눈앞에 있었다. 루가 순진한 호기심에 보고 싶어 한 것들이, 생각지도 못한 방식으로 너무 가까이 들이대어져 있었다. 루는 자신이 원했던 것은 그의 날개나 깃털에 돋보기를 대고 관찰하는 게 아니라, 그저 신비에 사로잡히는 것뿐이었음을 알았다. 그러나 눈앞의 대상은 꿈이나 환상이 아니라 현실적인 살과 피를 가진, 자신과 다른 모습을 한 인간이라는 사실도 이제는 알 수 있었다.

익인은 루의 얼굴을 좌우로 돌아보며 칼에 긁힌 상처가 없는지 살피곤 말했다.

"험한 짓 해서 미안하게 됐다. 도시에서 충분히 멀어졌으니까 이쯤에서 돌려보내 줄게."

이건 또 이것대로 너무 갑작스러운 종전 선언이라 루는 당황스러웠다.

"잠깐, 너만 멀어지면 다냐? 이 사막에서 나 혼자 도시로 돌아가라고?"

"아직 사막의 3분의 1도 안 왔어. 널 찾으러 이미 도시 사람들이 출발했을지도 모르잖아. 걸어가다 보면 그들을 만날지도 모르지. 그렇다고 이 상황에 내가 너를 데리고 다시 도시까지 가 줄 수는 없잖아? 우리 사는 데로 데리고 갈 수는 더더욱 없고."

쓸모없어진 인질은 사막에 버리는 법이지. 루는 익인의 입장을 이해했지만 날이 완전히 밝기 전에는 차량이나 유영기가 움직이지 않을 것이었으며 아침이 온다고 사정이 달라질까 하면 그렇지도 않을 것 같았다. 어머니는 자식을 구하겠다는 목적으로 사막에 대규모의 수색대를 파견해 달라고 요청할 형편이 아닐 것이었다. 미리 경고했던 말을 듣지 않았으니 곤경에 빠져도 싸다는 듯한 표정으로 노려보

왔던 휴고는 말할 것도 없고, 암만 친절한 탄이라도 무화의 기를 임의로 띄울 만큼 권한이 넘치지는 않았다.

사막은 넓었고 동서남북도 구별할 수 없는 데다 수시로 모래바람이 불었다. 기온이 떨어진 가운데 루는 면 소재 홑겹 차림이었고 신었던 슬리퍼는 날아오는 동안 두 짝 다 어디론가 사라졌다. 익인이 제 양쪽 어깨에서 단추를 풀더니 갈색 조끼를 벗어서 루를 감쌌다.

"피 묻은 옷이라 좀 그렇지만 우리온의 털로 안감을 댄 거여서 따뜻해. 이런 데선 방향감각을 잃기 쉬우니까 웬만하면 안 움직이고 도와줄 사람을 기다리는 게 나아."

도와줄 사람은 오지 않을 거야, 생각하며 루는 머뭇거리지 않고 조끼에 양팔을 넣었다. 한 번쯤 빈말로라도 사양할 마음이 들지 않을 정도로 사막의 밤은 피부와 근육을 가볍게 뚫고 헤집었다. 익인은 곧 자기네 집으로 날아갈 테니 그 정도야 괜찮겠지. 옷은 자루를 뒤집어쓴 것 같았다. 피와 물에 흠뻑 젖었던 조끼는 사막의 바람을 맞아 바싹 말라 있었고, 그의 날개가 작아서 그런지 견갑골 부위의 절개선도 크지 않았다.

이어서 익인은 역시 털로 안감을 댄 가죽신을 모래 위에 내려놓았다.

"혹시 필요하면 신어. 너한텐 너무 크겠지만 없는 것보단 나을 거야."

루는 처음부터 그의 탈출을 도울 의도는 아니었지만 결과는 그렇게 되었고, 지금은 어쩐지 그가 보답을 하겠다고 입은 걸 다 벗어 내놓는 것 같아서 자기도 모르게 웃음이 터졌다.

"됐어, 그런 걱정 안 해 줘도 돼. 네 마음은 잘 알았으니까. 누가 오기 전에 어서 가."

"비오."

루는 고개를 들었다.

"응?"

"내 이름. 비오."

우리가 다시 만나 서로의 이름을 부를 일이 있을까 생각하면서 루는 그 말을 받았다.

"어, 그래. 나는……."

"너는 루. 사방에서 네 이름을 외쳐 대던걸."

사방까지는 아니지만 한심하다는 듯이, 또는 경악과 안타까움을 담아 그리 부르긴 했지. 그러고 보니 어머니는 내 이름을 불렀던가. 애당초 입을 열기는 했던가. 루는 기억나지 않았다.

"그러면 루, 아무쪼록 집에 무사히 돌아가길."

"너도."

비오는 곧 허공으로 다시 사뿐히 솟아올랐는데 그 전까지는 한 팔에 안긴 루의 무게로 인해 처졌을 뿐인 듯, 이번에는 사뭇 빠른 속도로 떠오르더니 곧 육안으로는 식별하기 어려운 높이로 멀리 사라져 갔다.

"사람 여기다 버려두고 진짜 가네, 나쁜 놈. 가다가……."

가다가 확 날개나 꺾어져 버리라고, 홧김에 내뱉기도 안쓰러울 만큼 그의 날개는 작고 얇았다. 큰 바람에 맞서면 그 날개가 과연 펄럭일 수는 있을까 의문이었다. 그런 불리한 몸을 하고, 비록 자신이 안전한 거리라고 판단할 만큼 도망오기 위함이었지만, 루를 걷어차거나 떨어뜨리는 대신 여기까지 안고 온 것이다.

발바닥에 닿는 감촉은 차고 부드러워 그대로 밟아 나가도 상관없었지만 모래 속에서 혹여 전갈 같은 게 튀어나올 것을 대비해 비오가 남기고 간 가죽신에 두 발을 살며시 끼웠다. 털가죽의 온기에 발뿐만 아니라 온몸이 눅진해지면서 비로소 루의 몸속에 숨어 있던 불안이 새어 나오기 시작했다.

그러면 이제 어쩐다.

도와줄 사람은 오지 않거나 너무 늦게 올 것이다.

루는 지금까지 자신이 날아왔다고 생각되는 방향으로 몸을 돌리고 모랫바닥을 밟아 나가기 시작했다. 헐거운 신이 발바닥 아래서 달싹거려 질질 끌다시피 했다. 아침이 되어 햇빛이 뜨거워지기 전에 부지런히 움직여야 한다. 그때 강한 모래바람이 몸을 때려 휘청거리다 몇 발짝 뒷걸음질했다. 바람이 지나간 뒤 눈앞 저 멀리에는 이정표로 간주했던 암석이 보이지 않았다. 그 대신 거기서 좀 떨어진 오른쪽에 시야에서 놓쳤던 암석 기둥이 다시 보였고, 루는 조금 전 바람에 몸을 움츠리다가 자기도 모르게 방향을 틀었나 보다 생각했으므로, 그것이 도시와는 무관할 뿐만 아니라 오히려 고원 지대로 나아가는 방향이라고는 꿈에도 생각지 못한 채 앞으로 걷기 시작했다.

눈을 질끈 감고 고개를 몇 번이나 흔들어 모든 신기루를 다 떨어냈다고 믿고, 그럼에도 여전히 사라지지 않고 남아 있는 거대한 암석을 향해 나아갔지만, 그곳과의 거리가 줄어드는 느낌이 들지 않았다. 확신 없는 단순함으로 무장한 채 발을 옮기는 일 외에 루에게 다른 선택지는 없었다. 그때 두 번째 모래바람이 검은 소용돌이 모양으로 다가와 루를 치고 지나갔다. 현기증이 온몸을 휘감아 넘어뜨렸다. 모래가 머리 위로 한 무더기 쏟아졌지만 두려움보다 무거운 잠이 몰려왔다.

머리를 뒤덮은 모래를 털어 내는 누군가의 손길을 느꼈다. 루는 기침하면서 입 안의 모래를 한 줌 가까이 토해 내곤 그대로 깊이 잠들었는데, 잠결에 누군가의 한숨 소리가 들리는 것 같았다. 이어서 양 발목을 번갈아 붙들어 매는 듯한 압박감이 느껴졌지만 그만한 감각이 잠 속까지 파고들어 루의 눈꺼풀을 들어 올리지는 못했다.

"엄마, 비오가 왔어요."
뜬눈으로 밤을 지새우다 까무룩 잠에 젖어 들려던 시와와 가하는, 문간에서 지요가 안도와 기쁨을 억누르며 나지막하게 말하는 소리에 금방 깨어났다. 비오 혼자만 도시에서 돌아오지 못했다는 얘기를 다른 이들로부터 들었을 때, 무엇보다 마지막으로 그 애를 본 동료의 목격담에 따르면 총을 맞고 생포되었다고 하여 시와는 한동안 황량한 얼굴을 한 채 말을 잃고 드러누웠다. 이대로 자신의 살 같은 사람들을 모두 잃고 마나, 하는 절망이 상념의 언저리를 맴돌았다. 그러게 어른들 가는 데 따라가지 말라고 했는데. 그러나 비오는 아버지가 관계된 일에 큰아들이 가지 않으면 어쩌겠느냐 했었다.

"너 어떻게, 아니 그보다……"

시와는 초췌한 아들을 끌어안으려다 그 애 어깨에 얹힌 큰 짐을 보고 멈칫했다. 엄마와 누나 못지않게 속을 끓이고 있던 가하는 무사히 돌아와 다행이라는 인사 전에 퉁명스러운 질문을 먼저 던졌다.

"비오, 그 시체는 뭐야?"

"안 죽었거든. 조금만, 지나가게 비켜 봐. 내내 들고 있긴 무겁다고."

지요가 재빠르게 움직이며 나무 침상에 요를 까는 동안 가하는 투덜거렸다.

"가만있어 봐. 뭐야 그거. 도시 사람? 어떻게 여기까지 끌고 왔어? 아니, 그런 걸 왜 여기까지 들여놔? 부정 타게."

"이 애가 없었으면 나 못 돌아왔다. 일단 나 좀 눕고 그다음에 얘기하자. 그래도 괜찮죠? 엄마."

우선 안심하여 다른 건 아무래도 좋은 시와는 한 박자 늦게 고개를 끄덕였다.

"그렇게 해, 얼마든지."

"다른 분들이 이미 말씀하셨겠지만 아버지 소식은 알 수 없었어요."

"네가 돌아왔으니 됐다."

시와는 누구보다도 무력감을 느끼고 있을, 구체적으로는 알지 못하나 모종의 위험에서 빠져나온 비오 앞에서 상실과 한탄의 표정을 드러내지 않기 위해 노력했다.

"아버지 쪽은 더 알아봐야 할 것 같아요. 이 애는 내가 도망 나오는 데 이용했는데, 돌려보내려고 기껏 사막에 내려주고 혹시나 해서 살폈더니 아니나 달라, 그대로 엎어져 있더라고요. 시행의…… 음, 아마도 가족이에요. 잠깐만 여기 있게 해 줘요. 다른 분들 눈에 안 띄게. 평소에도 도시 사람이라면 덮어놓고 유감들이 많을 테지만 지금은 특히 분위기가 안 좋으니까. 그럼 나 조금만 눈 붙일게요."

지요는 축 늘어진 도시 아이를 받아 들었다. 그대로 어깨를 부축하여 가족 침상에 누일 때까지 도시 아이는 숙면 상태였다. 아마도 비오 것으로 짐작되는 피가 묻은 조끼를 벗기다가, 문득 발목에 끈이 단단히 매인 가죽신에 눈길이 갔다. 그 신을 보고 지요는 잠깐 멈칫했다. 비오는 이미 침상에 모로 누워 눈을 감고 있어서 아무것도 물어볼 수 없었다. 그 와중에도 이 낯선 도시 아이가 염려되는지 얼굴은 벽 쪽이 아니라 도시 아이를 향해 두고 있었다.

시와는 부엌으로 나가 화덕에 물을 끓이기 시작했고, 가하는 지장 어른께 비오가 무사히 돌아왔다는 보고를 올리기 위해 눈살을 찌푸린 채 문간을 나섰다. 물론 어깨에 정체불명의 짐짝 하나를 매달고 왔다는 이야기는, 당분간 비밀이었다.

지요는 잠든 도시 아이의 발에서 비오의 가죽신을 조심스레 벗겨 냈다. 모래투성이의 작고 하얀 발이 드러났다. 날아오는 동안 신이 벗겨지지 않도록 어지간히도 단단하게 끈을 묶은 모양으로, 두 발목에 붉은 줄이 선명했다.

어째서 오빠가 이 아이에게 신을 벗어 주었는지는, 보지 못했어도 상황을 알 만했다. 그가 했던 말대로 도움을 받았다면 은인이 추위에 떠는 걸 두고 볼 수 없었을 테니. 그러나 가죽신을 벗어 준다는 건 익인들에게는 각별한 의미이며 오빠가 그걸 몰랐을 리 없다. 물론 알면서도 피치 못할 사정이었기에 그랬을 테고, 오빠로선 아무 상관도 없는 전통이니 무시했을지도 모른다.

익인들은 나와 미래의 발걸음을 함께해 달라는 의미로, 청혼 상대에게 자신의 가죽신을 벗어 내민다. 대개는 꼭 맞지 않게 마련인 상대방의 신을 신고, 훗날 고난이 닥쳤을 때

배우자의 입장에 서서 한 번 더 고민하고 이겨 내겠다는 다짐을 부탁하는 과정이다. 신체적 특성상 날개를 꺼내서 깃털이라도 한 장 뽑아 주는 게 더 어울리겠지만, 하늘을 자유로이 날되 살아가기 위해서는 언제고 땅에 발을 디뎌야 해서다. 땅에 두 발을 내려놓고 걷는다는 것은 날 줄 아는 인간들에게도 각별한 의미다. 여성이 그 신을 신기를 거절하면 혼담은 결렬되나, 인구가 적다 보니 상대방에게 큰 결격 사유가 없는 한 혼인 적령기의 여성이 청혼을 거절하는 일은 흔치 않다. 또한 그런 전통이 이어져 온 결과로 자연히 여성 쪽에서 먼저 청혼하는 일은 없다. 아무튼 비오는 태어났을 때부터 지장과 마을 어른들이 정한 계(戒)에 따라…… 평생 누구와도 혼인 같은 건 할 수 없다.

적당히 조끼나 덮어 줬으면 그만이지 대뜸 도시 아이에게 신을 벗어 주다니 깜짝 놀랐잖아. 지요는 더러워진 신을 가지런히 침상 옆에 정리해 놓았다. 그런 다음 도시의 아이에게 맞을 것 같은 자기 옷을 대강 꺼내 와서는, 역시 모래투성이인 윗옷의 단추를 끄르기 시작했다.

호출을 받고 1층 로비로 내려온 마이는 의료용 마스크를 벗어 웃옷 앞주머니에 넣으며 주위를 둘러보았다. 사방이

트인 휴게실에 홀로 앉은 그녀의 뒷모습에서 초조함이 읽혔다. 그녀가 무엇 때문에 찾아왔는지는 안 봐도 알조였다. 마이는 미소를 지으며, 안절부절못하고 나란히 서서 눈치를 보는 1층 안내 데스크 직원들 앞을 지나쳐 그리로 다가갔다.

"이른 아침부터 찾아와 줘서 영광이라고 해야 돼?"

못마땅한 듯하면서도 간절한 눈빛의 탄이 그에게로 고개만 돌려 보였다.

"부탁이 있어서 왔어."

탄은 당장이라도 마이의 얼굴을 한 대 치고 싶어 하는 표정으로 거두절미하고 본론으로 쏘아붙이듯이 들어갔다. 마이는 탁자 앞에 마주 앉아 빙글거렸다. 멀찍이서 그들을 지켜보던 직원들 가운데 하나가 차라도 내올까 묻고 싶은 표정으로 주춤거리며 다가오자, 마이는 정중하고도 친절하게 손을 들어 접근을 막았다.

"됐습니다. 애초에 이분을 귀빈실로 모시지 않고 이리 훤히 뚫린 데다 앉혀 놓고선 이제 와서 뭘."

그 뒤끝 있는 말에 직원은 후환이 담긴 얼굴로 물러났다. 탄이 직원을 변호했다.

"내가 여기 있겠다고 했어. 너랑 닫힌 공간에 있으면 숨이 막히니까."

대놓고 경멸 조의 말투였으나 마이는 여유 넘치는 웃음을 푸른 눈에서 거두지 않았다.

"부탁하러 온 사람 태도가 좀 그러네."

탄은 가능한 한 온건한 표정으로 바꾸려고 해 보았지만 결과적으로는 입술을 깨물고 차라리 더욱 힘주어 노려보는 쪽을 택했다.

"뭐, 그편이 훨씬 우아하고 도도해 보인다. 울어서 퉁퉁 부은 눈으로 매달리기보다는 말이야. 그쪽 집안, 간밤에 고생 많았다지."

"얘기를 들어 알고 있다면, 도와줄 거니."

두 손을 모아 얹은 무릎으로 눈길을 점점 떨어뜨리며 탄은 건조하게 물었다. 마이는 주머니에서 작은 유리병을 꺼내더니 그 안에서 미과(迷果) 열매를 몇 알 덜어 내어 입에 털어 넣곤 탄에게도 권하듯 병을 흔들어 보였다. 탄은 고개를 저었다.

"이름이 루……라고 했던가, 직접 인사는 안 했어도 먼발치서 한 번 보긴 했는데, 네 동생 일은 안됐지만 나한테 그렇게까지 큰 권리는 아직 없다. 이름만 소장일 뿐 일개 직원이라고. 실질적 권리가 있더라도 그런 일에 남용할 생각은 없어."

　그런 일,이라고 대수롭지 않게 한 알의 미과처럼 씹어 넘기는 마이의 말에 탄은 일일이 발끈할 만큼 한가하지 않았다.

　"하지만 회사에 이제 낡아서 쓰지 않고 모셔 둔 유영기가 있을 텐데. 그거라도 어떻게 빌릴 수 없을까. 사람은 이쪽에서 항공 운항 자격증이 있는 경비병으로 어떻게든 골라볼 테니까."

　"자격증 따위 종이쪽 한 장이라면 나도 있어. 하지만 안전 문제가 있을 게 틀림없는 노후 상태의 기를 띄우다니 내 자존심이 허락지 않아. 게다가 그 커다란 걸 비공개로 움직일 도리도 없지. 형님이 시행의 직인을 걸고 공문서로 부탁한다면 혹시 모르지만, 집안일에 무화의 장비를 쓰는 일을 시민들에게 어떻게 설득시킬 참인지부터 말해 봐. 설마 저질러 놓고 뒷일은 혼자 알아서 책임지겠다는 막무가내는 아니겠지. 너만 한 위치에 있는 사람이 그런 소리를 한다는 건 모양 빠지는 걸 떠나 공허할 뿐이야. 말로나 큰소리치지 실은 너는 아무것도 책임질 수 있는 입장이 아니야. 결과적으론 무화의 소장인 내가 책임을 져야 하는데, 너한테 그만한 가치가 있는지 궁금하네."

마이는 여전히 대수롭지 않다는 듯한 태도를 유지하며 말했으나 그 말은 묵직하게 탄의 심장에 떨어졌다. 여러모로 알기 어려운 인간이었다. 약혼 말이 오갔을 때 그 자리에서 오케이를 놓고선, 돌아가는 길에는 아무래도 상관없다며 불필요한 한마디를 얹었던 인간. 수치심과 모욕감에 벽안인 따위 이쪽에서 사절이라고 탄이 약혼을 물러 달라 했을 적에는—물론 휴고는 어차피 이쪽도 필요에 의한 관계라는 점을 명시하며 들은 척도 하지 않았을뿐더러 탄 자신도 그 사실을 누구보다 잘 알고 체념했다는 점은 접어 두고—갑자기 사람을 불러내더니 사과의 말 대신 너 자체가 싫은 건 아니라면서 은각안(銀角眼)이 박힌 고가의 반지를 안긴 인간이었다. 기분파에 감정의 기복이 꽤 있는 편으로, 무화의 직원들에게 그리 좋은 상사는 아닐 듯싶었다. 어쩌면 탄 자신한테 하듯 상대에게 빈정거리는 것이 마이로선 인간에 대한 최선의 호감 표현인 게 아닐까 생각이 들 정도였다.

지금 마이는 딱히 정색하는 말투는 아니었지만 자신이 책임지고 있는 회사에 대해서만은 진중하게 정론을 폈고, 탄은 마음속에서 무력감이 한낮의 커튼처럼 펼쳐지는 것을 느끼며 자리에서 일어났다. 탄 자신은 어디까지나 현 시행

의 동생이자 대학생일 뿐, 당연하게 누리는 권리 가운데 온
전히 자기 힘으로 따낸 것이 없었다. 반면 마이는 진작 대학
을 졸업하고 무화의 연구직에 종사하고 있었다. 비록 그 무
화가 부친에게서 물려받은 것이며 그의 종착지 또한 연구
아닌 최고 경영직이라 해도, 마이 자신의 힘이 없다면 얻어
낼 수도 유지할 수도 없는 자리였다.

"네 말이 옳아. 바쁜데 실례했어."

"형님께 안부 전해드려."

"휴고는 아직 네 형님이 아니야."

"그 얘기 말인데, 남은 기간 없던 걸로 하고 지금 바로 결
혼 서명을 해 준다면 나도 다시 생각해 볼지 모르지."

그렇게 말하는 마이의 이 사이에서 우둑, 하고 미과 부서
지는 소리가 울려 퍼졌다. 어떤 의도도 악의도 없이 우연히
끼어든 소리였지만 탄은 자기도 모르게 움찔했다.

"사양할래. 그 말 안 믿으니까."

싫지는 않아, 그 말 뒤에 눈앞에 건네어진 반지. 다음에
이 자식이 뭐라고 했더라. 오히려 맘에 드는 쪽에 가깝다고
했던가. 꽤 어렸을 때부터, 누구 주요 인사의 생신이었는지
장례였는지 명목도 기억나지 않는 한없이 높고 지루하기만
한 인간들의 모임에서, 처음 만났을 때부터 괜찮게 여기고

있었다는, 수습하기엔 때늦은 헛소리를 했었다. 판을 엎지 않기 위한 그 나름의 노력이었을 텐데, 중요한 건 그리 말하면서도 사람을 깔보는 눈으로 비웃는 투였다는 것이다. 한 몸에 네댓 개의 인격이 사는 것처럼 일관성이 없었고, 탄은 그가 하는 말을 순수하게 믿을 수 없었다. 어쩌면 그에게 결혼이란 회사의 회계 결산이나 실험의 결과 수치를 공란에 기입하는 일련의 행위 가운데 하나에 불과할지 몰랐다.

"뭐, 그렇다면야."

고개 돌리고 자리를 뜨려다가, 탄은 다시 마이를 돌아보곤 그의 손안에 있는 것을 가리켰다.

"그거 웬만큼 먹어 대는 게 좋을 거야. 한번 중독되면 헤어날 길이 없다니까."

"걱정해 줘서 고맙다."

연구소 건물 밖으로 탄의 모습이 완전히 사라진 뒤에도 마이는 아직 탄이 거기 앉아 있기나 한 것처럼 텅 빈 가죽 소파를 노려보았다. 직원들은 그에게 차마 말을 걸지 못하고 경직된 자세로 각자의 자리를 지키면서 눈치만 살폈다. 이윽고 마이는 연구실로 돌아가기 위해 몸을 일으켰다. 로비를 떠날 때 마이는 숨죽인 직원들이 기립한 안내 데스크를 스쳐 지나가면서 나직하게 말했다.

"당분간 시행을 포함해서 시청의 어떤 인간이 접촉해 와도 저한테 연락 넣지 마세요."

직원들이 각 잡힌 거수경례로 대답을 대신했다.

뻐근한 상반신만 간신히 일으켜 벽에 기대앉은 루는 의혹과 염려의 얼굴빛을 띠고 자신을 둘러싼 네 명의 사람들이, 비록 날개를 꺼내지 않았음에도 옷차림이나 생김새로 보아 모두 익인들이라는 사실 정도는 알 수 있었다. 그들 안에서 비오의 얼굴을 발견하고 안도가 밀려오기도 했다.

조금 전 정신을 차리고 눈을 떴을 때 올려다 보인 낯선 나무 천장, 울퉁불퉁한 흙벽, 깔끔하지는 않으나 뭔가 주렁주렁하고 자연친화적인 느낌이 드는 벽걸이…… 그런 것들을 가리며 불쑥 들이대어진 익인 여자아이의 얼굴이 자신을 걱정스러운 눈길로 내려다보았을 때까지만 해도, 루는 비오가 자신을 도와주러 다시 돌아왔으며 잠든 자신을 안고 고원 지대로 옮겨 왔다는 상황 판단을 빠르게 내리지 못했다. 그 여자아이가 내미는, 뭔지 모를 뿌연 음료가 담긴 나무잔도 사양할까 하다가, 낯선 데서 깨어나선 적의를 담지 않은 눈길을 보내는 사람이 베푸는 호의를 거절하는 게 앞으로 거취를 생각했을 때 그리 현명한 선택 같지 않아서 루는 약이려니 하고 잠자코 받아 마셨다. 먼지를 한 숟가락 탄 것 같은 물에 떫으면서도 새금하며 복합적이고 파괴적인 맛이었다. 한 모금 물고만 있다가 간신히 삼키는 루의 표정을 보고, 여자아이는 그것이 피로를 풀어 주고 정신을 가다듬는 데 도움이 되는 음료이며 우리온의 젖을 발효하여 만든 거라 맛은 없지만 최소 세 모금은 마셔야 효과를 본다고 말하곤 웃었다.

익인 여자아이가 제 식구를 부르러 자리를 뜬 동안 각종 동물 뼈와 나무와 가죽으로 된 장식이며 부적 등을 둘러보느라 루는 어안이 벙벙했다. 어제까지 상상해 본 적 없던 곳에 제 몸이 와 있다는 사실이 낯설었고 그 이질감이 흥분으로 변하는 데에 그리 오랜 시간이 걸리지 않았다. 청사에서 지내는 동안 루는 외조부의 과수원을 그리워하곤 했지만 그건 깊은 향수와는 좀 다른 느낌으로, 이를테면 차갑게 경직된 청사에 대조되는 자유로운 공간을 향한 열망 같은 것이었다. 어머니의 당부도 있었으니 남몰래 청사에서 도주하겠다는 계획 따위는 구체적으로 그리지 않았는데도, 휴고와 그의 직원들은 수시로 경고하곤 했다. 어머니와 시청의 체면을 위해 탈주 금지. 워낙 천하게 자라 언제라도 딴마음을 먹을 수 있으니 곁에 두고 지켜봐야 하는 아이. 그들의 경고는 루의 안전을 위해서가 아니라 조롱을 통해 루에게 신분과 처지를 명확히 주입하기 위함이었다.

그런데 이렇게 떠나올 수 있는 곳이었다. 물론 제 두 발로 걸어서 나왔다면 더할 나위 없이 좋았겠지만 이변이나 사고로라도 무려 하늘을 날아서 청사를 떠나왔다는 것이 특별했다. 어머니가 걱정할지 모른다거나 휴고가 이를 갈고 있겠다는 생각마저 들지 않을 정도로 마음이 들떴다. 한때 모래에 파묻혀 위험한 순간도 있었던 듯싶지만 이렇게 무사하니 더욱이.

그리고 그 계기가 된 이가 눈앞에 있다.

그들 가운데 어른인 듯한 여성 익인이 먼저 나서서 루의 어깨를 가볍게 두드렸다.

"우리 애 때문에 고생 많았어요. 정신 들어서 다행이야."

그 말로 미루어 비오의 어머니인가 보았다.

"어…… 아뇨, 절 도와주셔서…… 고맙습니다."

그렇게 더듬거리며 루는 여인의 어깨 너머 서 있는 조금 전의 익인 소녀와, 그 옆에 선 또 다른 익인 소년을 차례로 일별했다. 낯선 상황에서는 둘러선 이들이 자신에게 적대적인지 호의적인지를 표정과 눈빛만으로 가능한 한 빨리 파악해 두는 편이 좋았는데, 어머니와 소녀는 후자에 가까운 듯했고 소년은 확실히 전자였다. 조금 떨어져 서서 이를 잠자코 바라보는 비오는 간밤의 상처와 피로에서 완전히 회복한 얼굴이었다.

"그냥 버려두면 일 나지 싶어서 데려오긴 했는데, 이제 어떻게 했으면 좋겠는지 네 생각을 말해 봐."

깨어나기가 무섭게 그것부터 결정해야 한다니, 청사에서 벗어난 충격에 가까운 전환감을 미처 다 느껴 보기도 전에 현실의 아귀부터 맞출 만큼 루는 어른이 아니었다. 비오로선 당연한 말이지만 루는 무사히 귀가하기 위해 자신이 뭘 어떻게 하고 싶은지 그리 곧바로 궁리할 수는 없었다. 어쩌면 그런 생각에서 벗어나고 싶은 것뿐인지도.

그때 소녀가 아까처럼 루한테로 얼굴을 가까이 들이대며 끼어들어선 엉뚱한 말을 건넸다.

"네 손목에 찬 그거, 내가 만든 거야."

"어? 나? 이거?"

루는 머리를 다시 묶을 틈이 없어 내내 손목에 찼던 머리 끈을 들어 보였다.

"선물받은 거야. 그런데 네가 직접 만든 거라니 손재주가 좋다. 나도 나중에 가르쳐 줄래?"

"배우려면 시간 좀 걸릴 거야. 여자들끼리 모여서 만드는

데, 만든 모양이 각기 다 다르고 종류도 무척 많은데도 자기가 만든 건 다 기억해. 나중에 어른들이 혹시 허락하시면 공방 구경도 시켜 줄게."

"아니, 지금은 그 얘기가 아니라……."

비오가 이야기를 원점으로 돌리려다가, 동생과 말을 나누는 동안 조금씩 긴장이 풀려 가는 루의 얼굴을 보고 어깨를 으쓱했다.

"하긴 지금 판단할 정신이 없긴 하겠다. 내가 생각이 짧았네. 그냥 잠깐 편안히 지내고, 뭔가 하고 싶어지면 말해. 가능한 범위 내에서는 협조할 테니까."

"편안? 협조! 협조라고 했어?"

거의 절규에 가까운 목소리로 익인 소년이 끼어들었다.

"비오, 제정신이야? 여기서 편하게 있으라니. 그냥 가만히 숨만 쉬면서 지낸다 쳐도 지장 어른이 아시면 어쩌려고. 실은 이미 눈치채셨을지도 모르지. 아까 보고드리러 다녀오는데 나한테 뭔가 물어보시는 듯한 눈빛으로 빤히 내 얼굴을 막, 심장이 졸려 왔다고, 나는."

"알았다. 내가 어떻게든 해 볼 테니까 너는 신경 쓰지 마. 있는 동안 해치지만 말아 달라고 먼저 가서 부탁드려 볼게."

정신을 막 차린 도시 아이 앞에서 형제가 옥신각신하는 것이 민망하다는 듯한 미소를 지으며, 어른 여성 익인이 대신 변명하듯 루에게 말했다.

"우리 가하가 그런 데에 좀 예민해서 그래. 미안하다. 그러니까 가만있자, 널 데려온 저기 큰애가 비오……는 이미 알 테고. 둘째가 여기 있는 지요, 비오 옆에 딱딱거리는 애는 가하라고 하는데 지요랑 둘이 쌍둥이란다."

"내 이름 왜 가르쳐 주고 그래요. 부정 탄단 말이야."

가하가 신경질 부리는 걸 못 들은 체하고 아이들의 모친은 루에게 눈을 맞추며 덧붙였다.

"나는 시와라고 한다."

전체적으로 자그마한 익인으로서의 특성이 한몫하겠지만 시와는 그들의 어머니라기보다는 큰누이처럼 보였다.

"비오의 말대로 일단 몸을 추스른 다음 움직이도록 해. 다만 도시에서 너를 걱정하는 사람들이 있을 테니 그게 맘에 걸리긴 하는데."

시와의 말에 지요가 거들었다.

"그냥 루가 무사히 잘 있으니까 기다려 달라는 정도의 전갈이라면, 비라이네 가족이 도시로 갈 때 전해 달라고 하면 안 되나요?"

"그 난리를 쳐 놓았는데 비라이가 퍽이나 도시에 다녀오 겠네."

가하가 투덜거리는 말에 지요는 고개를 기우뚱했다.

"정말 그럴까? 비라이는 먹고살자고 하는 일인데. 비라 이가 안 가고 버티더라도 오히려 시 관계자가 부르지 않을 까."

말해 놓고 지요는 루를 돌아보았다.

"비라이는 도시에 나가서 가죽이랑 미과랑 은각안 같은 귀한 걸 여러 가지 팔아. 도시 사람들을 많이 알고 지내. 자 기 입장이 있어서 이번 일에 가담하지 않았지만, 나쁜 사람 이거나 믿지 못할 사람은 아니야."

루는 미과나 은각안의 가치 및 쓰임새를 자세히는 몰랐 으나, 짐작할 수 있는 현실이라곤 대규모 무역상이 아닌 보 따리 상인 정도로는 청사의 요인 가운데 하나인 어머니에 게 접근하거나 의사를 전달하는 일이 불가능하리라는 것이 었다. 또한 평소 아무리 자주 도시를 다녀가고 도시 사람들 과 친하게 지냈더라도 당분간은 익인이라는 사실만으로 출 입이 통제되리라는 것도. 그러고 보니 애당초 비오가 청사 에 억류되어 있었던 까닭은 지요가 말하는 '이번 일' 때문 인데, 50여 명에 이르는 익인이 청사를 덮치고 난동을 피웠던 이유는.

　이미 여기까지 발을 담근 이상, 무사히 돌아가기 전에 루가 들어야 할 것은 그것이었다.

홀림

　도시에서 데려온 아이에 대해 비오가 지장에게 보고하러 간 사이, 홀림목이 가득한 숲을 보고 싶어 하는 루와 동행한 것은 놀랍게도 가하였다.

　"감시하러 가는 거야. 괜히 쓸데없는 데 한눈팔고 기웃거리다 다른 사람들 눈에 띄면 안 되니까."

　루는 명확한 근거나 이유 없이, 가하와 둘만 남게 된다면 가하한테 떠밀려 고원의 벼랑 아래로 떨어지기까지 하지는 않더라도 최소한 빨리 도시로 꺼져 버리라든지 신경 거스르지 말라든지 도시 놈들은 다 죽어 버리라든지 정도의 험한 소리를 듣게 되리라 예감했는데, 집을 나서기 전 지요가 속삭였다.

"네 마음 편하게 내가 따라가면 좋겠는데, 엄마와 나는 오전에 여자들끼리 공방에 모여서 하는 수편물 작업이 있어서. 어제 얘기했던 그거. 괜찮아. 걱정 안 해도 돼. 저래 보여도 비오가 맡긴 아이를 못살게 굴지는 않을 거야."

그러고 보니 가하와의 동행을 꺼린다는 건 그 누이 지요와 어머니 시와를 못 믿는다는 뜻도 되었으므로 공연히 미안해진 루는 생각을 고쳐먹을 수밖에 없었다.

집 바로 뒤쪽 언덕부터 홀림목 숲이 펼쳐지기에, 가하는 굳이 날개를 꺼내지 않고 루보다 앞서서 성큼성큼 걸어갔다. 감시한다면서 너무 멀찍이 앞서가는 거 아닌가. 언덕을 따라 올라가던 루는 다른 익인의 눈에 띄거나 말거나 그냥 확 돌아서서 다른 길목으로 도망가 버릴까 생각도 했다.

그러나 그러기엔 거대한 홀림목의 끝없는 행렬에 이미 압도당했다.

루는 한 그루의 홀림목 앞에 서서 자기도 모르게 입을 벌리고 고개를 젖혀 올려다보았으나, 안개에 가려 우듬지가 어디까지 뻗어 있는지 보이지 않았다. 나무의 가장 아래쪽에 달린, 지상으로부터 첫 번째 잎사귀까지도 까마득했다. 수령이 얼마나 되었을지 짐작할 수 없었는데, 이곳의 나무는 보통 인간 세상의 생물 조건과 닮지 않았다고 들었으므로, 어떤 특별한 전기톱으로 이만한 것을 베어 넘긴다 해도 나이테의 수와 실제 나이가 맞지 않을 터였다. 어릴 적 이야기책에서나 보았던, 밭에 뿌리자마자 이튿날 하늘 끝까지 솟아올랐다던 콩나무가 이렇게 생겼을까. 구름 끝에는 사람을 잡아먹는 거인 또는 괴물의 집이 있다거나. 홀림목은 그 이름처럼 한번 눈길을 주는 것만으로도 사람을 홀리기에 충분했다. 이곳에 사는 익인들이야 아침저녁으로 흔하게 보는 것이고, 날아오르면 그 끄트머리가 어딘지 어찌 생겼는지도 알 테니 굳이 홀릴 까닭이 없겠지만. 그러고 보면 고원 지대에서 자라는 수많은 동식물들의 이름은 도시의 방문객이나 조사단이나 연구자들이 그들의 감상 내지는 필요에 맞게 붙인 명칭일 것이다.

나무 기둥은 적어도 스무 명은 되는 어른들이 양팔을 한껏 벌려 손을 나란히 잡아야 둘러쌀 수 있을 것처럼 보였다. 그 기둥에 조심스레 달라붙은 루의 모습은 거인 다리에 붙은 개미나 다름없을 거였다. 루는 자신이 할 수 있는 한 최대로 신중하게, 경건하기까지 한 자세로 홀림목 기둥에 귀를 대어 보았다. 나무의 몸통 속에서 혈관이 꿈틀거리고 세차게 물을 실어 나르는 박동이 만져질 듯 선명하게 전해졌다. 흡사 나무가 부르는 노래였다. 그건 루가 헤아릴 수 없는, 어떤 과학의 도구로도 계측할 수 없는 세계와 맞닿아 영원을 주제로 하는 노래였다.

과수원 시절을 떠올리면 루는 첫 번째 나뭇잎까지는 올라갈 수 있을 듯했지만 그걸 위해 기둥에 발을 대도 괜찮은지를 선뜻 판단할 수 없을 만큼 나무의 온몸에서 신성성과 위용이 뿜어져 나왔다. 경외감을 제외한 다른 감정들의 통로를 닫아 버리는, 기분 좋은 마비의 느낌이었다. 그때 앞서가는 걸음의 속도를 조금씩 늦추던 가하가 곧 훌쩍 날아올라 단단한 나뭇가지에 걸터앉는 모습이 보였다.

"나 여기 올라가 봐도 돼?"

멀찍이 올라앉은 가하를 향해 소리치자 중얼거림에 가까운 대답이 들려왔다.

"그러든지."

무심하게 내뱉는 대답이었다. 그런 짓을 하다가 네가 어찌 되든 상관하지 않겠다는, 자신은 번거로운 짐을 임시로 맡았을 뿐이라고 시위하는 듯한 말투. 그러나 어딘지 모르게 실은 그 짐의 부피 앞에서 당황해하고 있을 뿐이라는 느낌이었고, 첫 대면에 지나치게 신경질적인 반응을 보인 탓에 아직 민망함이 덜 가신 듯한 말투였다. 어쨌거나 허락은

받았으니 루는 나무를 향해 안녕하세요, 이제부터 좀 올라가려고 합니다 같은 인사를 건네기 위해 기도라도 하듯이 한동안 두 팔로 기둥을 안고 있다가 곧 빠른 동작으로 나무줄기를 타 오르기 시작했다. 외조부 옆에서 자유롭게 지내며 그 동네의 400년 된 나무의 꼭대기까지 몇 번이나 오르내리며 산등성이와 타오르는 노을의 극단적인 배색을 눈에 담곤 했던 루에게, 이만한 움직임은 그리 어려운 일이 아니었다.

……그러나 그것도 끄트머리가 어디 있는지 정도는 보이는 웬만한 나무에 한해서였지 오르고 또 올라도 기약 없는 높이의 나무는 처음이었으므로, 첫 번째 나뭇가지까지 꼭 한두 뼘만큼 남았을 때 루는 이미 팔과 손아귀에 힘이 빠진 다음이었다. 중력을 극복하지 못하는 몸은 살짝 솟구쳐 올라서 가지를 움켜쥐는 동작에 완결을 보지 못하고 그대로 낙하를,

……하지 않았다. 눈을 떴을 때 루는 제 몸이 허공에 둥실 떠올라 있는 걸 알았다. 올려다보니 가하가 무표정한 얼굴을 하고선 루의 손목을 한 손으로 잡고 있었다.

"어…… 살았다. 고마워."

"이렇게 해서 오늘 내로 올라오겠어?"

말하면서 가하는 루를 그대로 끌어 올려 첫 번째 나뭇가지에 걸터앉혔다. 퉁 하고 나무의 굵은 팔이 적당한 탄력으로 흔들렸다. 흘낏 내려다본 지상은 이미 까마득했다. 여기까지 오는 데만도 루는 이미 그동안 올라 본 나무 몇 그루의 정상을 합친 것과 비슷한 힘을 쓴 것이었다.

"할 줄 아는 게 남의 어깨에 매달려 오는 것밖에 없는 공주려니 했는데, 여기까지 온 걸 보니 생긴 것과는 다르네."

가하의 기분은 확실히 나아진 듯했다. 도시 사람에 대한 무조건적 증오나 습관적 경멸이 적당한 호기심 내지는 감사―어쨌거나 비오에게 도움이 되었다니―와 발효되어 표정이 조금 유연해진 것도 같았다.

"도시의 다른 애들보다는 좀 나을 테지만, 그래도 이만큼이 한계인가 봐. 옛날에 타던 나무 생각만 했지 뭐야."

"기대. 데려가 줄 테니까."

네가? 나를? 대체 어디로. 그보다 나를 들어 올릴 기운이 있다고? 의아한 마음으로 반문할 뻔하다 루는 입을 틀어막았다. 기껏 말을 트게 됐는데 다시 사이가 나빠지면 나뭇가지에 루를 버려두고 가하 혼자 떠나 버릴지도 몰랐다. 그리고 루는 곧 그것이 올바른 선택이었음을 알았다. 가하의 신장은 보통의 익인들과 같아서 루보다 조금 작았지만, 비오가 그랬던 것과 같이 루를 한 팔로 가뿐하게 안아선 작은 심호흡 한 번만으로 몸을 솟구쳐 올라갔다.

그리고 루는 그전에 식물도감으로나 보았던 거대한 홀림목의 꼭대기들을 바라볼 수 있었다. 축소된 비율의 도감 속 모습과 비할 바 아니었다. 위로 올라갈수록 풍성하게 퍼져 나가는 나뭇가지와 잎사귀들은 이웃한 나무들의 그것과 만나 하늘에 또 다른 숲을 이루고 있었다. 루는 이 높이까지 올라온 것만으로 숨이 조금 가빠 오는 느낌마저 들었다. 땅속의 물이 여기까지 닿을까? 이곳은 하늘에서 뿌리는 비나 눈을 직접 받아야만 생을 꾸릴 수 있을 법한 별도의 세계로 보였다.

타원형 나뭇잎은 길이가 루의 키만 했고, 두께는 루의 두 손으로 접어 볼 시도조차 할 수 없을 정도였으며 반드러운 앞면에 비해 뒷면은 자칫 잘못 건드렸다간 손에 상처라도 날 만큼 까끌까끌한 한편 끈끈한 점액질이 비쳤다. 초록, 노랑, 빨강 잎사귀가 불규칙하게 돋아 그들만으로도 화려한 무늬가 그려졌으므로 꽃이 따로 피어난들 눈에 띄지 않을 듯했는데, 봄날 꼭 열흘만 무리 지어 피었다가 지는 자잘한 흰 꽃은 마치 구름처럼 보인다고 했다.

그 꽃이 떨어지고 나면 홀림목은 한동안 숙면기라도 접

어든 듯 변화가 없다가 여름이 끝날 즈음 열매를 떨어뜨린다. 그리고 지금은 여름이 푹 익어 가는 무렵. 나뭇잎 사이마다 비치는 수많은 미과 무더기의 향기가 루의 코를 찔렀다. 태어나 처음 맡아 보는 것인데도 루는 이것이 미과 향기라는 걸 바로 알 수 있었다. 도시의 과일 상가는 물론 외조부의 과수원이나 그 이웃 마을, 건넛마을의 과일 경매장 등 다른 어디에서 맡아 본 어떤 향기와도 닮지 않았다. 향기의 파도가 몇 옥타브나 오르내리듯 몰아치며 루의 콧속을 들락거렸다. 과육의 향기를 나타내기에 새콤과 달콤 정도의 말로는 얼마나 부족한지 루는 알 것만 같았다.

가하는 꼭대기에서 천천히 내려와 중간 높이의 나뭇가지에 루를 내려놓았다. 풍겨 오는 향기를 따라 고개를 디밀어 보니 나뭇잎 사이로 주먹만 한 자줏빛 열매가 보였다. 끈끈한 솜털이 돋은 그 외피를 깨면 안에서 수백 알의 붉은 열매가 쏟아져 나올 것이었다. 짙은 향기에 둘러싸인 것만으로도 루는 혼몽에 젖어 들었고, 이름이 홀림목인 까닭은 단지 사람을 사로잡는 규모나 아름다움 때문만이 아니라 실제로 미과가 인체에 마취 작용 내지는 흥분, 때로는 실조증을 가져오기 때문이라는 사실을 실감할 수 있었다.

그 생각에 닿은 지 얼마 되지도 않아서 루가 나뭇가지에 앉은 상태로 무게중심을 잃고 뒤로 넘어갈 뻔한 것을 가하가 붙들었다.

"정신 차려. 익숙하지 않은 사람은 냄새만 맡고 취하기도 해."

다소 얼이 빠진 듯한 루의 표정을 보고 가하는 이죽거렸다.

"아니면 설마 너도 이걸 먹어 보고 싶은 거야?"

가하는 팔을 뻗어 미과 한 개를 만지작거리곤 고개를 저었다.

"안됐지만 아직 낙과하려면 좀 있어야겠네. 우리는 평소 완전히 익어서 자연스레 떨어진 것만 도시에 팔려고 노력하는데, 그건 홀림목이 우리에게 베푼 거라고 생각해서야. 물론 비라이네 식구들은 나무가 땅에 베풀지도 않은 걸 억지로 따다가 내다 파는 수가 많은데 우리는 다 알면서도 모르는 척 넘어가 줘. 워낙 쪼아 대니까 못 이기고 그러는 거겠지. 도시 놈들이 얼마나 이걸 많이 갈취해 가는지 너는 짐작도 못 할걸. 규정 분량 이상으로 사 가는 건 도시에서는 모조리 밀수품인 거래. 실은 그 규정 분량이라는 것도 도시에서 만들어 붙인 거지만."

도시 놈들,에 대해 말할 때 가하의 억양은 다시 거칠어졌으나 루는 이제 그것이 최소한 자신을 향한 적개심은 아님을 알 수 있었다. 공중의 세계에서 홀림목과 그 안의 미과가 부풀어 오르며 루의 감각을 알싸하게 간질였다. 도시의 일부 어른들은 이런 걸 먹고 우주적인 속임수 내지는 환상에 사로잡혔다가 깨어나곤 하며 평면과 질서의 남루한 세계로 돌아오고 나서도 그 순간의 느낌을 잊지 못한다고 한다. 그 때문에 거액을 들여 가며 계속 구하고―그 느낌에 빠져들고 싶다는 정직한 마음을 피력하는 이들도 있지만 대부분은 다만 그 느낌의 정체가 뭔지 알고 싶을 뿐이라는 탐구 정신을 가장한 핑계를 대는데―의존을 지나 심한 경우 중독되는 것이었다……. 그때 루는 나뭇가지에 걸터앉은 자신의 맞은편에서 날개를 펼친 채 위아래로 몸을 가볍게 하느작거리던 가하가 흠칫 놀라는 표정을 보았고, 다음 순간 뭐라고 소리치거나 피할 틈도 없이 낙하하는 미과가 루의 정수리를 강타했다. 묵직하고 둔탁한 통증을 느낄 새도 없이 상반신이 뒤로 벌렁 넘어갔고, 루는 멀어져 가는 의식 사이로 불평하듯 중얼거렸다. 아직…… 열매가 떨어질 때가 아니라며.

익인들의 터전에 온 지 이틀도 안 되어 두 번이나 졸도했다가 깨어나리라고 루는 미처 생각 못 했다. 다만 이번에는 사막의 모래바람에 시달리지는 않았으므로 집에 옮겨지고 얼마 안 있어 눈을 떴는데, 문득 루는 머리 뒤쪽이 가볍고 허전하다는 것을 알아차렸다. 손을 대 보니 머리카락이 귀 밑까지 바싹 잘려 나가 있었다.

"아쉽게 됐구나. 가하가 바로 받아서 다친 데는 없는데……."

시와가 루의 머리를 가리키며 손거울을 가져다주었다.

"떨어지면서 다른 나뭇가지에 좀 세게 부딪혔대. 머리에 들러붙은 그대로 나뭇잎을 잘라서 매달고 왔기에 집에서 어떻게든 떼어 내 보려고 했는데, 나뭇잎이 네 머리카락을 붙잡고 안 놔주더구나."

루는 점성을 띤 커다란 나뭇잎 뒷면이 떠올랐다. 그것이 머리카락이나 옷 아닌 피부에 달라붙었다면 지금쯤 어떻게 됐을지 상상하고 싶지 않았다.

"네가 묶고 있던 머리끈도 조금 상했는데 그건 금방 수선할 수 있단다. 머리는…… 엉성하게나마 좀 다듬었는데, 마음에 들었으면 좋겠다."

마음에 들고 말고 할 게 없었다. 짧게 잘려 나갔지만 시와의 솜씨가 좋아서 보기 싫게 되지는 않았다. 오히려 머리가 가볍고 목덜미가 시원했다.

"고맙습니다. 머리는 언젠가 자랄 테니 아쉬울 거 없어요."

"그게 실은 아까 공방에서 수편물 작업을 할 적에, 지요가 네 머리를 묶을 끈을 따로 만들었단다. 당분간은 소용없겠지만."

루는 많은 익인 여자들이 둘러앉아 나지막한 음성으로 세상과 전설과 베풂과 감사에 대한 이야기를 나누며 장신구를 만드는 장면을 머릿속에 그려 보았다. 그들은 일주일에 두 번 공방에 모여 실과 구슬, 가죽과 금속과 보석으로 작고 아름다우며 때론 유용한 것을 만들어 냈다. 익인들 고유의 문양이나 기호를 넣어 실만 떠서 만드는 목걸이나 넓은 머리띠 같은 것은 하루에도 몇 개씩 완성할 수 있다고 했다. 둘 이상의 재료를 엮어서 화려하게 만드는 경우에는 가죽을 다루는 데에 좀 더 신중하고도 섬세한 솜씨가 필요하여 제작 기간이 며칠씩 걸리기도 한다고. 모두 수공예품이었고 그들이 노동의 대가로 얼마나 받는지는 알 수 없었지만 도시에서는 이문이 붙어 비싸게 팔렸다. 탄이 루의 생일에 준 것도 그런 물건들 가운데 하나였다. 그런 귀한 노동 시간을, 지요가 처음 보는 도시 아이를 위해 썼다니 그 마음이 고마우면서도 시와의 말대로 당장 써 볼 수 없다는 사실이 아쉬웠다.

시와가 내민 것은 탄성사와 새의 깃털 및 금속 구슬을 엮어 만든 머리끈이었다. 탄성사는 이곳 고원 지대에서만 나는 풀을 증기로 찌고 말리는 가공을 세 번 반복하여 만든 것으로 잘 늘어나고 복원력이 좋다. 가공이 완료된 실은 가느다랗고 광택이 나는데 이를 여러 겹 합쳐서 여러 번 꼬아 낼수록 탄력이 좋아진다. 어찌 됐든 손이 많이 가는 재료인 것이다. 예정에 없던, 더구나 마을의 수익과 무관한 물건을 만드는 일에 마음껏 쓸 수 있는 자투리 재료는 한계가 있었을 테니 탄이 준 선물만큼 비싸지는 않을 것이었다. 그럼에도 루는 자기 손안에 꼭 쥔 끈에 매길 수 없는 값어치가 있음을 알 수 있었다.

"소중히 간직할게요."

루는 손을 펴고 그것을 손목에 팔찌처럼 끼웠다. 시와가 따뜻한 미소로 대답했다.

"그 말은 지요에게 직접 들려주는 게 어떻겠니. 공동 목장에 우리온의 젖을 짜러 갔는데 금방 돌아올 거야."

익인들의 하루 일과는 도시 사람들 못지않게 바쁜 모양이었다. 루는 마음 같아서는 그 공동 목장이라는 데까지 마중 나가고 싶었으나 다른 익인들의 눈에 띄면 안 되니 기다

릴 수밖에 없었다. 공방, 공동 목장, 공동 농장. 그리고 집에
서는 이렇다 할 칸막이가 없이 가족 모두가 함께 올라가 자
는 공동의 침상. 부엌 귀퉁이에 부부만의 침상이 있는 듯했
으나 거실 쪽에서 보면 간신히 사각지대에 드는 정도였다.
이런저런 품위니 예의니 따지기를 좋아하는 휴고가 보았다
면 틀림없이 야만적이라고 치부했을 생활상이었다.

그때 큰 자루를 메고 들어선 비오가 루를 보고 멈칫했다.

"머리가 왜 그래."

"어, 촐싹대다가 홀림목 잎사귀에 머리가 붙어 버리는 바
람에."

"아깝게 됐네. 그래도 그런 정도의 사고라니 다행이야. 난
또 가하가 어떻게 한 줄 알고 놀라서."

그때까지 어디 숨어 있었는지, 위에서 지붕이라도 고치고
있었던 건지 나무 천장 너머에서 가하의 퉁명스러운 목소리
가 울려왔다.

"나를 뭘로 보는 거야!"

이제는 그 외침이나 어조에 친근함이 흐른다고까지 여겨
진 루는 미소 지었다.

"그러게, 가하는 나를 몇 번이나 도와줬는걸. 그보다 어깨
에 메고 온 커다란 건 뭐야? 설마 또 도시 사람은 아니겠지."

이제 안정을 찾아 가벼운 농담도 하게 된 루를 비오는 안도의 눈빛으로 바라보았다.

"마을 공동 농장에서 받아 온 감미(甘米)야. 내다 팔 것들은 분류 포장이 끝났고, 집집마다 돌아오는 몫은 이렇게 따로."

감미로 지은 밥이라면 루도 엊저녁과 오늘 아침에 먹어 보았다. 연한 붉은 기가 도는 기다란 곡식을 물에 불린 뒤 기름을 거의 두르지 않은 쇠판에 볶은 것으로 고소하면서도 이름처럼 단맛이 강해서 낯설었지만 루는 티 내지 않았다. 그래도 루가 숟가락을 잘 못 뜨는 걸 알아차린 지요는, 감미가 익인들에게는 주식이지만 도시에서는 밥 지을 때 살짝 뿌리는 정도로만 거의 표시 나지 않게 넣거나, 푸딩 같은 디저트를 만들 때 쓴다고 알려 주었었다. 그러고 보면 익인들은 다들 뭔가 부지런히 일하는 것 같아 루는 초조해졌다. 장소나 소속과 무관하게 한 사람의 몫을 한다는 건 그런 것이었다. 루는 청사에 있을 때 단지 사람들의 냉대 때문이 아니라 자신이 있을 자리가 없다고 여겨졌던 까닭을 어렴풋이 알 수 있었다.

"농장에서 사람들이 귀찮게 굴지는 않았고?"

시와가 묻자 비오는 어깨를 으쓱해 보였다.

"뭐, 아버지 못 찾아온 거야 다들 아시니까 오히려 평소보다 조심스러워한다고 해야 하나, 그런 분위기였어요. 그리고 루, 지장께서 너를 보자고 하셔."

"나를? 나 왜?"

루는 자기도 모르게 한 걸음 물러났다. 마음의 준비도 없이 고원 지대의 수장을 만나야 한다니 장벽이 높은 과제였다. 지장에게 불려가느니 차라리 바로 도시로 돌아가는 게 낫겠다는 생각마저 순간적으로 들었다. 가하의 반응으로 보아 익인들이 도시 사람에게 갖는 반감은 가볍지 않았는데, 갑자기 몇 단계 건너뛰어 그들의 우두머리를 만난다니.

"널 어떻게 하겠다는 게 아니야. 단 며칠이라도 우리가 데리고 있을 아이라면, 그 아이가 어떤 사람인지 알아보고 지내는 동안만이라도 편의를 보아주어야 한다고 결정하신 거야. 다른 사람들에게도 이 아이는 함부로 건드리면 안 된다고 알아듣도록 말씀하실 거고, 그러면 너는 누구 눈에 띄는 걸 걱정할 일 없이 좀 더 행동이 자유로워질 테고."

지장의 뜻은 현재의 감정이나 이해관계를 뒤로하고 도시에서 온 루를 고원 지대의 손님으로 맞이하겠다는 것이었다. 행정 경제 관계의 사절단도 아닌 한 아이에게 어째서 그렇게까지 해 주겠다는 건지 루는 어리둥절했다.

"이상하겠지만 그게 우리의 방식이야."

그런 혼란한 마음의 결을 어루만지듯 비오의 말이 귀에 내려앉았다.

"그로 인해 나중에 설령 우리의 존속이 흔들릴 만큼 후회할 일이 생기더라도 말이야. 그…… 어머니가 어제 말씀하신 그 사람한테 했던 것과 마찬가지로."

날개

  우리는 열여덟 살을 맞이하는 해에 날을 정해 놓고 다 같이 모여서 이행식을 한단다. 이쪽에서 저쪽으로 넘어가는 일. 아이에서 어른으로 건너가는 날. 그 도약을 모두가 함께 축하하는 날. 그해에 열여덟 살을 맞이하는 사람이 비록 한두 명에 불과하더라도 그날은 마을 전체의 축제일이란다. 인구가 그리 많지 않은데도 한 해에 한 명은 꼭 있어. 많을 때는 아홉 명까지도 있었고 나 때는 세 명이었지.

  그날은 축제 막바지에 이르러 아이나 어른이나 할 것 없이 감미주와 미과주에 취해 다 같이 큰 불 앞에서 춤을 추다 지쳐 잠들었어. 술을 얼마 마시지 않은 나는 몸을 일으켜서 좀 더 높이, 좀 더 멀리 새벽의 비행을 누리고 있었지. 사실 내게는 별로 특별한 날이 아니었단다. 내 몸의 달맞이는 이미 한참 전에 시작했고, 그날의 축제는 나이를 한 살 더 먹는다는 의미일 뿐 사람의 인생에 어떤 경계나 구획이 명확히 그어지는 건 아니라고 생각했으니까. 축제의 시간이 지나고 난 뒤 그 누구도 내가 다음에 어떤 인간이 되어야 하는지를 알려 주지 않는데, 그 시간과 함께 아이의 껍질을 벗고 어른이 되었다고 선포하는 행위가 나한테는 새삼스럽게 여겨졌단다.

그날 새벽 사막에서 희미한 연기가 피어오르는 걸 발견하고 나 혼자 겁도 없이 그리로 날아가다가 사막 한가운데에서 부상 입은 벽안인을 발견했던 거란다. 그 사람이 몸을 움직일 때마다 머릿속에 종이 울렸어. 그 사람의 옷이며 머리에서 떨어지는 모래 한 알 한 알이 저마다 다른 음을 가지고서 밤공기에 울려 퍼진 거야. 이 사람을 도와야 한다는 생각 말곤 아무것도 떠오르지 않는 순간이었지.

벽안인은 지장의 허락을 받아 우리 집에 머물렀고, 마을 사람들은 매일같이 식량과 약 같은 걸 가져다주고 돌보았어. 물론 그에게 약은 필요 없었지. 속병이 있었다면 모를까 다친 자리는 내가 이미 낫게 했으니까. 너도 알겠지만 우리에게는 초원조로부터 대대로 물려받은 힘이 있거든. 어쩌면 하늘을 날기 위해서라기보다도 다친 이를 감싸서 회복시키기 위해 우리는 날개를 갖고 태어난 게 아닐까 생각이 들 때가 있는데, 그것이 내게는 그 사람을 만났을 때였단다.

나는 그 사람을 만난 걸 후회하지 않고 그 사람과 함께한 시간도 부끄럽지 않아. 사실 축제 날 나 말고 다른 두 친구는 뜨거운 불 앞에서 이미 다른 이들의 청혼을 받았는데, 나한테만 아무도 청혼해 온 사람이 없었다는 사실이 영향을 미쳤는지도 모르겠다. 나는 그 사람이 도시에서 무엇을 했는지 얼마나 중요한 인물인지 같은 건 알고 싶지도 않았고 묻지도 않았어. 우리에게 귀한 것은 이름뿐이었으니까. 서로를 부르고 대답할 수 있는 이름. 부르는 순간 세상에 단 하나만이 존재하는 것 같은, 평화와 친밀감과 흥분을 동시에 주는 이름. 단지 소리 내어 부르는 것만으로도 서로의 체취를 상기할 수 있는, 동시에 서로의 껍질 안쪽에 자리한 영혼이 돌출되고 마는, 그런 이름 말이야. 그러면서도 그 사람과 보내는 시간이 언젠가는 깨어나야 할 오후의 낮잠 같다는 걸 알고 있었고, 한편으론 그가 몸이 다 나았는데도 돌아가기를 일부러 늦추고 있다는 사실을 모르는 척했어. 곁에 있는 동안만은 내 것이었으니까. 아마 그의 지갑에서 사진을 몰래 꺼내 보지 않았더라면 나는 내 상상 이상으로 오랫동안, 우리를 서로의 자리로 돌려놓아야 한다는 부채감을 외면했을지도.

도시 사람들은 합리와 계약과 문서를 중시하면서도 그 못지않게 그것을 저버리거나 변형하거나 위조하기를 일삼지, 자신의 이익에 따라서. 그런 들쑥날쑥한 규격을 지닌 도시 사람들의 눈에 우리 삶의 방식이 어떻게 비칠지 모르겠는데, 우리는 기본적으로 관계에 대해 묵인하고 자유 의지에 맡긴다. 예를 들어 지요가 당장 오늘 나한테 말 한마디 없이 마을 청년 누군가와 밤을 보내더라도 엄마인 내가 그걸 반대하거나 통제하지 않아. 우리는 모두 초원조의 아이들이지 다른 누구의 소유가 아니라는 관념이 자리하고 있으니까. 그것이 서로 합의에 의한 일이라면, 그리고 동시에 두 명 이상의 사람에게 다리를 걸치지 않고 서로를 마주 보며 존중하는 관계라면, 오늘 이 사람과 사귀었다가 깨끗하게 헤어지고 내일 다른 사람과 결혼한대도, 그때 그 순간의 자신에게 정직하고 마주한 상대와의 관계에 충실히 임한 이상은 그걸 흐린 눈으로 보는 사람은 아무도 없어. 그래서 일부 마을 사람들은 나와 그의 사이를 어느 정도 눈치채고서도 한동안 방임했던 거야. 그러나 전통과 혈통을 중시하는 어른들은 혼란스러워했지. 아무리 두 사람의 일은 자유라지만, 상대가 도시 사람이자 벽안인인 경우에도 마찬가지인가? 이런 적은 처음이었던 거야. 그때 마을 할머니들은 아이만 생기지 않으면 상관없지 않겠느냐고 했대. 익인이 아닌 다른 인간과 한번 피가 섞이기 시작하면 우리의 형태를 보존할 수 없으니까.

나는 우리의 몸짓을, 우리의 마음을 가능한 한 최선의 방식으로 완결 짓고 싶었지. 팔을 굽히면 다음에는 펴야 하는 것과 거의 같은 정도의 이치로 그를 제자리에 돌려보내는 것이 나의 몫이었어. 그러면서도 동시에 유예의 시간을 최대한 잡아 늘리고 싶었던 마음을 한 친구에게만 털어놓았다. 노이라는 아이인데, 지금은 비라이의 부인이야. 노이는 나더러 최소한의 분별력을 잃지 않아 다행이라고 위로와 격려를 동시에 주었지. 부인과 아이가 없는 사람이라면 그를 평생 이 고원 지대에 붙들어 놓기 위해 힘을 보태고 싶지만, 도시의 사람을 언제까지고 '만약'이라는 가정법으로 둘러싸인 세계에 붙들어 둘 수는 없다고, 한때의 신기루를 만져 보았음에 만족하는 게 좋겠다고 말이야.

제복 입은 사람들과 한 무더기의 군인들이 와서 그를 데려가던 날까지도 나는 그가 도시에서 중요한 일을 하는 사람이라는 것만 어렴풋이 짐작했을 뿐 아무것도 묻지 않았지. 뻗어 나가는 마음의 다발을 묶어서 나름대로 매듭지은 채, 내 형편에 살 수 있는 제일 값나가는 가죽을 엮어 만든 작은 수공예품만 짐 가방에 담아 말없이 건네고, 그저 건강히 지내시라 할 도리밖에. 심지어는 우리가 언제 다시 만날 수 있겠느냐고도 말하지 않았단다. 입 밖으로 내어도 소용없는 일이기에 침묵하기를 선택했어. 우리 인연의 종결은, 이 거대한 자연에서 떨어져 나온 한 조각의 죽음에 불과하다는 진실을 직시하면서.

문제가 일어난 건 그다음이었다. 나는 달맞이가 끊긴 지 오래였고 배가 점점 불러 오고 있었어. 마을회관에서 회의가 열렸다. 몇몇 어른들이 나를 죽여야 한다고 했지. 외부인의 아이가 내 몸에 깃들여 버린 이상, 고원 지대 밖으로 추방한다든지 하는 다른 선택지도 없었다. 그나마 나를 불쌍하게 여긴 친구들이 나는 살려 두고 이후 태어날 아이의 영혼만, 초원조께서 받아 주실지는 모르지만 그 곁으로 보내 버리자고 제안을 냈지. 어른들은 막상 태어난 아이를 보면 그 일을 집행할 수 있는 사람이 없을 거라고 반대하며, 불의의 싹을 지금 즉시 잘라 내야 한다고 주장했어. 그러자 그 당시의 지장께서, 평생을 걸쳐 한 번도 경험한 적 없던 낯선 일에 대한 파격적인 결정을 내리셨다. 우리 가운데 누군가가 시와를 아내로 맞이하고 이 아이의 아비가 되어 줄 거라면 아이까지 살려 주자고. 다만 우리 혈통이 변질되지 않도록 그 아이는 일생 동안 자신과 같은 또 다른 아이를 만들어선 안 된다고 말이다.

그러나 성년의 축제 날 모두의 마음을 공연히 일렁이게 하는 불 앞에서조차 청혼이 들어오지 않았던 내게, 이런 상황에서 더욱이 나설 사람이 있었겠니.

그때 나와 아이를 구해 준 사람이 다니오였어. 다니오는 그 전해에 아내가 세상을 떠나고 혼자 있는 사람이었지. 마침 자신에게도 아이가 없으니 아빠가 되겠다고 했어. 그때 나는 다니오에 대해 잘 모르고 이야기를 자주 나눠 본 적도 없었지만, 죽을 만큼 싫은 사람만 아니라면 딱히 누구라도 상관없는 처지였단다. 생각해 본 적도 없는 사람과 서둘러 혼인해야 한다는 사실로 감상에 젖을 여유 따위 없이 아이를 지켜 내겠다는 목적이 앞섰으니까. 그렇게 시작한 생활이긴 했지만 다니오는 착하고 친절한 사람이어서 나는 어렵지 않게 정을 붙였는데, 그 정도로 좋은 사람이 아니었다면 내가 이후 지요와 가하를 낳고 살 이유가 없었겠지.

아이가 태어나 첫울음을 울 때를 우리는 '초원조가 다녀갔을 때'라고 부른단다. 그 울음과 함께 아이는 본능적으로 몸속에서 날개를 꺼내어 펼치지. 그래서 태어난 아이는 우선 엄마의 배 위에 엎어서 올려 두어야 해. 날개가 나오다 다칠 수 있으니까. 그랬는데, 비오가 정말……. 나는 혼곤한 가운데서도 비오의 모습을 놓치지 않으려고 눈을 부릅떴다. 산파가 배 위에 아이를 올려놓을 때, 이 아이는 머리도 피부도 눈 색깔마저도 우리의 것과 같지 않으리라는 걸 충분히 짐작하고 마음의 준비도 했는데, 막상 실물을 마주 본다고 생각하니 진정이 안 되더라. 나와 조금도 닮지 않았을 것도 각오하자, 날개가 아예 없을지도 모른다……. 거의 체념했을 때 초원조가 다녀갔다.

우리 모든 익인 아기의 날개는, 자라나면서 개인차가 좀 있지만 출생 당시에는 자신의 한 몸을 이불처럼 덮을 수 있는 크기인데, 비오가 내 손가락 한 마디만 한 날개를 내놓는 순간 나도 모르게 눈물 한가운데서도 웃음이 터지더라. 그걸 보고 다니오 역시 함께 웃어 버렸지. 우리는 이 모습에 대해 사전에 진지하게 의논한 적 없지만 앞으로 어떻게 비오를 키워야 할지 알아차렸다. 나는 비오에게 현실을 꾸준히 주입하여 자신의 위치와 처지를 일깨우는 역할이었고, 다니오는 그럼에도 불구하고 네가 우리의 귀한 익인 아이라는 사실에는 변함이 없다고 포용하는 역할이었지.

그래서 비오는 마을 어른들이 정한 계를 받아들이는 것 외에는 큰 문제나 차별 없이 자랐어. 비오가 저항감 없이 익 인들을 '우리'라고 지칭하는 데에서 알 수 있겠지. 살아오 는 동안 남들의 반도 안 되는 크기의 날개로 인해 또래 간 다툼이며 안 좋은 일을 겪거나 생각 없이 차별하는 말들도 들었을 테고 그 누구보다 비오 스스로 느끼는 신체적인 불 편이나 자괴감이 왜 없었겠는가마는, 그것은 나면서부터 그 애에게 주어진 몫으로 내가 해소해 줄 수 있는 부분이 아 니고 비오도 나를 탓하지는 않아. 세상의 모든 엄마가 자식 을 낳아 놓은 것에 대해 일일이 죄책감을 느끼거나 사죄하 면서 사는 건 부당하고도 불행한 일이라고 생각하거든. 사 람은 누구나 그날그날의 감정에 충실할 권리가 있고, 그 결 과로 인한 짐을 제 것이 아님에도 나눠서 져야 할 때가 있 지. 그렇다고 해서 비오에게 전혀 미안한 마음이 없다는 뜻 은 아니란다. 우리가 짐을 나누는 것은 서로를 향해 마음을 베푸는 일이야. 그리고 나는 내가 데려왔던, 나를 다녀갔던 그 사람에게 베푼 것에 대해 그 무엇도 후회하지 않아. 다른 사람들도 나더러 좀 경솔했다고만 했을 뿐, 다음에 도시 사 람 누군가가 우리의 눈앞에서 곤경에 빠져 있다면 그게 어떤 사람이든 모두가 조금도 고민하지 않고 손을 내밀 테고 말이야.

그래, 우리는 그럭저럭 나쁘지 않게 지내고 있었어. 몸의 고단함은 늘 있어 왔던 거라 새삼스럽지 않았고. 도시에서 감미나 우리온의 가죽을 비롯해서 미과와 은각안 같은 수많은 것들을, 우리를 보호해 준다느니 백 년도 넘는 오래전부터의 통상조약이라느니 하며 이런저런 명목으로 거둬 가는 일은 내 할머니의 할머니 시절부터 있었던 일이라 우리 세대는 그것에 익숙하고 바꿔야 한다는 생각을 못 하고 살았지. 하지만 대체 도시에서 우리의 무엇을 돌봐 준다는 거지? 그들이 한 일이라곤 주로 자기네 말을 가르치는 학교와 수도 시설을 놓고, 자기네 공산품이라면서 우리가 원한 적도 없는 합성수지로 된 물건들을 잔뜩 갖다 안기는 대신 세금을 뜯어가는 일인데. 말이 좋아 무역이지 실은 미과나 은각안 같은 사치품은 규정보다 더 많이 도시로 흘러들어 가고 있다는 사실을, 우리 중 모르는 사람이 없어. 그러나 아직 우리는 거덜이 나지 않았으니까, 홀림목은 여전히 앓는 소리 한 번 내지 않고 울창하며 우리는 먹고살 수 있으니까, 그 이상의 욕심을 부리지 않으니까…… 아직은 버틸 수 있으니까.

우리에게 생긴 문제의 근본 원인은 대부분 도시에 있다는 것을, 아직 너와 같은 아이는 모르겠지만 말이다. 개체 수에는 한계가 있는데, 내놓으라는 양은 자꾸만 늘어나. 홀림목은 저토록 끝 간 데 없이 우거져 있어서 자연이 키워 주기라도 하지만, 은각마의 눈은 두 개뿐이란 말이야. 살아 있는 은각마한테서 눈을 뽑아서도 안 되고, 그렇다고 눈을 얻기 위해 일부러 죽여서는 당연히 안 되는 일인데, 도시 사람들은 그 당연한 이치를 모르는 척하더구나. 자연사한 은각마한테서 나온 눈을 즉시 가공한 은각안이기에 귀중품으로 취급되어 극히 일부의 도시 사람들에게로 가서 목걸이가 되는 것인데. 처음 시작은 그랬지만, 세월이 흐르면서 도시 사람들이 자꾸만 개체 수를 늘리라고 요구했지. 그러니 아직 어린 은각마들까지 무리하게 번식을 시키고, 늙지 않고 그 숨이 다하지 않은 은각마의 죽음을 앞당기고, 심지어 살아 있는 은각마한테서 눈을 적출하는 잔인한 짓을 저지르기도 했다. 그것조차 내 어머니 시절부터 있어 왔던 일이지. 최근에는 무슨 연구를 한다며, 잡종 교배인지 품종 개량인지를 해 본다고 살아 있는 은각마 한 쌍을 도시로 실어 가기까지 했단다. 나중에 비라이가 가져온 소식에 따르면, 최대한 고원 지대의 날씨와 온도에 맞춘 실험실이었다고는 하지만 아무래도 환경이 다른 데다, 계속해서 씨를 채취당하는 실험에 시달린 끝에 암수 한 쌍이 차례로 죽어 갔다고 하지.

그런 식으로 뭔가를 개조하겠다느니 알아보겠다느니 하면서 열매나 씨앗이나 동물들을 거둬 가는 일이 한두 번으로 그치지 않아서 우리는 안 그래도 점점 불안했고 언제 한번 대표들을 뽑아 도시에 파견이라도 해 보자, 이 문제에 대해 진지하게 얘기하고 가능한 한 우리 것을 덜 빼앗기는 방향으로 타진해 보자고 의견이 나왔어. 이미 우리 것 아니고 우리조차 자연에서 빌린 것을 다른 이들이 취하는 일인데 어떻게 막겠느냐고 어른들은 말씀하셨지만, 젊은 사람들은 그렇기 때문에 더욱 저들이 그러지 못하도록 강경하게 나가자는 입장이었지. 그들이 하는 대로 놔두었다가 초원조의 영혼이 우리를 영영 떠나가 버리면 그땐 어쩌겠느냐고 말이야.

그러던 중 설상가상으로, 더 이상 은각안이나 미과만의 문제가 아닌 일이 벌어졌지. 도시 사람들이 생물을 거둬 가면서 익인들의 무덤까지 몰래 파헤쳤다는 사실을 알게 됐어. 우리는 별다른 부장품도 없이 초라하고 소박하게 선조들의 시신을 공동묘지에 모실 뿐인데, 그들은 무얼 노리고 값나가는 것 하나 없는 무덤을 헤쳤나……. 알아보니 먼저 초원조의 곁으로 떠나간 이들의 시신이 몇 구 없어졌더란 다. 그것도 몇 세대 이전의 아주 오래된 유해들이 아닌, 나와 같거나 내 바로 위 세대의 유골이. 그 사실을 알게 된 순간 사람들의 마음을 채운 건 우려가 아니었다. 커다란 공포와, 그보다 더한 슬픔과, 그 모든 것을 압도하고도 남는 분노였지. 먼저 떠난 이들의 영혼은 우리와 항상 함께 있는데, 그들의 자리를 파헤친 모욕을 무엇으로 갚을 것인가. 도시에서 잠깐 공부하다 돌아온 몇몇 청년들이 추측하길, 우리의 몸 구조가 어떻게 생겼는지 알아보려고 그랬나 보다……. 그들은 오랫동안 우리 몸의 비밀을 알아내고 싶어 했다고.

그래, 너도 지금 막 그리 말했다시피 그건 몸의 비밀이 아니라 우리가 파헤칠 수도 다가갈 수도 없는 영혼의 문제인데도, 너와 같은 아이조차 직관적으로 아는 것을 어른들이 받아들이지 않더구나. 그들과 같은 말을 쓰는, 단지 몸이 작을 뿐인 똑같은 사람의 유골을 실험대 위에 올려놓고 이리저리 찔러 보면 날개의 출처와 원리를 알아낼 수 있으리라고 기대라도 했던 걸까. 날개는 초원조가 우리에게 잠시 빌려준 것뿐인데, 우리 몸이 흙으로 돌아가면 그 유골에는 아무엇도 남아 있지 않을 텐데. 그들은 날개의 흔적조차 찾아낼 수 없을 것인데. 그러다가 우리는 파헤쳐진 무덤을 정리하는 과정에서 다니오의 전 아내 유골도 사라졌다는 걸 알게 됐다.

다니오는 우리에게 티를 내지 않으려고 애썼지만 실은 사흘 밤낮 정신을 놓고 지냈지. 그동안 우리에게 생긴 변고를 캐내자면 도시로 가서 가장 높은 사람에게 물어볼 수밖에 없었으니 청년들 몇몇이 대표로 꾸려졌는데, 출발하려던 날…… 다니오가 사라졌다. 도시로 가서 시신들의 행방을 알아보겠다는 글만 남겨 두고서. 그렇게 홀로 떠난 다니오는 일주일이 넘도록 돌아오지 않았고, 우리는 소수 대표만 꾸린다던 생각을 바꾸어 실력행사부터 하기로 했어. 이성과 논리를 버린 시위를 하기로, 무조건 외치고 몸을 던지기부터. 처음부터 그렇게 하지 않으면 도시 사람들은 듣는시늉도 안 할 것만 같은 불안 때문에. 우리의 몸이 목적이라면, 그 목적의 주된 이유인 날개부터 그들 눈앞에 꺼내서 보여 주자고. 건물을 부수고 창문을 깨자고 말이다.

그러나 시행이라는 이가 나와서 우리한테 무얼 묻기도 전에 군인과 경비병들이 진압부터 했다는 거야. 많은 익인들이 다쳐서 돌아왔지. 소요의 한가운데서 비오가 총에 맞고 떨어지는 모습을 목격한 사람들이 있었지만, 남은 사람들만이라도 무사히 돌아와야 한다는 판단으로……. 눈에 띄는 모습에다 날개마저 작은 애가 도시에 다녀오는 걸 나는 반대하고 싶었는데, 비오는 제 아버지의 일에 어떻게 자기가 빠질 수 있겠느냐고 했지. 더 어린 가하나 지요보다는 자기가 낫다며. 나는 비오의 위험도 그렇지만 그 애의 몸이 도리어 다른 사람들에게 방해가…… 부담이 되지 않을까 걱정했던 거란다.

그 이후의 일은 네가 아는 대로란다. 비오도 가하도, 도시를 증오하거나 도시 아이라는 이유만으로 너를 원망하지는 않아. 다만 우리는 무슨 일이 일어났는지 여전히 알고 싶어. 나 또한 처음부터 깊은 마음이 있었다기보다는 주위 상황에 떠밀려 맺은 인연이었지만, 다니오에 대해서라면 그런 좋은 벗을 만난 걸 행운으로 여기고 있기 때문에, 궁금하고 염려돼. 어르신들 앞에서는 이런 말 차마 못 하지만, 솔직히 지금 생각 같아서는 선조들 시신의 행방은 몰라도 상관없으니 다니오만은 무사히 돌아왔으면 좋겠다는 생각뿐이란다.

비오와 함께 지장의 처소로 가는 동안 루는 전날 시와가 들려준 이야기를 한 단락씩 복기하고 있었다. 루로서는 당연히 처음 듣는 이야기였고, 아직까지는 익인들의 추측에 지나지 않지만 그런 잔인한 일이 도시에서 벌어지고 있다는 가능성부터가 충격이었다. 익인 무덤의 시신은 정말 도시 사람들이 가져간 게 맞는지, 그것만은 설령 오해나 착오였다고 하더라도, 이전부터 자행되어 왔다는 각종 수탈은 루의 안온한 상식과 충돌하는 것이었다.

과수원에서, 도시에서, 그것이 어떤 방식이든 어른들로부터 최소한의 보호를 받으면서 살아온 루는 익인들이란 그저 사막 건너 멀리 존재하는, 도시인들과는 좀 다른 민족이라고만 생각했었다. 서로에게 해를 입히지 않고 병존하는 이들이라고만 여기고 있었다. 그러나 도시 사람들의 귀중품이나 장식을 위해 산 채로 눈이 뽑힌 은각마나 도시 사람들의 외투가 되기 위해 털가죽이 벗겨진 우리온을 생각하면, 고원 지대의 사람들이 태어나면서부터 도시에 대한 적개심으로 뭉쳐 있대도 할 말이 없었다. 어째서 하늘을 날 수도 있는 사람들이, 고작 땅에 붙어 있는 사람들에게 백 년 넘게 빼앗기면서 사는 것인지 언뜻 이해가 가지 않기도 했고, 그것이 비단 유영기나 투탄기 같은 문명의 이기를 압도할 수 없어서일까 의아하기도 했는데, 그보다는 그들의 성정이 남을 해치거나 빼앗는 일과 거리가 멀어서인 것 같았다. 그렇게 자신들의 땅이, 근간이…… 무덤이 파헤쳐지기 전까지는.

시와의 말투는 담담했지만 그 안에서 배어 나오는, 다니오의 행방을 알고 싶다는 간절함만큼은 숨길 수 없었다. 시와는 루가 아이에 불과하다는 사실을 전제했지만 루는 현재의 시행과 관계있는 사람이기도 했다. 시와가 들려준 이야기 속에서 루가 알아내거나 해결해 줄 수 있는 문제는 단한 가지도 없었는데, 어쩌면 지장이 보자고 한 목적부터가 도시에 돌아가 이 문제를 공론화해 달라는 게 아닐까 싶어져서 루는 걱정되기 시작했다. 지금까지 미과든 감미든 평범하고 공정한 수입 과정을 거쳐 들어오는 줄로만 알았던 루에게 그런 일이 가능할 리 없었다.

다른 익인들의 집과 마찬가지로 흙과 나무를 쌓아 만든 소박한 처소가 보였다. 그 지붕에 태어나 처음 보는 커다랗고 이상한 새 한 마리가 앉아 있었다. 이상하다고밖에 달리 부를 말이 없어서, 루는 익인들의 신화 전설 속 첫 장에 등장한다는 초원조가 설마 저건가 싶었다. 몸의 크기나 굵은 발가락이며 날카로운 발톱으로 보아선 맹금류일 법했으나 부리 부분이 사슴의 주둥이처럼 생겨서 사냥에 적합하지 않을 것 같았고, 머리부터 몸통까지는 라사압소 견종처럼

금색 장모로 덮여 있었으며, 붉은색에 길고 팽팽한 머리깃
이 다섯 가닥 위로 솟아 있었다. 몸통 중간부터는 자기 몸의
길이보다 두 배는 길고 커다란 날개가 붉은색이 드문드문
섞인 금색으로 뻗어 있었는데, 그것이 한번 기지개 비슷한
걸 켜자 일반적인 새와는 달리 두 쌍의 거대한 날개가 드러
났다. 저만한 것이 올라앉아 있는데 지붕이 무너지지 않나?

"금곡조라고 합니다. 순해서 무섭지 않아요."

지장의 심부름꾼이 문 앞에 마중 나왔다가 루가 주춤거
리는 모습을 보고 말했다.

"개체가 그리 많이 남지 않아서, 보존 차원으로 지장 어
른 댁에서 한 쌍을 키우고 있습니다."

금색 깃털이 길게 뻗은 모습이 계곡 줄기와 닮았다고 하
여 금곡조라는 이름이 붙은, 한때는 사람의 말을 알아들었
으나 고원 지대에서 주로 쓰는 언어가 바뀐 뒤로는 더 이상
의사소통을 할 수 없게 되었다는 새였다. 심부름꾼의 아버
지의 할아버지 세대부터 금털을 취하려는 도시 사람들의
사냥감이 되거나, 도시로 옮겨졌다가 풍토가 안 맞아 동물
원 새장에서 죽는 등 개체 수가 눈에 띄게 줄어서 지금은
다만 상징적인 존재로 남아 있다고 했다. 생활에 유익을 가
져다주는 것은 아니지만 그래도 이야기 속 초원조를 떠올

리게 하는 특별한 모습을 지닌 새인 만큼 오래도록 지켜 나가고 싶다는 것이었다. 일부는 고원 지대 곳곳에 흩어져 있지만 그들이 어디서 무얼 하면서 어떻게 살아가는지는 알지 못하며 가끔 날아다니는 모습이 눈에 띄면 안심할 뿐이라고.

지장의 심부름꾼이 안쪽으로 그들을 안내했다.

"어서 오세요."

외부의 간결함과는 달리 한쪽 벽에 실로 짠 화려한 걸개 그림이며 뼈 장식이 보였다. 그것들을 등 뒤에 두고, 두툼한 가죽 방석에 앉아서 지장이 루에게 인사했다. 심부름꾼이 지장과 마주 보는 자리에 등받이 없는 작고 낡은 나무 의자를 한 개 가져다 놓고 눈짓하자 루는 어리둥절했다. 거기 앉으면 눈높이가 달라져서 루가 지장을 내려다보는 위치가 될 것이었다.

"도시 사람들은 생활 방식상 우리와 같이 낮은 자세로 앉기가 힘들 것 같아서 가져온 겁니다. 어려워 말고 편히 앉으세요."

루는 고개를 꾸벅하고 의자에 앉으며, 아마도 이 의자에는 그 옛날 시와가 들려준 이야기 속의 인물이 앉았으리라고 생각했다. 루 옆으로 비오가 바닥에 한쪽 무릎을 꿇고 지장 앞에 머리를 반쯤 숙였다.

"루, 당신 덕분에 우리 비오가 무사히 돌아왔다고 들었습니다."

맑고 온화한 지장의 목소리에도 루는 긴장을 놓지 않았다.

"비오가 혼자 알아서 한 일이고…… 저는 어깨의 짐짝으로 딸려 왔습니다."

그것조차 실은, 시행의 엄중 주의가 있었음에도 불구하고 단지 호기심에 익인을 구경하고 싶어서 찾아갔다가 생긴 일이었다는 사실까지는 차마 말할 수 없었다. 그 점에 있어서는 무언가의 목적으로 시신을 탈취해 간 사람들이나 루가 본질적으로 다를 바 없음을, 시와의 이야기를 통해 뒤늦게 깨달아서였다.

지장이 웃음을 터뜨리며 말했다.

"설령 짐짝이었다 한들 당신이 마음을 베풀지 않았다면 불가능한 일이었겠지요. 비오를 통해 대략의 사정은 들었지만, 당신의 이야기를 당신의 목소리로 들려주지 않겠습니까."

지장이 어째서 그런 걸 궁금해하는지 알 수 없었지만, 그동안 학교에 다니지 않아 친구가 없고 어머니는 손에 잡힐 곳에 있기는 하되 심적으로 멀게 느껴져 누구에게도 말하지 못했던 일들을 루는 이야기하기 시작했다. 처음에는 과일 냄새와 햇빛으로 가득 채워져 있던 조부의 마을에서 보낸 시절을, 가능한 한 좋은 기억만을 추려 얘기할 생각이었다. 그러나 어쩌다 비오와 만났고 자신이 왜 그 장소에 있었는지를 이야기하려면 그다음에 생긴 일들과, 자신이 태어나기 전에 있었던 자신은 구체적으로 알지 못하는 일들까지 이야기의 범위를 넓혀야 했다. 거기에는 이제껏 자신이 머물러도 괜찮은 자리를 찾지 못했다는 불안한 마음과, 육친 사이에서도 느낀 근본적 소외감 같은 것들이 밑그림처럼 깔려 있었다.

그러는 동안 지장은 한 번도 루의 말을 끊지 않고 가만히 듣기만 했다. 그래서 루는 청사 안에서 누구에게도 하지 못했던 이야기들까지, 오늘의 만남과 무관함에도 불구하고 호우에 수문을 개방한 것처럼 쏟아 내 버렸다. 정신이 어느 정도 들었을 때는 거의 가쁜 숨을 몰아쉬며 이야기를 마무리하고 있는 스스로를 알아차렸다. 왜 여기까지 말했지? 그거야 지장이 중단시키지 않아서였다. 그의 입가에 번져 나가는 미소를 보자 루는 자신이 청사 안에서 늘 이야기를 들어줄 사람에 목말라 있었다는 걸 알았다. 그리고 옆에 있는 비오의 다리가 아프겠다는 생각이 뒤늦게 들기 시작하여 곁눈질했을 때 비오와 우연히 눈이 마주쳤고, 괜찮으니 염려하지 말라는 듯한 미소까지 보고 나서야 루는 자신의 이야기가 벽에 닿아 부서지는 것이 아님을 실감했다.

"아주 잠깐이라도, 그 인연을 귀하게 여기세요."

지장이 자리에서 일어나 다가오기에 루는 엉거주춤 일어서려고 했으나 지장은 그대로 앉아 있으라는 손짓을 했다.

"어떤 우여곡절을 거쳤든 간에, 서로 전혀 다른 두 사람이 만나 연결된 데에는 이치가 있을 겁니다. 눈에 보이지 않고 때론 설명되지 않는 연결이야말로 사람에게 가장 중요한 것이며 살아 있는 이유랍니다. 그러니 이어진 끈을 섣불리 자르려 하지 말고 그리로 마음이 흐르게 해야 합니다. 지내는 동안 루, 당신에게 평안이 있기를."

그러면서 지장이 큰 손으로 루가 모은 양손을 쥐고 나머지 한쪽 손바닥을 머리에 얹어 놓았을 때, 루는 성사의 세례와도 같은 그 행위가 익인들의 깊고 친밀한 인사 방식인가 보다 짐작하는 한편, 자신이 지내 온 시간이 결코 부적절하거나 잘못 조립된 것이 아니었다는 생각에 그간 본능적으로 웅크려 온 어깨를 펼 수 있었다.

"고맙습니다."

"편하게 있다가 가요. 당신이 우리 비오에게 베풀어 준 것에 비할 바는 아니지만, 우리도 지내는 동안 편의를 보아 주고 싶습니다. 가진 게 많지 않다면 한 톨의 감미라도, 가진 게 없다면 한 줌의 체온이라도 줄 거예요. ……나중에 집에 돌아가고 싶어질 때는, 비오는 일단 그쪽에선 도망자 신세라 안 되겠고, 도시에 그나마 안면이 좀 있는 비라이네한테 데려다주라고 하겠습니다. 지내는 동안 우리는 대부분 바쁘고 어수선하여 세심히 살펴 주지는 못할 겁니다만, 그 대신 당신을 이상한 눈길로 바라보거나 모욕하지도 않을 겁니다."

루는 익인들이 분주하다는 이유가 비오의 아버지 다니오와 관련된 일이라고 짐작했으나 이어지는 지장의 말은 좀 달랐다.

"우리의 정직하고 충실한 구성원인 다니오의 안위가 걱정되지 않는 것은 아니지만, 그래도 해마다 준비하던 건 해야지요. 다음 주에 익인 청년들의 이행식이 있답니다."

열여덟 살을 맞이하는 이들의 이행식에 대해서라면 시와에게 들은 바가 있어서, 루는 자연스레 옆에 무릎 꿇은 비오를 돌아보았다. 그런데 비오의 옆얼굴에는 남의 일이라는 듯 표정이 없었고, 루의 눈길을 알아차린 지장은 지금까지와는 다른 냉랭한 목소리로 덧붙였다.

"그 애는 아닙니다."

"예?"

"비오에게는 해당 사항이 없습니다. 올해 열여덟 살이 되긴 하지만 비오는 우리 안에서 온전한 어른으로 지낼 수 없습니다."

"그게 무슨……."

그런 비난에 가까운 폭언을 고스란히 온몸으로 받아 내면서도 비오의 앉은 자세에는 조금도 흐트러짐이 없었다.

"비오에 대해 대강 알고 있겠지만, 이 아이는 초원조의 축복을 받을 자격을 다 갖추지 못하고 태어났습니다. 안타까운 일이지만 본인이 감당해야지요. 원래대로라면 세상에 나오지도 못했을 테니까요."

"하지만 그건 너무……."

어떻게 말을 골라야 좋은지 궁리하는 루의 머릿속에 회오리가 일었다. 지금까지 한 말과 너무 다르지 않아? 연결이라며. 소중히 여기라며. 그런데 진심으로 환대해도 모자랄 자기네들의 구성원을 이교도 취급하다니.

"가혹한 일이지요. 우리도 알고 있습니다. 하지만 우리의 이행식이란, 그날 당장이 아니더라도 조만간 혼인이 있을 것을 염두에 두는 의식입니다. 비오가 혼인을 해선 안 되는 이유는 대강 알고 계실 테지요. 안됐지만 그런 겁니다."

지장의 준엄한 목소리가 루의 머리 위로 떨어져 내렸다.

"……우리 비오라면서요."

비오를 돕기 위함이 아니라 아무래도 이건 뭔가 좀 아닌 것 같다는 생각만으로, 루가 쥐어짜 낼 수 있는 말은 이 정도가 최선이었다.

"세상에 왔는데, 좋아서 태어난 게 아닌데 어떻게 그럴 수 있지요? 그게 당신들의 초원조가 말하는 연결과 포용인가요. 비오와 같은 아이를 품지 못할 만큼, 초원조의 날개는 그렇게 작은가요."

"그만해."

비오가 여전히 고개를 들지 않은 채로 침묵을 깼다.

"네가 상관할 일 아니야. 가만있어."

루는 자기가 한 말이, 익인들의 가장 중요한 초원조를 향한 모독이 될 수 있다는 점에 뒤늦게 생각이 닿았으나 이미 입 밖으로 나간 말이 수습되지는 않았다.

"죄송합니다. 주제넘었어요."

지장은 살짝 찡그렸던 눈살을 조금씩 풀었다.

"정말 그러네요. 도시 사람이 우리의 사고 체계를 완전히 이해하기란 어려운 걸 아니까 이번만 눈감아 드리겠습니다."

그러나 지장이 눈감는다고 해서 루도 눈을 감아야 한다는 법은 없었다. 루는 이 대목에서 자신이 눈을 감아 버리면, 직전까지 자신의 머리에 얹어졌던 모든 축복의 언사가 거짓이 되어 버릴 것만 같았다.

"그래도 실수라고는 생각하지 않아요. 조금 전 제 얘기를 코로 들으셨나 봐요. 웅장하고 경직된 청사 안에서 아무도 저를 환영하지 않았습니다. 숨 쉬는 것 말고 그 안에서 할 수 있는 일이 없었어요. 입 밖에 낼 수 있는 말이 무엇인지, 갈 수 있는 데가 어딘지 알 수 없었어요. 제가 원해서 그곳으로 간 게 아닌데도요. 그런 저한테도 축복을 이야기하시고서, 어떻게 가까이 있는 비오에게는 이러실 수 있는지 모르겠어요."

루가 떠드는 동안 지장은 기가 막힌다는 듯이 실소를 터뜨리다가 이윽고 루에게로 허리를 숙이고 눈을 들여다보며, 여전히 낮고 친절한 음성으로 반듯하고도 뚜렷한 실선을 그었다.

"제가 이런 것까지 설명해 드려야 하는군요. 그건 당신이 바깥의 사람이기 때문입니다. 우리의 삶과 아무런 상관이 없어야 마땅한 사람. 며칠 있다가 떠나갈 손님에 불과하기 때문이지요."

말없이 두어 걸음을 앞서서 걷던 비오의 보폭이 점차 커지더니 곧 성큼성큼, 예닐곱 걸음만큼 차이가 벌어졌다. 루는 뛰다시피 쫓아가 팔을 붙들었다.

"비오, 잠깐만."

비오가 불에 닿기라도 한 것처럼 팔을 뿌리치는 바람에 가죽 팔찌의 달랑거리는 뼈 장식이 루의 입가를 긁고 지나갔다. 순간 비오의 얼굴에 후회의 빛이 스치는 걸 보며 루는 찢어진 입가를 손등으로 훔쳤다.

"자업자득이네, 이거."

"그 말뜻은 잘 모르겠지만 네가 얼마나 생각 없는 녀석인지는 아주 잘 알았다."

"내가 생각이 없으면 너는 배알도 없냐. 그런 말을 면전에서 들으면서 가만히 있고."

"네가 뭘 알아?"

"익인들이 자기와 다르지 않은 익인을 어떻게 차별하는지 정도는 알게 됐지."

비오의 눈 속에서 검은자위를 따라 출렁거리는 분노를 보고 루는 말의 수위를 조금 바꾸었다.

"내 말은…… 그런 점에 있어서는 도시 사람들하고 다를 거 하나 없다고."

"네가 뭐 때문에 이러는지는 짐작이 가는데, 착각하지 마라. 난 네가 아니야. 그리고 우리는 너희가 아니야."

"그런 취급을 받고도 우리라는 소리가 잘도 나온다."

"거기서 한마디만 더 하면 높은 데로 끌고 가서 떨어뜨릴 줄 알아."

루가 옆구리를 찌를 필요도 없이 비오 자신이 가장 잘 알 것이었지만 루는 말하기를 멈출 수 없었다. 머리로는 자신을 거기다 투영해서도 이입해서도 안 된다는 걸 알면서, 한편으론 바로 그렇기 때문에, 자신이 청사에서 할 수 없었던 말들과 내보이지 못했던 속내들이 분출되고 있었다. 태어났다는 이유만으로 누군가의 눈살을 찌푸리게 만드는 생명이라니, 그 자리에 다소 강압적인 방식으로라도 불쏘시개를 꽂지 않으면 그 빛이 언제고 꺼질 것만 같은 예감이었다.

"해 봐, 어디 한번 해 보라고. 그런 게 무서울 것 같으면 처음부터 입도 뻥긋 안 했지."

"정말이지."

비오는 진짜로 루를 잡아끌고 올라가기라도 할 것처럼 멱살을 틀어쥐곤 몸을 돌리려다 등 뒤에서 퉁 소리와 함께 무거운 충격에 들이받혀서 그 자리에 엎어졌다. 함께 밀려 넘어진 루의 뒤통수에서 흙먼지가 피어올랐다.

그런데 분명 바닥에 그대로 곤두박질한 머리에 통증이 없었다. 눈 뜨고 보니 비오의 손이 제 머리를 감싸 받치고 있었다. 루는 가슴에 쓰러진 비오의 몸을 밀어 내면서 눈앞에 나타난 것을 올려다보았다. 우선 압도적인 크기에 두려움을 느꼈지만 지요가 한 손으로 고삐를 쥐고 서 있으니 위험한 동물은 아닐 것이었다. 아마도 그것은 비오의 등을 힘주어 밀친 게 아니라 다만 친근함의 표시로 가볍게 기댄 모양이었다. 빈틈 한 올 찾을 수 없이 까맣고 긴 온몸의 털과 갸름한 얼굴에, 선량해 보이는 흑적색의 둥근 눈. 양쪽 옆얼굴을 머리카락처럼 덮은 두 개의 기다란 귀 뒤로, 두 그루의 눈 쌓인 나뭇가지처럼 솟아오른 은색 뿔.

"길바닥에서 뭐 하는 거람. 루를 괴롭히지 마."

지요의 핀잔을 듣는 둥 마는 둥 하며 비오는 흙과 풀을 털고 일어났다.

"오빠가 여자애한테 그런 무지막지한 짓을 하는 걸 엄마가 봤다면 뭐라고 하실까."

"안 때렸어."

"저기서부터 봤거든 내가. 때린 거나 마찬가지야. 일러바칠 거야."

아직 입을 벌린 채 은각마를 바라보며 그대로 굳다시피 한 루의 팔을 잡아 일으키곤 비오는 고개를 돌렸다.

"먼저 간다. 네가 그 녀석 데리고 오든지 말든지 알아서 해."

자리를 피해 버리는 비오의 뒷모습을 씁쓸하게 바라보다 루는 다시 은각마에게로 눈길을 주었다. 역시 도감이 아닌 실제로 보는 것은 처음이었다.

"만져 봐도 돼, 순해."

지요가 고삐를 넘겨주기라도 할 듯이 다가섰다.

"이 아이를 데리고 어디로 가던 길이야?"

"공용 목장에서 몰고 나와서 풀밭에 풀어놓으면 때가 됐을 때 알아서 다시 들어가는데, 얘는 어미를 놓쳐서 따로 찾아오던 참이었어."

"얘가 아기였단 말야?"

아기도 이렇게 크구나. 순하고 귀엽고 보드랍고……. 막연히 상상하던 것보다 훨씬 눈부신 뿔에 눈이 갔다. 이 뿔이 장식용으로 수탈의 대상이 된다는 말을, 죽은 뒤 이 큰 눈동자는 건조와 가공 끝에 결코 썩지 않는 보석이 된다는 말을, 루는 믿을 수 없었고 그 잔인한 과정을 떠올리고 싶지 않았다. 은각마의 존재를 해치는 것만으로도 익인들이 도시 사람들을 증오할 만했다. 아까 개체 수가 줄어 보기 힘들어졌다는 금곡조 앞에서도 그랬고, 루는 자기가 한 일이 아닌데도 도시 사람이라는 사실만으로 한 마리의 무구한 은각마 앞에서 죄의식이 몰려왔다.

"미안해."

"뭐가? 네가 왜."

지요는 못 알아듣는 척 말을 돌렸다.

"그보다 얼굴을 다쳤네. 불의의 사고로 머리카락이 잘렸단 얘기는 진작 들었지만."

"아, 이거 대단한 거 아냐."

긁힌 상처라 피가 흐르지는 않지만 흙먼지가 들어갔는지 살짝 쓰라렸다.

"비오가 그랬구나."

"그냥 접촉 사고 같은 건데, 그 전에 내가 지장 어른께 먼저 대들었거든."

"왠지는 몰라도 그건 놀랍네. 잘했어. 우리 중엔 그럴 수 있는 사람이 없거든."

뜻밖에 시원시원하게 말하며 지요는 은각마를 길섶에 세워 두고 손짓했다.

"잠깐 와서 나 좀 봐."

루가 다가가자 지요는 얼굴의 상처에 손을 얹었다. 그 손이 입술을 가렸으므로, 루는 다음 순간 눈앞에서 펼쳐지는 지요의 날개에 탄성을 지를 기회를 놓쳤다. 은각마의 뿔보다 눈부신 은색이었다. 날개의 크기는 루의 한 몸쯤 가볍게 덮고도 남았다. 홀림목 숲에서도 가하가 날개를 펼치는 걸 보았지만 그때는 둘의 거리와 높이가 떨어져 있었던 데다 날개의 색 또한 잿빛에 가까운 은색으로 지금 같은 느낌이 아니었다.

"더 가까이."

한 발 더 나아가자 지요와 코가 거의 맞닿을 듯 가까워졌는데, 오라고 한 이유는 곧 알게 되었다. 지요가 두 날개를 앞으로 모아 루를 끌어안듯이 감쌌다. 이게 익인들의 능력이라는 걸 깨달으며 루가 놀라워하거나 전율할 틈도 없이 거의 곧바로 날개를 걷어 내며 지요는 뒷걸음질로 떨어졌다.

"다 됐어."

얼굴에 통증이 하나도 느껴지지 않았고 만져 보니 다친 자리도 깨끗해졌다.

"고마워."

"그럼 가자."

"이것도."

루는 손목에 찬 머리끈을 흔들어 보였다.

"별거 아니야. 남는 걸로 대충 엮은 거야."

그들의 일이 그렇게 간단하지 않다는 것쯤 루는 시와의 긴 이야기를 통해 알았지만 모르는 척했다.

"그래도 말이야. 이것 때문에라도 머리를 꼭 다시 기르고 싶네."

말하면서 고개 들었을 때, 도저히 그 과정을 포착하지 못할 찰나에 지요의 날개는 들어가 있었다. 몇 번을 눈 부릅뜨고 보더라도 그 날개가 어디로 들어가는지 아니면 사라지는지 도시 사람들의 지식으로는 알 수 없을 터였다. 분명한 건 그렇게 큰 날개가 이 작은 몸속으로 들어가는 일은 세상의 어떤 물리나 논리로도 해명 불가능하다는 사실이었다. 종이나 비닐도 아니고 그 커다란, 날개뼈까지 선명하며 윤기와 탄력으로 넘치는 실체가.

"목장 가는 길이랑 같으니까 집까지 데려다줄게."

지요가 은각마의 고삐를 당겼다.

지요와 나란히 걸어가는 동안 루는 날개에 대한 이야기를 들을 수 있었다. 그들은 초원조 시절부터 날개에 치유의 힘을 갖고 있는데, 광범위하거나 깊이 찔리고 베인 상처도,

부러진 팔다리며 깨진 머리도 날개로 대상을 감싸고 접촉해서 낫게 할 수 있다고 했다. 열이 나는 머리를 식힐 수도 있고, 특히 출산하는 여자를 도울 때 효과가 좋다고. 과다 출혈을 막고 가능한 한 통증을 줄이기 위해, 앉아서 출산하는 엄마의 등 뒤에서 내내 어깨를 감싸고 날개로 그 몸을 덮어 준다고 했다. 익인들은 자가 치유도 가능하지만 그 행위는 온 마음과 혼을 거기 집중해야 하는 일이며, 익인의 출산 시 당사자는 출산 행위 외에 본인의 치유까지 신경을 쓸 수 없으므로 남편이나 이웃의 다른 여성 익인이 날개로 감싸 준다고.

"아기를 낳는 건 고대의 전쟁 때 팔다리가 잘리고 포로가 산 채로 머리 가죽이 벗겨졌던 것과 다를 바 없는 일이래. 그렇게 큰 부상을 어떻게 본인이 스스로 돌보겠어. 물론 지금 우리는 옛날처럼 일상이 전쟁이던 시절을 겪어 본 세대가 아니라서 고통의 절대치를 비교하긴 어렵겠고, 평소 생활하면서 그만한 부상을 당할 일이 없다 보니 치유 능력이 점점 퇴화하는 추세라고 어른들이 염려하셨어. 하지만 능력을 지키는 것보다 전쟁 같은 게 없는 쪽이 낫지 않나…… 이건 어디 가서 말하면 안 된다? 어른들이 싫어하실 거야."

"약속할게. 난 못 들은 걸로."

그 외에는 고열이나 복통처럼 원인이 대체로 분명하거나 단순한 병을 낫게 할 수 있다고 했다. 원인 모르는 속병이 사람을 통째로 지배해 버리고 나면 어쩌지 못한다고 하는데, 이를테면 몇 세대 전 도시 사람들이 무더기로 한 번 고원 지대에 다녀간 뒤 익인들 사이에 알지 못할 병이 퍼져 나갔을 때, 수백 명에 이르는 익인들이 상당히 오래 앓았으며 개중에는 영 낫지 못하고 죽은 이들도 몇 명 있다고 했다. 익인들에게 서로를 돌볼 줄 아는 능력이 없었다면, 도시의 전염병처럼 대규모 사망자가 발생했을 것이다. 루의 생각으로는 아마 다니오의 전 아내가 도시에서 옮아 온 전염병을 앓았거나 악성 종양 같은 중증 환자에 해당하지 않았을까 싶었다. 도시와의 접촉은 이들에게 있어서 상호 교류와 발전보다는 손해에 더 가까운 듯싶었다. 최근엔 그런 죽음을 더 이상 초원조의 부름이나 섭리로만 여기지 않은 소수의 청년들이 도시에 나가 공부를 하고 돌아오기도 했지만, 그와 같은 발전이 이들에게 이익을 가져다줄 것인지는 오랜 세월이 흘러야 알 수 있을 것이었다.

한편 이들은 정신 질환을 귀신 들린 병이라고 불렀는데, 영적인 힘에 들리는 것 자체가 이들의 생활 문화상 긍정적으로 작용하는 경우가 있었으므로 병과 병 아닌 것을 구분하기 어렵다고 했다. 나쁜 병이라고 지장이 최종 판단하면 몇몇 사람들이 돌아가면서 날개로 감싸 주는데, 이때는 그야말로 복불복, 낫기도 하고 영영 틀리기도 한다고 했다. 도시인의 관점에서는 정신 질환을 날개의 힘으로 낫게 한다는 것이 도대체 말이 되지 않는 일이며 혹 나았다면 그것은 단지 우연의 중첩이거나 환자를 둘러싼 인간관계 및 환경 개선의 결과로 보일 것이었다.

또한 벼랑 같은 데서 떨어져 바위에 부딪히거나 하여 완전히 머리가 부서진 동물도 고치지 못하고 다만 숨이 끊어지기 전까지 고통을 보살펴 준 뒤 묻어 주었다고, 지요는 슬픈 낯빛으로 담담히 말했다. 이들의 능력을 눈여겨본 도시 사람들이 옛날 지장에게 요구하여 마을 사람들의 날개 깃털을 하나씩 뽑아 간 적이 있으나, 날개깃을 모은 것으로는 아무런 힘이 없었다고도 했다. 그럼 그렇지. 루는 부끄러움에 열이 확 올라오는 얼굴을 바닥으로 떨어뜨린 채 묵묵히 걸었다. 도시인들이 날개를 통째로 뜯어 가더라도 불가능할 것이다. 익인이기 때문에만 가능한 일일 터였다. 그런데 그사이에 정말 날개를 꺾어 취하려는 시도가 한 번도 없었을까.

힘이 있기 때문에 그것을 계속 빼앗길 수밖에 없는 아이러니한 상황이라면, 그야말로 지요의 얘기처럼 능력 대신 평화가 보장되는 게 나을 것도 같았다. 원해서 그런 힘을 갖고 태어난 게 아닌데……. 그때 루는 고개를 들어 은각마의 희고 눈부신 뿔과 천진한 눈동자를 바라보았다. 빼앗길 것이 남아 있는 한, 도시가 존재하는 한 완전한 평화란 익인들에게 꿈만 같은 이야기.

백 살이 넘어 주름이 더욱 깊어지면서 그 몸집이 예전보다 쪼그라든 것처럼 보이는 옛사람—먼젓번 지장이 돌아가실 때까지 사람들은 이렇게 불렀다—은, 이제 날개가 나오지 않았고 너무 가느다란 두 다리로 버티고 서 있지 못했다. 다리에서 근육이라고 할 만한 것이 모두 증발한 것처럼. 정신은 가끔 맑은 편이었으며 말수는 적었다. 대체로 식물적인 삶의 모습을 유지하고 있었다. 이따금 말하는 것은 간밤의 꿈 이야기나 옛날이야기 정도였다.

원래 지장의 거처는 마을 한가운데, 누구에게나 접근성이 좋은 곳으로 정해져 있었다. 그러나 지장의 자리에서 물러나면 사람들 손이 잘 닿지 않는 구석진 곳, 버려짐을 간신히 면한 정도로 황막한 곳에 처소를 짓고, 시중꾼 한 사람만이 그를 따라간다. 만일 시중꾼이 사고나 노환으로 세상을 먼저 떠나기라도 하면, 옛사람은 도와줄 이 하나 없이 외롭게 숨이 꺼져 갈 것이었다. 그런 불의의 사태를 막기 위해 마을 사람들은 틈틈이 돌아가며 옛사람의 처소에 들르고 있었다. 일종의 생사 확인 차원이었다.

옛사람은 하루의 대부분을 밖에서 보내는 것을 좋아하여, 시중꾼은 날이 궂지 않고 볕이 좋을 때면 옛사람을 안아다가 마당에 설치한 깊은 소파에 앉혔다.

곡식이나 건과일을 꾸러미로 안고 옛사람을 방문하는 마을 사람들은, 처음에는 인사치레로 건강이나 식사 같은 것을 묻다가, 언젠가부터는 남에게 들려주어선 안 되는 속말을 꺼내곤 했다. 고민을 상담하기 위해서가 아니라, 그가 어차피 듣고 잊어버리거나 듣는 순간에도 그것을 이해하지 못하기 때문이었다. 그는 자신이 말하는 것보다 더 많이 더 오랜 시간 동안 다른 사람들의 이야기를 잠자코 들었으며, 지금은 어쩌면 일과의 대부분이 누군가의 말을 듣는 행위로 이루어져 있었으므로, 사람들은 그를 일종의 주머니로 삼았다. 남의 집 여인에게 맘이 가는데 어떻게 할까요, 진짜 싫은 그놈을 땅에 파묻어 버리고 싶은데 어쩌죠, 하는 식으로 누군가에 대한 고백을 하거나 욕을 하거나 불평한 뒤 조금쯤 홀가분해진 표정으로 그 자리를 뜨곤 했다. 별다른 대답을 듣지 못할 때가 대부분이며 가끔 돌아오는 대답마저도 이해하기 어렵거나 동문서답이었지만, 하소연을 했다는 것만으로도 사람들은 제 안의 짐을 덜어 내는 것이었다. 말하고 나면 안에 있던 근심이 형체와 무게를 갖고 빠져나가기라도 하는 것처럼. 옛사람은 머잖아 초원조가 그 영혼을 데려갈 터였고, 사람들은 그가 누구에게 말을 퍼뜨리거나 공론화하여 최초의 발화자를 곤경에 빠뜨릴 일이 없다는 것을 알고 있었다.

"제가 잘못 생각한 걸까요."

지장은 옛사람 옆에 쭈그리고 앉아 그의 손등에 여러 갈래 길을 낸 깊은 주름을 어루만지며 중얼거렸다.

"그 아이에 대한 처분은 이미 태어날 때부터 내린 것이고, 번복할 수 없다고 생각했는데요. 그건 단지 무의미한 고집이었을까요. 우리의 사람들을 지키는 거라 생각했는데. 천 명의 사람을 지키기 위해 한 명의 사람에게 상처를 주는 일이 옳은 것이냐고, 고작 도시에서 온 아이가 제게 묻더군요."

그때 지장은 아직은 젊은 나이였고, 이웃의 사람 좋은 아우인 다니오가 불미한 일에 엮인 시와를 맞이하겠다고 나서자 깜짝 놀랐었다. 그는 다니오가 아내를 잃은 지 얼마 안 되어 시와를 구해 주는 셈 치고 실은 자포자기하는 걸로 여겨 적극적으로 만류하지는 않고 한발 물러났었다. 세상에서 바람직하고 아름답다고 하는 형태와 과정을 갖춘 사랑이 아니더라도, 누군가를 구하고 살리는 것도 삶의 이유이자 의미가 된다면 그 마음을 귀하게 품어야 할 것이었다. 다만 비오가 태어났을 때 다른 익인 아기들한테와 똑같이 축복의 말을 내리는 데에는 앞장서서 반대했고, 비오에게서 일정 수준 이상의 권리를 박탈하는 일을 제안한 것도 바로 지금의 지장이었다. 비오에게 더 많은 권리나 자격을 주는 순간, 그 같은 아이가 또다시 생겨나지 않으리라는 법이 없다는 불안으로 다른 익인들을 자극했었다.

—비오의 자식이라면 누굴 아내로 맞이하든 비오보다 더 작은 날개로 태어나겠지. 그리고 그 자식의 자식은, 자식의 자식의 자식은 날개가 아예 없지 않을까? 날개야말로 우리의 마지막 보루가 아니겠나?

"우리는 우리를 지켜야 하니까요."

익인들을 위해 순수한 마음으로 한 일이었다. 이후 농사와 축산 등에서 그가 보인 여러 가지 결단력과 추진력에 통솔력, 그에 못지않은 친화력을 보고 많은 이들은 당연하다는 듯 그를 차기 지장으로 추대했다.

그 뒤로 지장은 다니오가 자신의 아이들인 지요와 가하를 대하는 것과 다르지 않게 비오를 기르는 것을 보았다. 반면 그 어미인 시와는 어딘가 좀 선을 긋는 것처럼 보였다. 부부가 서로 역할을 나누고 있었다. 시와가 대체로 냉정을 유지한다면 다니오는 아이를 보듬는 편이었다. 그럴 수밖에 없는 어미의 마음까지 비오가 헤아리고 있을지는, 지장이 관여할 바 아니었다. 다만 시와가 그리했기 때문에 비오는 일찍이 제 분수와 위치를 잘 알았고, 또래 간 불필요한 다툼이 적었던 것도 사실이었다. 다니오의 어깨를 타고 올라가 끼룩거리다가도, 지나가던 지장이 말없이 응시만 하고 있어도 내려와 공손히 허리를 숙이곤 했다. 그런 사소한 순간마다 지장은, 아이가 잘 배운 것 같으니 염려할 일이나 골치 썩을 일이 없겠다며 안심하곤 했다.

……아이가 자신의 처지를 지나치게 잘 인식하고 자신에게 주어진 규격에 맞도록 어깨를 움츠린다는 게, 좋기만 한 일이었을까. 안 그래도 작은 날개가, 비오의 마음에 영향을 받아 더 자라지 못한 것은 아니었을까. 더 크게 활짝 펼칠 자격이 없다 하면서.

지장은 비오에게서 어른이 될 권리를 빼앗는 것이 절대

적으로 옳은 일인지에 대한 확신이 옅어지고 있었다.

"우리의 초원조는……."

졸고 있는 줄 알았던 옛사람이 문득 입을 열어 소리를 내자 지장은 고개를 들었다.

"아기가 어떤 모습으로 태어났든 간에…… 생긴 그대로 품어 주었네."

다른 사람들의 불안과 우려를 잠재우기 위한 조치가, 생각보다 너무 길고 가혹한 대가가 되어 그 애에게 영원한 유목민 내지는 이주자의 낙인을 찍어 버린 걸까.

"그렇기에, 그 부자연스러운 몸에 작게나마 날개를 달아 준 게 아닐까…… 생각했지."

별로 쓸 만한 대답이 나오리라는 기대 없이, 지장은 쓸쓸하고도 체념적인 미소와 함께 혼잣말처럼 읊조렸다.

"그러면 그 애는 어디까지 날아갈 수 있을까요."

그 작은 날개를 가지고서.

"어디가 됐든 그곳이…… 여기는 아니겠지. 또한 그렇다고 하여 생각만큼 멀리도 아닐 테고 말일세."

옛사람은 오수에 젖어 드는 듯한 목소리로 덧붙였다.

"그러니 그 작은 날개로 어디까지 날겠는지 고민하기보다는……."

이제는 날 수 없는 몸으로 초원조의 부름을 기다리는 옛
사람은 이런 결론을 내렸다.

　"날 수 있다는 사실 자체가 중요하지 않겠나."

미로

비라이는 시 청사 습격과 함께 당분간 도시에 물건을 내가는 일을 멈춰야겠다는 본능에 가까운 판단력이 있었으나, 대놓고 지목 호출을 당하고 나니 움직이지 않을 도리가 없었다. 더구나 아내 노이와 아들에다 동생 부부를 포함한 일가족 모두, 평소 도시에 물건을 싣고 나오던 이들 그대로 한 명도 빠지지 말고 오라는 지시였다. 비라이는 동료 익인들이 일으킨 소란의 책임을 일부 덮어쓸 각오를 하고 있었지만 그것은 자신의 문제였지 가족까지 염두에 둔 문제는 아니었다. 불길한 예감이 들어서 현재 만삭인 제수만은 빼달라고 했는데도 도시의 관리인은 요지부동이었다. 아이를 포함한 일가족 전원을 소환한다는 것은 취조를 할 때 심적 부담을 주겠다는 뜻이었다.

비라이는 한 달에 한 번쯤, 청사의 말단 직원과 무역 회사 관계자 등 얼굴이 자주 바뀌는 하급 담당자들과 업무를 처리해 왔을 뿐이다. 생산 노동의 강도가 익인들이 모두 동원될 만큼 높은 데 비해 그것을 취합 및 흡수하는 업무는 신속 간단하게 이루어지고 있었다. 비라이가 하는 일은 도시에서 요구한 물건을 목록과 수량에 맞게 입고시키고 정산을 받아 나오는 게 끝이었다. 그 과정에서 도시 측의 숫자 조작은 흔한 일이었고 그에 따른 압박도 월례 행사였다.

게다가 도시에서 요구하는 사치품의 규모는 나날이 커지고 있었다. 감미 같은 식량은 도시인들의 주식이 아니라 수요가 많지 않았지만 장식 용도인 은각은 구입 비율이 높아졌다. 그나마 은각은 은각마의 건강 상태에 따라 속도는 다를지언정 나뭇가지처럼 다시 자라나기라도 하지만, 은각안은 쉽게 얻을 수 있는 보석이 아니었다. 한편 기호품으로 분류할 수 있는 미과는 공식적인 수량 외에 공무원과 무역업자들이 뒤로 빼돌리는 양이 엄청났다. 장부에 기록되지 않은 미과의 양과 규모가 고정적으로 바치는 미과보다 컸다. 그게 다 누구 입으로 들어가는지 비라이를 포함한 익인들은 알 길이 없었다. 지금은 자연에서 풍족하게 제공하는 미과 하나로 버티다시피 하고 있지만 은각안이나 우리온의 피혁은 도저히 요구 수량에 댈 수 없어서 비라이는 숨통이 졸리고 있었다.

그런 상태에서 도시에서는 이렇게 사람을 불러 놓고, 게다가 도착하자마자 가족들은 별도의 장소에 억류한 다음 시행께서 따로 부르신다며 비라이만 뽑아 간 것이었다. 비라이를 데리러 온 남자들은 모두 어깨가 벌어지고 제복 입은 자들이어서 익인들 중에서도 유난히 왜소한 편인 비라이는 움츠러들었고, 그의 동생은 동행을 요청했다가 몇 마디의 으름장과 함께 거절당했다.

"제 아내가 불안해하고 있습니다. 아기를 가졌단 말입니다. 이유라도 알려 주십시오."

그러나 도시에서 나온 하급 관리자들은 자신들도 명령을 받았을 뿐이라 아는 게 없다고 어깨를 으쓱해 보였으며, 비라이의 제수에게 앉을 의자를 내준 것 외에는 모두 경비병과 함께 땡볕에 서 있게 했다. 비라이는 거의 끌려가다시피 하면서 가족을 몇 번이나 돌아보았다.

수십 차례나 도시를 다녔는데도 시행의 얼굴을 보기는

처음이었다. 익인들 가운데 도시에서 몇 년 공부한 적 있는 극소수 청년들의 해묵은 정보에 따르면 시행이라는 자는 현재의 지장 어르신보다 연배가 좀 더 있다고 했는데, 비라이가 지금 대면해 보니 전혀 그렇지 않고 오히려 자신과 크게 차이가 나지 않을 성싶었다. 건강이나 연령 문제로 그사이 시행이 바뀐 모양이라는 생각이 들자, 그렇다면 이 젊은 책임자는 그 전에 익인들과 고원 지대에 벌어진 수많은 불합리한 일들에 대한 인지가 세세히 되어 있지 않을 듯했고, 설령 사실을 알게 된다 한들 그가 익인들을 위해 무언가를 해 줄 성싶지도 않았다. 비라이의 상식으로 도시 사람들은 필요 이상의 믿음을 주거나 틈을 보여서는 안 되는 존재들이었고, 그 점에서는 지금 어쩌다 시와네 집에서 지내고 있는 어린아이도 마찬가지였다.

"이달 치 물건은 납품을 끝내고 오는 길이신가?"

비라이가 집무실로 들어섰을 적에 시행이 통성명도 없이 꺼낸 첫마디는 그것이었고 그 점 역시 도시 사람답다고 비라이는 생각했다.

"다 넘겼고 이제 가려는데 관리인이라는 분들이 자꾸만 붙들어서요. 물어볼 게 있으면 저만 남겨 두실 것을, 가족은 어째서."

비라이가 마땅히 예를 갖추거나 굽실거리며 비위를 맞추려 들기는커녕 떨리는 음성을 하고서도 볼멘소리를 감추지 않자 시행의 주위를 지키고 선 경호인들이 눈살을 찌푸렸다.

"가족을 우리 관할 아래 두어야 자네가 좀 정직해질 것 같았거든. 거칠게 대하지 말라고 했는데, 혹시라도 불편한 점이 있었다면 양해를 구하겠소. 지금 다들 과로로 날카로워져 있어서 말이지. 우리 일이 많아진 이유를, 고원에서 온 자네가 모르지는 않을 테고."

비라이는 섣불리 먼저 말을 꺼내거나 아는 체하는 게 어리석은 선택이 될 것 같아 잠자코 듣고만 섰다. 그 무반응까지 예상에 넣었는지 시행은 조소와 함께 말을 이었다.

"지난주 우리 청사를 습격한 익인들이 있소. 그만한 걸 잡아떼지 마시고."

비라이는 대답이나 고갯짓 대신 한숨으로 대강은 알고 있다는 뜻을 모호하게나마 표했다.

"CCTV에 잡힌 개체만 대략 헤아려도 50에 이르고, 고원에 사는 당신네들이 아무리 많아야 1천 남짓에 불과하다는 걸 생각하면, 전체 인구의 20분의 1이 몰려온 셈이오."

"저는 그 안에 들어 있지 않았고, 그들을 제가 통솔하거나 그 일과 관련한 연락을 주고받지도 않았습니다. 장사꾼일 뿐이니까요."

비라이는 물건을 나르는 동안 머릿속에 자연히 입력된, 시청과 주요 건물의 위치를 나타내는 지도 정도는 청년들에게 전해 주었다. 그러나 그만한 지도라면 도시에서 몇 달 공부한 누구라도 그릴 수 있었고, 무엇보다 그 어떤 익인이라도 높은 데서 내려다보면 도시의 중요한 장소가 어디인지 한눈에 조감할 수 있었다. 비라이는 다만 동료들이 원하는 장소까지 직행하는 것을 도왔을 뿐 대외적으로는 어디까지나 물러서는 자세를 유지할 작정이었다.

"당연히 그렇겠지. 고작 납품업자에게 이 일에 대한 책임을 묻자고 부른 게 아니오. 나는 익인들의 요구 사항이 무엇인지, 그중 내 권한으로 해결해 줄 만한 사안이 있는지 알고 싶을 뿐이오. 아버지 세대와 다르게 나는 평화를 선호하고."

약간의 호의마저 섞인, 그러나 한 도시의 살림을 책임지는 자가 하기에는 다소 순진한 말이어서 비라이는 묻고 싶었다. 당신이 정말로, 평화를 선호한다는 간단한 말로써 지금까지 몇 세대를 이어져 내려온 착취를 중단시켜 줄 수 있느냐고. 오늘부터 누구의 것도 빼앗지 않고 누구의 기름도 쥐어 짜내지 않겠다는 발상과 선언 및 실천은, 개개인의 욕망과 집단의 구조가 비교적 단순하고 서로 다른 이해관계가 덜 충돌하는 한편 필요할 때 전체 회의를 벌이는 정도로 상당 부분 문제가 해결되는 고원 지대에서나 가능한 일이었다. 다른 지역을 두고 한번 무역을 가장한 수탈을 시작한 도시는, 이미 그 행위가 체질이 되고 수탈 자체가 도시를 이루는 바탕이 되어 버려서, 이후로는 빼앗지 않고는 도시를 이끌어 갈 수 없다는 부담과 불안으로 더욱 수위를 올리게 마련이었는데, 지금까지 도시가 고원 지대의 자연에 해 온 일들이 바로 그랬다. 그런 일을 멈추는 것은 과거로 시곗바늘을 억지로 돌려서 그 전까지 누렸던 것들을 기꺼이 포기하겠다는, 거의 신성성을 지녔다고까지 할 특별한 결의와 약속을 필요로 하지만, 이 젊은 시행이 처음부터 익인들을 '개체 수'로 셈한 것으로 미루어 그럴 만한 위인은 아니라는 것을, 비라이는 알 수 있었다.

"고원 지대에서 평소 의사를 모으는 방식을 생각해 봤을 때, 이들이 왜 사전에 어떠한 언질이나 문제 제기도 없이 우리한테 다짜고짜 무력을 행사했는지 자네도 대략은 짐작하는 바가 있지 않을까. 일부라도 아는 게 있다면 그 이야기를 들려 달라는 거요."

도시 측에서 혹시라도 위협이나 요청을 해 온다면 최근

벌어진 일에 한해 있는 그대로 들려주어도 된다던 지장의
사전 승인을 떠올리며, 비라이는 익인들의 무덤이 파헤쳐
진 일부터 얘기하기 시작했다. 아무리 깊은 밤 모두가 잠들
었을 때 민가와 한참 떨어진 인적 없는 곳에서 발생한 일이
라고 해도 외부에서 온 이들이 비교적 장시간에 걸쳐 작업
한 흔적이 남아 있었는데, 고원 지대까지 보통 사람이 유영
기 없이 잠입하기란 불가능할 테고, 그렇다면 그냥 시시한
도굴꾼들의 소행이 아니라 시행의 정식 허가를 받아 고원
지대에 방문한 도시 관리인들이 밤마다 은밀히 벌인 일일
수밖에 없다는 이야기를. 그러니 시행이 관계자를 찾아 처
벌해 달라는, 아니 처벌조차 불요하며 익인들은 그저 시신
을 돌려받고 싶을 뿐이라는 소망을. 특히 그 과정에서 전 부
인의 시신이 사라진 데 충격을 받고 홀로 도시로 떠난 동료
가 아직 돌아오지 못한 것이 익인들의 분노에 직접적으로
불을 붙였다는 사실까지.

"우리는 모르는 일이오."

저간의 사정을 듣는 내내 시행의 표정에 조금도 변화가
없었으므로, 그것은 오히려 짐작 가는 데가 없지 않다는 뜻
임을 비라이는 알아차렸다.

"그런 비슷한 지시나 허가를 내린 적도 없고, 익인들의

시신을 이용해서 우리가 할 만한 일도 없소. 고고학적인 가치를 찾는 게 아니라면, 뭐가 좋다고 그런 오래된 유해를 발굴하겠나. 값나가는 부장품을 찾는 자들이 벌인 일 아니겠소?"

시행이 옆에 선 여자 관리인을 돌아보며 동의를 구하듯 묻자, 높은 직책인 듯한 여자 관리인이 무표정한 얼굴로 대답했다.

"저들은 별다른 부장품 없이 소박하게 장사 지낸다고 합니다."

"그걸 누가 몰라서 묻습니까. 뭐 그만한 사실도 모르는 자가 함부로 파헤쳤다가 허탕만 치고, 그 과정에서 시신이 훼손되어 아무렇게나 감추든지 은밀히 처리했을지도 모르지."

시행이 말을 보탤수록 비라이의 인내심은 한계를 향해 달려갔지만, 밖에서 초조하게 기다리는 가족을 생각하여 그는 다만 고개 숙인 채 표정을 숨길 수밖에 없었다. 시행의 목적은 어쩌면, 가족을 인질로 놓고 도망자와 맞교환하자는 속셈일지도 몰랐다. 처음부터 이야기를 들어 주겠다느니 해결점을 찾아보자느니 하는 구실은 헛소리에 불과했을지도 모른다는 생각에 비라이의 가슴이 뛰었다.

"아무튼 시시한 도굴꾼이라도 우리 도시 사람이 아니라는 법은 없으니, 이쪽에서도 가능한 한 범인을 잡는 데 수사력을 기울여 보도록 하겠소. 그러나 어떤 오해가 있었든 간에 그대들이 우리 청사에 난입하여 건물을 부순 사실은 바뀌지 않으니 이에 대해서는 조만간 반드시 책임을 물을 것이오. 또한 여기 서 계신 이분 말인데."

조금 전의 불안한 예상이 일단은 빗나가는 듯싶어 비라이는 비로소 고개 들어 여자 관리인을 바라보았다.

"나의 가장 중요한 비서지. 이 비서의 귀한 자녀를 그쪽의 익인이 납치해 갔소. 그것도 내 눈앞에서, 아이의 목에 칼을 들이대고 말이지. 그 뒤로 사막에 버렸는지 그리로 데려갔는지 알 길이 없어서 여기 어미가 마음고생이 심한데, 스무 대가 넘는 차량이 출동하여 사막 곳곳을 다녀 보았지만 아이가 발견되지 않았고 사막 넓이도 대단해서 그 방식에는 한계가 있었소. 그렇다고 해서 고원 지대까지 갔을까? 익인이 자기들에게 이익 될 거 하나 없는 어린애를 고이 데려가서 모셔 두고 있을 것 같지는 않아서 걱정이오. 그쪽도 자식이 있으면 이 마음을 알 거 아닌가."

"어…… 그건……."

여자아이입니까? 물으려다 비라이는 도시의 어린애 하

나가 지금 고원 지대에서 무사히 지내고 있다는 사실을 알려 주어도 될지 확신하지 못하고 말을 거두었다. 전후 사정을 자세히 듣지 못한 이상 그 어린애가 정말 저 비서의 자식인지도 아직 확실치 않을뿐더러 이실직고했다가는 아이를 데려온 비오를 책임지고 잡아다 대령해야 할지도 몰랐다. 남편의 행방을 알지 못하는 시와에게 그런 불행을 다시 겪게 할 수는 없었다.

다행히 시행은 그 이상 비라이에게 대답을 독촉하거나 납치범의 정체를 추궁하지는 않았다.

"아이를 잡아간 익인도 필히 찾아내서 그에 걸맞은 대가를 치르도록 할 것이지만, 아이의 생사에 따라서는 그자도 살려고 저지른 일이라고 정상 참작을 할 수도 있소. 우리에게도 이런 복잡한 사정이 있다는 것은 알아주면 좋겠소. 어쨌거나 연유는 파악했으니 이제 돌아가도 좋아. 혹시 시신이나 뼈와 관련하여 지하 거래 장물이 없는지 이쪽도 조사에 들어갈 테고, 그와 별개로 그대들의 지장한테는 이 일 처리를 위해 조만간 정식으로 찾아가 보겠다고 전해 두시오."

두 명의 경비병에게 양팔을 잡힌 채 물러 나오면서 비라이는 내내 등 뒤를 흘끔거렸다. 전해 주어야 할까, 저 창백한 얼굴을 한 여인에게, 당신의 딸일지도 모르는 아이가 우리의 고원 지대에서 잘 지내고 있다고……. 그러나 여럿이 지켜보는 눈 한가운데서 비라이는 차마 구체적으로 입을 열지 못하고, 다만 문을 나서기 전 다른 사람들의 제지에도 불구하고 비서의 양손을 기도하듯이 잡았다.

"부디 건강히 힘내십시오."

직원들에게 내린 지시는 어디까지나 시행의 관련자가 무화에 내방했을 때 부재중이나 연구 중이라는 핑계로 접견을 차단하라는 뜻이었으며, 청사에서 온 호출을 거부할 권리까지는 마이에게 있지 않았다. 마이는 새로운 국면에 접어든 게임판을 바라보는 것 같은 표정으로, 흰 가운을 벗고 면도를 새로 한 뒤 보풀 한 올 없는 고급 정장을 차려입는 등 흐트러짐 없는 전투태세를 갖추어 연구소를 나섰다. 호출한 쪽에서 그를 모시고 갈 차나 사람을 따로 보내오지 않은 것은, 팽팽한 기 싸움의 일부일 뿐이었다.

어쨌든 마이는 시행의 부하 직원이 아니며 시행 여동생의 약혼자이기도 했으므로, 그가 청사에 도착했을 때 시행은 집무실이 아닌 귀빈 접견실에서 그를 기다리고 있었다.

"불러 주셔서 영광입니다."

마이의 이죽거리는 말투와 표정을 모른 체하며 휴고는

막 우려낸 백상차를 권했다. 흰 서리가 엷게 쌓인 듯한 보얀 찻물 위로 떠오른 금가루를 보며, 마이는 눈앞의 사람이 책정했을 자신의 가격을 가늠했다.

"탄하고는 가끔 연락이나 하고 지내는지 모르겠군. 지나치게 연구실에만 틀어박혀 있지 않았으면 좋겠네. 그게 자네 업인 줄은 알지만, 햇빛 한 점 못 본 얼굴이지 않나."

"결혼하면 가능한 한 가정에 충실하도록 노력할 예정입니다. 앞당겨 주실 건가요?"

"나쁘지 않은 얘기네만, 탄은 아직 학생이야. 조바심치지 마시게. 뭐…… 결혼을 서두른다고 해 봤자 무화에 지원되는 연구 개발비가 대폭 상승할 리도 없지만. 어차피 시의 재산은 시민의 것이니."

말끝에 두 사람은 함께 웃음을 터뜨렸지만 마이는 그 웃음 끝자락에 휴고의 진심이 묻어 나오는 것을 알고 있었다. 휴고 입장에서 이 약혼은 시를 꾸려 나가는 데 있어 무화의 군사력을 무시할 수 없기에 체결한 조약이었다. 그 사실을 아는 마이도 휴고가 눈에 거슬리기는 마찬가지였으나 시의 승인이나 전폭적인 재정 지원 없이 무화가 홀로 설 수 없다는 것쯤은 파악하고 있었다.

"농담도. 제가 바라보는 건 고작 그런 푼돈이 아니라 탄

한 사람뿐인 걸 아시면서 그럽니다."

"그 마음 변함없기를 바라지."

마이는 휴고가 앉은 소파의 두어 발짝 뒤에 부조상같이 서 있는 수석비서 아마라를 흘낏 넘겨다본 뒤 은밀히 따지듯 물었다.

"결혼 일정 얘기가 아니라면 저를 왜 부르셨을까요."

마이가 적당한 타협의 결과물처럼 판을 깔아 주자 휴고는 더 뜸 들일 것 없이 본론으로 들어갔다.

"요즘 우리 청사에 생긴 일이 아무래도 무화와…… 아니지, 자네 개인의 취미 활동과 관련이 있지 않을까 싶어서. 최근 5년간의 연구 자료 검토 결과 무화에서 공식적으로 하는 일은 아닌 듯싶고."

마이는 눈을 동그랗게 뜨곤 과장되게 어깨를 으쓱해 보였다.

"이거 놀랍군요. 시행의 직인을 걸고 유영기를 내 달라는 요청인 줄 알았는데요. 귀하신 동생분을 사막에서 찾기 위해 말이지요. 정말 사막에 버려진 거라면 지금은 이미 한참 늦었을 테지만."

"말을 골라서 하지. 여기 그 어미가 서 있는 게 안 보이나."

"저분요?"

마이는 문제의 비서와 전 시행 그리고 현 시행이 한데 엮인 가정사를 알고는 있었으나 그동안 시행의 등 뒤에 서 있는 아마라를 거의 없는 사람으로 취급해 왔으므로 휴고가 그녀에 대해 직접 입을 여는 것이 뜻밖이었다.

"실례했습니다. 저분이 염려되셨으면 진작 무화에 공문을 넣으시지 그랬습니까. 그러면 노는 유영기 몇 대는 띄워 드렸을 텐데요."

"이제 와서 그런 얘기를 하자는 게 아니야. 다만 나는 시민의 안전을 책임지는 사람으로, 익인들이 더 이상 침범해 오지 않도록 그들의 요구 사항에 귀 기울일 필요가 있어."

마이의 반응을 살피는 듯 사이를 두었다가 휴고는 말을 이었다.

"그동안 보고서에 기록된 바 없지만, 혹시 자네 연구소에서 익인의 시신으로 뭔가 연구를 진행하는 게 있다면 솔직하게 말해 줬으면 해. 지나간 일은 묻지 않고 내가 책임질 테니."

귀빈실의 창밖으로 늘어진 늦여름의 나뭇가지가 바람을 타고 흔들렸다. 한 점의 바람과 다음 한 점의 바람만큼 간격을 두는 동안, 방 안은 다른 소리가 파고들 틈이 없는 정적으로 채워졌다. 휴고가 이 고요의 부피에 압사당할 것만 같을 때 이윽고 마이는 느긋이 입을 열었다.

"무슨 말씀이신지 모르겠습니다. 그것과 청사가 부서진 것이 무슨 상관입니까?"

"묻는 말에만 대답해 줬으면 좋겠네."

"우리가 무기 연구 제조업체이자 군사업체라는 사실을 잊으신 건 아닐 테고요. 익인들의 무기야 워낙 원시적이고 보잘것없어 참고할 일이 없는데, 그들의 시신을 가져다가 용병으로 쓰기라도 하겠습니까."

"바로 그 점 때문에 자네 개인의 취미 활동이 아닌가 묻는 것이네. 물론 시신으로 전투를 치를 수는 없지만 여러 가지 방식으로 활용은 가능할 테지. 비록 익인들의 날개깃이나 세포가 지금까지 우리에게 웅변해 준 건 따로 없지만 말일세. 나는 공학에 문외한이라 세부는 알지 못하지만, 기억에 자네는 유영기 구조에 관한 논문을 작성하면서 유영기를 익인의 날개에 종종 비유했던 걸로 아는데."

그렇게 말하며 휴고가 마이 앞으로 튕기듯 밀어 놓은 전년도 발간한 과학 연구 잡지의 표지에, 마이의 이름과 논문 제목이 또렷이 인쇄되어 있었다. 「미래 지향적인 유영기 구조에 대한 연구」.

"연구 내용은 정확한 사실과 숫자, 전망에 의거한 것이지만 익인의 날개에 대한 언급은 말씀대로 비유에 불과합니다. 실용성이 있다거나 실현 가능한 이야기는 아니지요. 익인의 시신에서 날개를 떼어다가 거대한 유영기에 붙일 수 있는 것도 아니고 말입니다. 무엇보다 제가 알기론 그들의 시신에는 날개가 없습니다."

"그러면 현재 자네가 대외 행사를 대폭 줄이고 두문불출할 만큼 몰두 중인 연구의 주제를 좀 알 수 있을까."

"지원금을 타 내기 위해 확실치도 않은 연구 내용을 미리 떠벌리는 학자도 있을 테고 그건 개인의 선택입니다만, 저는 비공개파입니다."

빈틈없는 표정과 정연한 말투가 마이의 몸짓을 완성시켰다. 참으로 보통이 아닌 자를 탄의 짝으로 붙여 놓은 것 같았다. 그러나 그런 까다로운 자이기 때문에 고른 것이기도 한 만큼, 휴고는 초조해하지 않고 고개를 끄덕였다.

"……듣기로 식사도 거르고 미과로 때우는 수가 있다지. 일의 효율이야 일시적으로 오르겠지만 심각한 중독이라도 되면, 그런 자에게 내 귀한 누이동생을 줄 수 없네."

마이의 갯버들 같은 체질이야 휴고가 알 바 아니었으나, 탄이 안정적으로 무화의 여주인에 정착하기를 기대하려면 그가 좀 오랫동안 버텨 주어야 할 필요가 있었다. 마이는 잡지를 도로 휴고 가까이 예의 바르게 밀어 놓았다.

"걱정하시는 일은 없을 것이고, 고작 이런 걸로 제게 뭔가 있을 거라 여기신다면 저로서도 썩 마음이 좋지 않습니다……. 아니 그 전에 중간 내용은 계속 빠뜨리고 계시지 않습니까. 익인의 시신이 어쨌다고, 그들에게 무슨 일이 있었기에 청사를 공격한 건가요?"

휴고는 마이의 표정을 살폈으나 그의 평소 기본값인 의기양양한 태도에 더하여 진심으로 궁금하다는 듯한 기색 외에 다른 것을 발견할 수 없었다.

"그들을 진압하기 위해 묻지도 않고 군인들을 빌려는 드렸습니다만, 속사정이 있다면 책임자인 저도 알 권리가 있습니다."

꼭 이번 일이 아니더라도…… 정말 물증 없이 공연한 의심을 했을 뿐이라도, 휴고는 마이의 입가에 조소와 함께 나부끼는 말들을 모조리 잡아 거두어 그 주둥이에 도로 처넣고 싶은 충동을 느꼈다. 원치 않게 많은 사람들의 위에 선 자로서 고정적으로 받는 압박과 피로가 순간의 불쾌감에 불을 붙였지만, 위에 있는 자로서의 품위를 지켜 내는 게 우선이었다.

"익인들이 자기들 친인척의 시신이 없어졌다고 항의하러 온 것일세. 내 가족의 무덤이 훼손되었다면 누구라도 모욕과 분노를 느끼겠지. 그 과정에서……."

살아 있는 익인 1인도 항의한다고 도시로 쫓아왔다가 아무도 모르게 사라졌다는 이야기를 덧붙이려던 휴고는 속내 모를 인간에게 자세한 정보를 제공하는 것이 위험하다 여기고 말을 돌렸다.

"뭐 그런 이유로, 단순 도굴꾼의 소행으로 보고 수사를 진행하려 하네. 우리가 입은 피해도 피해지만, 흥정하려면 저들이 원하는 걸 내어주어야 할 필요도 있으니."

"그런 일이라면 수색에 병력을 좀 풀까요? 시중에 수상쩍게 흘러든 부장물 위주로요."

부장물 같은 건 없고, 어쩌면 그 사실은 지금 사뭇 협조적으로 나오는 자네가 더 잘 알겠지. 심증만으로 더 이상의 억측을 밀어붙이는 일 또한 한 도시를 다스리는 자의 몫이 아니었으므로 휴고는 사양의 미소를 띠었다.

"필요하면 부탁하겠네. 지금은 대대적으로 광고해 가면서 일을 키울 때가 아닌 듯싶어. 오늘은 와 줘서 고맙네. 번거롭게 했군."

청사 건물을 나와 드넓은 정원에 이르기까지 마이는 혼자였다. 현 시행의 매제 될 사람이 청사 출구를 나서는데 현관까지 간소한 형식으로라도 배웅 나오는 사람이 아마라 한 명뿐이었다. 그동안 이런 사소한 일들을 종합하여 마이는 자신이 그들에게 어떤 인상으로 찍혀 있는지 정도는 알았으나, 당장 무기도 병사도 없이 살아가라면 찍소리도 못할 자들이 감히 누굴 업신여긴다고. 마이는 코웃음 치며 정원을 가로질렀다.

휑뎅그렁한 공간은 며칠 사이의 혼란이 채 진정되지 않은 듯 일부 복구가 덜 되어 있었다. 부러진 가지와 기둥을 완전히 잘라 내서 밑동만 남은 나무 사이로 새들이 포닥거리며 거닐었다. 금이 간 벽이나 기둥에 미장을 하고 도료를 새로 칠한 흔적이 보였다. 석조를 비롯한 구조물 가운데 완전히 동강 난 것들은 뿌리까지 뽑아 치워야 했으나 그러자면 공사용 차량이나 기중기가 청사 안팎을 계속 드나들어야 할 텐데, 시에서는 그런 외적 정돈과 꾸밈에 품을 들일 심적 여유도 재정도 부족하다는 걸 알 수 있었다.

그나마 피해를 덜 입은 쪽도 일부 훼손된 수목이 뒤엉켜 자연 미로가 만들어졌다. 그곳을 가로지르려다 나무들 뒤편에서 두런거리는 목소리가 들려와 마이는 걸음을 멈추었다. 어디부터 어떻게 손대면 좋을지 몰라 맥을 놓고 설렁설렁 일하는 정원사들인가 싶었다.

"그러니까…… 그날 새벽까지 남았던 선배들, 여태 휴직계 내고 출근 못 하잖아요."

"눈앞에서 그런 일이 벌어지면 나라도 못 배기지. 병문안은 다녀오셨고?"

"갔는데 계속 그 돌연변이 얘기만 해서요. 마지막에 아가씨 채 간 놈 말이에요."

"돌연변이라니 저희 같은 사람들이야 처음 듣는 얘기요만."

마이는 몇 겹으로 둘러싸인 나뭇가지 틈으로 귀를 가까이 가져갔다. 이야기 나누는 사람들의 목소리에는 두려움만 아니라 그것에 앞서는 흥미가 담겨 있었다. 근무 중 규정 외 휴식 시간인지 말소리가 빠르고 낮은 것이 주위 눈치를 보는 것 같게도 들렸다.

"날개가…… 다 펼쳤는데도…… 다른 놈들 반만 했다데요."

이 대목에서 마이의 연구자적 본성에 반짝, 불이 들어왔다. 긴가민가했는데 채 갔다는 아가씨는 탄의 동생 이야기가 틀림없었다.

"그냥 어딘가가 잘못되어 태어난 게 아니라 그건 혼종임에 틀림없다 하더라고요."

"그거 상상만으로도 끔찍한데 누구랑 어떻게 혼종? 설마 여기 사람하고?"

"그래서 그럴 일이 없지 않으냐고 제가 그랬지요. 걔들이 얼마나 혈통 관리를 철저히 하는지는 말단인 저도 대강 아는 정도인데요. 선배들은 약간 그…… 외상 후 스트레스, 그런 걸 받는 모양이었어요. 그와는 별개로 시행님이 그 돌연변이 이름도 직접 들으셨다는데 왜 익인들을 잡아 족치지 않고 가만두시는지 모를 일이고요. 이름이…… 뭐였더라. 비독이었나, 비소였나."

"가끔 오는 보따리장수 있잖소, 걔 말하는 거 아닌가?"

"보따리랑 식구들 끌고 오는 친구는 비라이. 걔는 내가 확실히 알아요. 먼젓번에 정문까지 나가는 거 안내해 줬거든요. 혼종은 그러니까…… 좀 비슷한 이름이었는데……."

"그 얘기 자세히 좀 들읍시다."

마침내 나뭇가지 뒤로 돌아가서 마이는 휴식 중인 일꾼들 앞에 모습을 드러냈다. 나무 빗자루를 옆구리에 낀 작업복 차림의 미화원과 제복 입은 경비병이 종이컵 밑바닥에 남은 물 한 방울을 입에 털어 넣다가 갑자기 나타나 시비 붙이듯 말을 건네는 마이를 돌아보았다. 마이의 존재는 청사 안팎에 잘 알려진 편이 아니라, 두 사람은 눈앞에 나타난 이를 민원인 내지는 공무원으로 알고 쉬던 자세를 바로 했다.

"실례했습니다. 어디를 찾으십니까?"

특히 경비병은 청사의 이야기가 뭐든 간에 함부로 외부로 새어 나가선 안 된다는 방침을 인지하고 있을 것이라, 더 이상은 들려줄 수 없다는 듯 말을 돌리며 마이를 완전히 민원인으로 대했다. 내가 누군 줄 알고, 소리가 목 끝에 걸렸으나 마이는 소란을 일으키고 싶지 않았으므로 경비병 앞으로 두 걸음 다가가선 그의 제복 상의 주머니에 손을 넣었다. 경비병이 갑자기 두툼해진 주머니를 살짝 곁눈질했으나 대놓고 들여다보지는 못했다. 마이는 다른 쪽 손을 미화원의 작업복 가슴 주머니에 찔러 넣었다.

"지난 며칠 사이에 무슨 일이 있었는지, 본 것 들은 것 죄다 털어놓으시면 적절한 사례를 하겠습니다."

미화원은 영문 모르고 섰다가 펄쩍 뛰며 손을 내저었다.

"아니, 저는 당사자도 아니고 아는 게 없는데요."

"이 자리의 기밀 유지 비용. 당신은?"

아예 무슨 얘긴지 모르겠다고 잡아뗄 생각이었던 경비병은 손발 안 맞는 미화원의 선수로 그럴 수 없게 되자 우물쭈

물했다.

"저도 역시 당사자가 아니라 들었을 뿐인 데다, 청사에서 일어난 일은 아무리 시시한 것이라 해도 민간인에게 발설하지 않을 의무가 있습니다."

민간인이라는 말에 마이는 무화 소유의 병력 규모를 떠올리며 웃음이 터지는 걸 누르고 되물었다.

"그것이 우리 도시 전체를 위한 일일 때도?"

"도시에 유익한지 여부는 시행님 판단에 따릅니다."

마이는 위협적으로 쐐기를 박았다.

"본분에 충실한 건 좋지만 이미 이런 데서 떠들어 댄 것만으로도 귀책사유 충분하시고, 잘리기 싫으면 협조하세요. 나는 기자가 아니니 좀 안심하셔도 될 것 같은데. 우선 내가 수상한 사람이 아니라는 증거로, 우리 각자의 신분증부터 까고 시작해 볼까요."

오랜만에 들른 회장실인데도, 비서는 바로 엊그제 모신 듯 조금도 놀라워하거나 낯설어하지 않고 미리 준비한 것처럼 가벼운 다과를 내왔다. 유안은 자신의 부재와 무관하게 아침저녁으로 쓸고 닦아 깨끗하게 관리된 방 안으로 들어서서 차양을 걷은 창 안으로 쏟아지는 햇빛 줄기를 바라보았다. 두어 달간 방기했던 현실이 눈앞에 놓여 있었다. 일시적인 도주의 흔적이 모두 지워지고 결재해야 할 서류만이 깔끔하게 정돈되어 올려진 책상. 그 옆으로 탁상용 미니 액자는 아름다운 각도를 유지한 채 병풍 모양으로 펼쳐져 흐트러짐 하나 없었다.

"마이는."

"조금 전 연구소에 문의했더니 소장님은 외출을 했다가 이제 돌아오고 있다 합니다. 거의 도착할 때가 됐을 겁니다."

"연구소로 들어가기 전에, 여기 들렀다 가라고 전하게."

"바로 메시지를 전송하겠습니다."

기다리는 동안 유안은 분명 자신의 방이지만 자기 것 같다는 느낌을 별로 받아 본 적 없는 장소를 찬찬히 둘러보았다. 자리를 비운 동안 화분에 심은 식물 줄기들이 부쩍 자라 있었고, 웃자라지 않도록 불필요한 줄기를 솎아 낸 흔적이 보였다. 식재용 영양제 앰플이 꽂힌 화분마다 곡선으로 푸르게 뻗은 잎들은 두껍고 탄력이 넘쳤으며 잎사귀 표면에는 먼지 한 톨 없었다. 그 싱싱한 화분만큼이나 자신의 부재와 상관없이 순조롭게 돌아가는 본사와, 그 아래 속한 연구소라는 조직, 그리고 상근 중인 직업군인들. 무화는 이들로 이루어진 거대한 유기체였다.

유안이 보고를 받고 확인하고 결재할 것은 오로지 수많은 도표와 숫자들의 집합으로서, 이 집합 너머의 구체적인 실체들은 유안의 직접적인 관리 바깥에 놓여 있었다. 유안은 이 집단이 혈액의 흐름으로 기능이 유지 관리되는 인체만큼이나 이미 자동화된 체계를 갖추었다는 사실을 알고 있었으나 이곳에 자신이 더는 필요하지 않다는 자괴감을 갖기에는 이른 나이였다.

두 번 문 두드리는 소리가 나서 유안은 상념에서 깨어났다. 마이가 열린 문간에 서 있었다.

"오래 기다리셨나요."

"들어와라."

마이는 시계를 들여다보고 어깨를 으쓱하며 유안의 소파에 마주 앉았다.

"금방 가 봐야 해서, 오래는 못 있습니다. 실험 대조군 걸어 놓고 나온 게 있어서."

"잠깐이면 된다."

"잠깐이면 된다. 오늘 만나는 분들 다 같은 말씀이시네요."

"시행께 다녀오는 길이니."

"예, 별다른 일은 아니고 그냥 세상 돌아가는 얘기나 좀 나눴지요. 너무 왕래가 뜸해도 예의가 아니니까요."

"다른 말은 없었고?"

마이는 회장 비서가 내온 사과 한 조각을 찍어서 베어 물었다. 이 사이에서 사각, 과육이 부서지고 과즙이 출렁이다 목구멍으로 넘어가는 소리가 선명할 만큼 방 안에는 적요가 흘렀다.

"회장님께 안부 여쭙는 정도였습니다. 꽤 장기간 출타하셨으니까요. 여행은…… 아니 병환은 좀 어떠셨나요."

유안이 겪어 낸 것은 병이라고 하기엔 원인도 증상도 불분명한 시름 정도, 세간에서는 소위 가진 자의 배부름이라고 냉소하는 상태에 가까운 것이었다. 그는 아내의 기일에 맞춰 묘소에 들렀다가 비서 앞으로 메시지만 남기고 그대로 회사에 돌아오지 않았다. 요령 좋은 비서가 대외적으로는 회장이 가벼운 병세 탓에 부재중인 걸로 처리해 두었다. 수행원 한 명 없이 직접 차를 몰고 길 위에서 잠드는 등 불편한 방식을 고수해 가며 도시 밖으로 여행을 다녀온 것은, 몸을 고단하게 하면서 마음의 짐을 소각해 보려는 수단의 하나였다. 어딘가로 떠난다는 목적 없이 그야말로 헤매고 더듬어 다녔다. 그는 정작 자신이 가고 싶은 곳을 향해 액셀을 밟아 나가지는 않았으나, 도시 바깥의 수많은 다른 존재들을 눈에 담았으므로 비교적 괜찮은 시간을 보냈다. 존재 자체가 이유인 풍경들과 사람들, 그것은 책상 앞에서는 얻을 수 없는 것들이었다. 회사를 더 이상 내버려 두면 안 되겠다는 임계점에 다다를 때까지 그 일정을 지속했다. 그 두어 달간 보았던 세계에 대해 유안은 들려줄 수 있는 이야기가 적지 않았다. 눈앞의 마이가 어린 시절의 마이였다면. 그러나 지금 마이는 문밖의 비서 말고는 들을 만한 사람도 하나 없는 이 조용한 공간에서, 아무리 공적인 입장이라지만 그를 회장님으로 부르고 있는, 무화라는 거대 기업 산하의 연구소장이었다.

이 도시의 동쪽 밖으로 나가면 끝날 것 같지 않은 사막이 펼쳐져 있고, 사막을 다 건너면 고원 지대가 나오지. 그러나 도시의 서쪽 끝으로 나가면 도시, 도시, 또 다른 도시들……로 이어져 있지. 그곳에는 우리가 익히 아는 사람들, 사물들, 사건들, 문명들, 그러나 우리와 완전히 같지는 않은 누군가들과 무언가들이 있다. 처음 우리 선조들의 일부가 이 도시에 정착했을 적에 이곳 사람들이 우리의 벽안과 벽돌색 머리를 이상하게 여겼을 것처럼, 다른 도시 사람들의 눈으로 보면 우리가 신기하게 여겨질 테지. 좋은 말로는 신기하게, 평범한 말로는 낯설고 어색하게, 나쁜 말로는 옳지 않은 것이나 틀린 것으로 여길 테지. 서로가 서로를 불길한 이물질로 느끼며 영원히 불가해한 평행선을 그릴 테고. 그 평행선을 잡아 꺾어 우리가 있는 쪽으로 당기는 것이 연구자의 본능일지도 모르지만, 너는 무엇보다도 그 임무에 잘 어울리는 자질을 타고났지만…….

"몇 번이나 말했는데, 나는 명백한 의료 목적을 제외하고는 이종 교배를 비롯한 대부분의 생체 실험에 반대하는 입장이다."

"갑자기 그건 무슨 말씀이십니까."

"이해할 수 없는 건 이해하지 못하는 그대로 바라보는 것도 나쁘지 않다."

"자리를 비우신 동안 선문답에 취미가 붙으셨나 봅니다."

마이는 차를 한 모금 마시고, 이로써 이 탁자에서 할 수 있는 의무는 웬만큼 다했다는 듯 몸을 방문 쪽으로 반쯤 돌려 앉으며 웃었다.

"회장님께서는 워낙 예전부터, 그러니까 상무님이 돌아가시기 전부터 그런 낭만주의 경향이 있으셨으니 저도 반대는 안 합니다. 그게 우리 군산 복합체에 유의미한 요소인지는 모르겠지만요."

소파에서 일어난 마이는 열린 문으로 나가기 전, 회장의 책상을 흘끔 곁눈질했다. 자신의 유년기 한때를 비롯하여 여러 가지 마음에 들지 않는 사진 몇 장이 함께 끼워져서 지나간 시간에 박제되어 있을 액자의 뒷면을 내려다보곤, 손가락으로 슬쩍 밀어 그대로 엎어 버렸다.

"가 보겠습니다."

이런 순간까지 자신의 어머니를 생전의 직책으로 부르는 완고함은 어디서 비롯한 것인지, 그녀가 세상을 떠난 뒤 이어진 마이의 모든 행보가 유안은 자신에 대한 보복처럼만 여겨졌다. 한때 가장 가까이 있다고 믿어 의심치 않았던 손 안의 어린아이가 영원히 떠나간 자리를 더듬는 듯 유안은 눈을 감고 한숨처럼 말했다.

"부탁이자 명령이니까, 쓸데없는 짓은 하지 마라."

회사 본관에서 연구소까지는 아스팔트 고무블록으로 잘 포장된 길을 따라가면 한가로운 걸음으로 10분 남짓, 빨리 가려면 언덕길로 6분쯤 걸린다. 또 연구소에서 공장까지는 잰걸음으로 15분가량이다. 공장을 한 바퀴 둘러보고 눈대중으로 훑는 데만도 족히 세 시간은 잡아야 하며, 제조된 무기들의 적치소는 그 몇 배의 규모를 자랑한다. 공장 뒤편으로는 군인들의 거주지와 훈련장이 별도로 조성되어 있다. 시민들의 일상과 밀접하지는 않으나 차지한 부지나 규모, 예산 등으로 이 방위 산업체는 한 도시와 맞먹는 것이다. 도시가 곧 무화이자 무화가 도시 자체라고 말해도 무리가 없는. 이는 도시와 무화가 서로 도움을 주고받는 동시에 서로를 견제하는 요인이 된다.

부지 내 언덕에 닿아 숨이 조금 차오를 만큼 올라가서 정상에 서면 회사와 연구소, 공장의 일부를 한눈에 내려다볼 수 있다. 마이는 정상에 올라서서 뒤돌아보았다. 자신이 다스릴 세계가 거기 있었다. 지금도 연구소장직을 맡아 무화의 가장 중요한 역할을 담당하나, 언젠가 무화는 도시를 압도하는 독자적인 왕국이 될 것이고 마이는 그 정점에 설 것이었다. 그의 아버지인 유안 회장은 이미 핵심 업무는 마이에게 물려준 뒤 경영권 일부 및 몇몇 중요 결정권만을 갖고 있었다. 압도적인 공격 본능과 야만적인 에너지로 굴러갈 수밖에 없는 이 기업의 특성상, 숫자와 문자를 다루는 경영 관리자의 운명은 은자와 다름없는 고요를 품고 있었다.

연구소 1층 로비로 들어서자 분주하게 움직이던 경비원, 비서, 연구원들이 저마다 한두 발 물러나며 고개를 숙였다.

"수고들 많으십니다."

연구원 몇 명이 보고를 위해 기다리고 있었는지 마이 옆으로 따라붙었다.

"7실험실에 샘플 분석 결과 나왔습니다."

"이따 5시에 들러서 확인하겠습니다. 다른 건?"

"3-1구역에서 연산 오류로 제조 부품의 가벼운 폭발 사고가 있었습니다만 바로 진화됐습니다."

"부상자는요?"

"두 명 경상입니다."

"둘 다 입원시키고 2주 휴가 주세요. 빈자리는 조금 여유로운 분들 뽑아다가 대체하고. 후유증 검사 반드시 받으라고 하세요."

실무 영역에서 직원들이 보기에 젊은 소장은 권위적인데가 없었다. 장(長) 자 붙은 인간들 가운데 적지 않은 수가 무능하면서 거드름 피우고 유세나 부리며 아랫사람을 손가락으로 부리는데, 그와 달리 마이는 행정 관료적 절차 대신 연구와 실무에 집중하고 있었다. 전임 소장은 두뇌는 나쁘지 않았으나 창의력이 조금 떨어졌고, 외부 행정이나 행사를 통해 인간관계에 기름칠을 해 가면서 자신이 모자라는 부분을 숨기고 버티는 유형이었다. 부하들에게는 아침저녁으로 고성을 지르기가 일과였으며, 각종 장치의 개발 과정에서 빠른 변화를 따라잡지 못해서 다른 연구원들의 업적이나 진행을 훑어본 뒤 거기다 자신의 이름을 얹어 놓는 식이었는데, 연구소에서 그처럼 연구 능력이 부족한 이가 오래갈 턱이 없었다.

반면 마이는 대외 행사 같은 일정은 최소화하고 내부의 연구 상당 부분을 거의 주도 진행하여, 연구원들 입장에서는 배울 것이 있었다. 다만 대부분의 연구원들보다 한참 젊은 데다 벽안인이라는 사실을 불편해하는 이들도 있었고, 본인은 자기 세계에 빠져서 주위를 돌아보지 않거나 그 반대로 조급하게 휘두르는 경향이 있었으며, 부하들이 그의 속도나 의향대로 따라와 주지 못하면 폭발하곤 했다. 평소에는 오늘과 같이 시 청사에 호출을 받아 나갔다 오더라도 직원들이 연구소 밖까지 마중 나가거나 수행하는 등 이런저런 의전에 신경 쓸 필요가 없는 자연스러운 모습이었다.

'쓸데없는 짓은 하지 마라.'

아버지의 목소리가 위벽에 달라붙었다가 떨어진 듯 속이 쓰려 왔다. 따라붙던 직원들이 각자의 자리로 흩어지면서 마이의 걸음이 조금씩 빨라졌다. 쓸데없는 짓이라고. 쓸데없다는 말이지. 마이는 결코 그렇게 생각하지 않았으나 그게 사실이라면 오히려 고마운 일이었다. 남들 보기에 쓸데없는 일이야말로 그것을 행하는 사람의 본질이자 진실을 드러낼 것이었다.

직진하여 복도 끝까지 걸어갔다가 모서리에서 꺾어져 계단실 철문을 열었다. 철문 안으로 들어서기 직전 지나가던 또 다른 직원이 멈칫하더니 그의 결재 내지는 보고를 필요로 하는 듯 소장님, 하고 불렀으나 마이의 귀에는 들려오지 않았다. 무거운 소음과 함께 철문이 닫히고 계단실 전등이 자동으로 켜졌다.

그로부터 네 개 층을 더 올라갔다. 엘리베이터로 가도 되는 것을, 호흡을 골라 가며 천천히 계단으로만 올라갔다. 가벼운 운동을 위해서가 아니라, 어떤 특별한 순간에 닿기 위해서는 지연의 행위가 수반되어야 한다고 보는 일종의 의례 같은 것이었다. 이윽고 5층까지 올라와 복도를 가로지르기 시작하자 계단참의 조명이 꺼지고 마이의 등 뒤로 어둠이 깔렸다. 많은 직원들과 방문객들이 오가는 1층과 달리 5층은 분명 각 방마다 상근자들이 있음에도 손수건이 미끄러져 떨어지는 소리마저 소음 감지기에 잡힐 만큼 고요했다. 그 정적을 마이의 구두 굽 소리가 베어 내고 있었다. 반대편 복도 끝까지 뚜걱…… 뚜걱 소리를 내며 마이는 좌우를 둘러보았다. 각 실험실의 문 상단에는 투명한 창이 나 있었으나 연구원들은 각자 재료 합성이나 분리에 골몰하여 문밖을 내다보거나 나와 보는 일이 없었다.

그 복도 끝에서 다시 한 바퀴를 돌아 직진. 중간에 세 갈래로 갈라진 길목에서 왼쪽. 직진하여 다시 오른쪽. 이정표 하나 없어서 복잡하게 꺾어진 복도가 어디서 끝나며 어느 지점으로 돌아오게 되는지, 신입은 으레 헤매게 마련이며 입사한 지 오래된 직원도 가끔 헷갈리는 곳이었다. 고대 신화에 나오는, 신의 저주로 잘못 태어난 괴물을 가둔 미궁이 꼭 이렇지 않겠느냐며 몇몇 직원들은 농담하곤 했고, 새로 온 연구원 하나가 복도에서 조난당한 것을 7년 차 용역 청소원이 귀신같이 꺼내 주었다는 수년래의 전설도 있었다. 청소원이란 최소의 시간에 최대 면적을 클리어하는, 건물 내의 가장 효율적인 이동 경로를 몸에 넣어 둔 이들이었으므로.

이 요새 같은 건물은 마이의 아버지가 태어나기 전부터 설계 및 건축된 것으로, 오래된 연구소 건물을 몇 차례 보수하면서 밝은색 도료를 덧칠하고 구조를 일부 변경하기도 했으나 기본 틀은 예전대로였다. 이 안에서 연구원들은 각종 시약과 도구와 실험 대조군에 인질로 잡혀 일주일에 한 번 집에 다녀오면 다행일 정도로 포로나 유배자와 다를 바

없는 생활을 하고 있었다.

몇 개의 모서리를 더 꺾어 도착한 실험실 문을 열고 마이는 들어섰다. 넓은 실험실 안에, 각종 화학 물질이 빛의 영향을 입지 않도록 검은 덮개가 씌워진 상자에 담겨 있었다. 수도원 같은 침묵에 잠긴 복도와는 달리 검체 분석기와 시약 혼합기 및 공기 건조기가 상시 돌아가는 기계음으로 소란스러운 공간이었다.

그 한가운데 둥근 간이의자에 앉아 마이는 실험실 안을 둘러보았다. 어려서부터 이것저것 조립하고 부수고 다시 빚어내기를 일삼았던, 자신의 반생이 담겨 있다고 해도 과언이 아닌 동굴의 구석구석에 찬찬히 눈길을 주었다.

쓸데없다고.

마이는 문득 벽 쪽으로 다가가 검은 장막을 잡아채 걷어냈다. 크고 둥근 밀폐 유리병마다 투명한 시약이 담겨 있었다. 각각의 시약 속에는 형태가 불분명하며 일정치 않은, 세포 단계를 막 벗어난 조직이 보였다. 그중 일부 유리병에는 온전한 형태로 보이는 장기가 하나씩 들어 있기도 했는데, 크기로 보아 어린아이의 것이거나 다른 동물의 것 같기도 했으며 어찌 보면 진짜 신체 조직이 아닌 모형 같아 보이기도 했다.

주머니에서 몇 알의 미과를 꺼내 입 속에 넣고 마이는 전화기를 들었다.

"나다."

입 안에 풍부한 과즙과 청량감이 퍼져나가는 것을 느끼며 마이는 말했다.

"그들 가운데, 비오라는 이름을 가진 놈을 찾아."

아버지가 쓸데없다고 한 일이 무엇인지, 보여 주고말고. 기대하시길. 내가 만들어 낼 세계를.

미과의 성분이 빠르게 흡수되면서 마이의 눈앞이 또렷해지고 심신이 허공으로 둥실 떠올랐다. 전화기를 내려놓고 마이는 도약하는 무용수와도 같은 발걸음으로 각종 유기화학체 사이를 빠져나가더니 더 안쪽으로 통하는 또 다른 방문을 열었다.

절벽

이번 이행식 대상자 가운데 여자아이는 없었으므로 움막은 한 채만 지으면 되었다. 어른들이 빠르게 엮고 쌓은 움막은 서너 사람만 들어가도 비좁고 금세 더워지는 크기와 구조로, 숨 쉴 공기만 통하도록 작은 창이 하나 나 있었다. 이행식에 이어 축제까지 끝나면 이튿날 허물어 다른 일에 재료로 활용할 움막이었다.

"혹시 몰라 여유 두고 조금 넉넉하게 짓길 잘했네."

"처음부터 이렇게 했으면 좋았을 것을, 이제라도 다행이야."

"누가 뭐래도 너는 우리 초원조의 아이니까."

말을 전하러 갔을 때 몇몇 어른들의 반응은 이랬다. 대체로 지장의 결정과 통보를 신뢰했으며 드러내 놓고 의아하게 여기거나 반대하는 이는 없었다. 만나는 사람마다 비오의 어깨를 두드렸고 비오는 약간 어리둥절하면서도 쑥스러운 기분이 되었다. 그들 가운데 진심으로 축하해 주는 이들도 있겠지만 지장의 분부에 이의를 제기하기가 어렵다는 이유만으로 동의하는 이들도 적지 않을 것이었다.

지장 정도 되는 어르신이 외부의, 그것도 어쩌다 보니 도시에서 잠깐 들른 아이가 되는대로 지껄인 말에 급작스레 마음이 움직였을 리는 없고 내심 담아 두던 문제였을 것이며, 때때로 정신이 맑지 않으신 옛사람과도 의논이 있었다고 했다. 지장이 다시 불러들여선 이번 이행식에 너도 함께 참여시키기로 했다고 말했을 때 비오는 이제 와서 무슨 소린가 싶어 마음에 묻은 얼룩이 쉽게 지워지지 않았었다. 어린애도 아니고, 갑자기 자신에 대한 처우가 획기적으로 달라졌다 해서 곧이곧대로 믿으며 순진하게 기뻐할 수는 없는 나이였다.

그동안 당연하다고 믿어 의심치 않았던 것들이, 마음속에 일말의 부담으로만 남아 있을 뿐 모른 척하며 지내 왔던 것들이, 전혀 무관계한 타인이 이상하다고 말을 꺼내자 비로소 드러나 보이더구나. 너무 가까이 있고 익숙해서 못 느꼈다는 건 사실 알고 싶지 않았던 것과 마찬가지 아닐까 생각이 들었지. 그동안은 미안하게 됐다……. 지장이 내린 결정에 불복하지 않으려 그저 수긍하고 물러 나왔는데, 어머니와 동생들, 그리고 지장의 말처럼 전혀 관계없는 타인인 루에 이르기까지, 비록 수선을 피우지는 않지만 눈에 띄게 들뜬 표정이어서 비오는 어색함과 당혹감을 토로하지 못했다. 그러나 이틀 밤을 잠 못 자고 침상에서 뒤척이는 동안 비오는 그 전까지 형식일 뿐 아무것도 아니라고 생각하려 애썼던 이행식이라는 것에 어떤 의미가 담겨 있는지, 신경 쓰지 않는 척하면서 실은 자신이 이 문을 통과하기를 얼마나 바라고 있었는지를 조금씩 깨닫기 시작했다. 얼룩의 자리를 옅은 기대감이 채워 나갔다. 비오는 한 명의 당연한 익인이었다. 도대체 날개가 있는데 익인이 아니라면 뭐란 말일까?

새벽에 호수에서 목욕재계를 마친 어른들이 손잡고 움막을 둘러쌌다. 완성 후 하루 동안 햇빛의 축복을 받고 지장이 기도를 보태어 신성이 깃든 움막이었다. 남자아이의 움막은 남자들이, 여자아이의 움막은 여자들이 둘러싸게 되어 있어서 이번에는 남자들만이 자리에 나서게 됐다.

비오를 포함하여 올해 열여덟 살을 맞이한 세 사람이 엄숙한 표정을 지으며, 움막을 둘러싼 어른들이 맞잡고 뻗은 팔 아래로 허리를 숙이고 차례로 들어갔다. 마지막으로 그들에게 가르침을 줄 어른 한 사람, 즉 임시 교사가 뒤를 이었다. 교사가 움막의 문을 닫은 뒤에도 움막을 둘러쌌던 사람들은 그 자리를 선뜻 떠나지 않고 한동안 그대로 서 있었다. 침묵의 기도를 하는 것이었다. 어디선가 새들이 날갯짓하는 소리가 들려왔다. 금곡조의 울음이 들려왔다. 그것이 신호라도 되는 것처럼 사람들은 각자의 노동을 하러 흩어졌다.

그 안에서 이행식 대상자들은 어른의 문턱을 넘어서기 위한 여러 가지 교육을 받는데, 그중 대부분은 이미 자라나는 동안 체화한 것들이다. 이를테면 사냥이나 여러 가지 무기 다루는 방식 및 주의사항 같은 것들. 재료를 다루어 식구들이 살 집을 짓는 요령이며 한 가지 작물에 대해 그것을 언제 파종하여 어떻게 가꾸고 어느 때 거두는 것인지 등의 실생활 이야기는, 살면서 듣기도 하고 일이 닥치는 대로 어른들을 돕기도 해 보았으므로 아이들마다 차이는 있지만 웬만큼 경험이 있었다. 그러나 어른들을 도우면서 띄엄띄엄

익혔을 뿐인 과정을 전체적으로 정리해서 듣는 것은, 되는 대로 어설프게 따라 하기를 넘어서 경험과 새로운 관계를 맺는 일이었다.

물론 실생활 공부에 앞서 초원조의 여러 설화를 비롯한 옛이야기를 듣는 것이 먼저였다. 그 이야기들 속에 등장하는 여러 동물과 도형과 무늬, 색깔에 대한 익인들 고유의 상징을 익히고 그것을 내면화하는 과정이었다. 그 긴 이야기는 사흘간 이어지며, 그사이에 움막에 있는 사람들은 물만 최소한으로 마실 수 있다. 금식으로 몸을 깨끗이 비우는 것이다. 교사도 어른으로 이행하는 아이들의 육체적 고통을 함께하기 위해 금식한다.

사흘째 밤이 깊어 갈 때쯤 마지막 이야기가 시작된다. 그것은 개인의 욕망을 다스리고 상대를 존중하면서 사랑하는 방식에 대한 것으로, 그 전까지의 어떤 이야기보다 길고 자세하다. 쾌락에 충실하되 그 어떤 황홀한 경지라도 순간의 섬광이라는 사실을 잊지 말 것. 침묵에는 여러 가지 뜻이 담겨 있으며 동의와 거부를 섬세히 구별하여 상대의 상태와 의사를 파악하고 그 무엇도 강제하거나 훼손하지 말 것. 합의 없는 임신은 없도록 할 것. 이행식을 맞이하여 그런 고루한 충고를 듣기 전에 이미 그 같은 경험을 통과한 청년들도 가끔 있었으나 피차 모른 척하곤 했다. 그들이 깊은 밤에 고단하고 무거운 눈꺼풀을 들어 올릴 만한 이야기는, 중요한 가르침이 모두 끝난 뒤 이어지는 교사 자신의 일화—상대방에게 쾌락을 제공하고 자신도 얻어 내기 위한 여러 자극적인 실례들이었다. 정수리를 따라 곧게 뻗은 가르마를 만지는 손가락, 때론 서로에게 이불이 되어 주는 날개와 그 깃털의 무게감, 부드러운 통증을 달래는 대화, 서로의 피부 위에서 미끄러지는 시선 같은 것들.

"그러면 그동안 비오는 자기한테 상관없는 얘기를 계속 듣고 있어야 한다는 거잖아?"

가하가 제 귀에 그런 말들이 쏟아져 들어오기라도 하는 것처럼 몸서리쳤다.

"그게 웬 헛짓거리람. 아니면 어르신들이 이제 혼인 문제도 풀어 준 거래?"

지요가 코웃음으로 대답했다.

"그럴 리가. 이행식 한정이야. 하지만 옛날이야기 듣는 셈 치고 들어 두어서 나쁠 거 없잖아. 그리고 확대 해석하자면 혼인해서 아이를 갖는 게 안 된다는 뜻이지, 평생 아무하고도 관계하지 말라는 계는 아니잖아."

엄마 생각은 어때요? 묻기 위해 고개 돌리다가 지요는 엄마의 시선이 밤공기를 따라 길게 뻗어 있는 걸 보고 멈칫했다. 시와는 창을 열고 비오가 들어가 있을 움막이 자리한 방향을 내다보고 있었다. 집 안에서 그곳이 보일 리 없는 거리였다. 지요는 침묵했다. 비오를 그렇게 태어나게 만든 엄마가, 이 순간 제일 안도와 감사를 표현하고 싶을 것이었다. 그동안 티 내지 않으며 일부러 밝은 표정과 몸짓으로 모든 것을 마땅히 수용해 왔던 날들, 그 오랜 세월이 지난 지금에서야 엄마는 비오를 향한 죄책감을 몸 밖으로 드러낼 수 있게 되었다. 지금은 그걸로 충분했다.

그리고 그것을 가능하게 해 준 사람. 지요는 문득 가족 침상에 먼저 누워 거의 잠이 들기 직전이던 루의 손을 덥석 붙들었다.

"내일 일출 전에, 너도 같이 가자. 가서 다음 과정을 보고, 밤 축제까지 같이 있자."

"내가?"

루는 깜짝 놀라 손을 거의 잡아채어 뽑아낼 듯이 움찔했다. 가하는 말도 안 되는 소리라는 듯 고개 저었다.

"부정 탄다니까. 도시 애를 무슨."

"진짜로 부정 탈 거라고 생각해?"

지요가 진지하게 묻자 가하는 방어적으로 말을 바꾸었다.

"아니, 내 말은 확실히 탄다는 게 아니라, 어른들이 부정 탄다고 반대할 거라고."

"그럴 리 없어."

시와가 이윽고 덧문을 닫으며 확신에 찬 어조로 말했다.

"이 아이는 괜찮을 거야. 우리가 받아들이고 지장께서 환영하신 아이니까."

우리의 날개를 눈앞에서 꺼내 보여 주어도 괜찮은 아이. 날개를 탐낸 적 없고 그 무엇을 보든 고개 끄덕이며 맑게 호응해 준 아이. 시와는 루의 짧아진 머리를 두어 번 쓸어내리다 깊은 밤을 포옹한 고요처럼 루의 어깨를 힘 있게 끌어안았다.

"편안하게 생각하렴. 그저 비오의…… 그리고 우리의 손님일 뿐이잖아? 손님을 자리에 모시는데 부정을 탄다는 얘기는 세상 어디서도 들어 본 적 없단다."

"그 손님의 성분이 어떤지에 따라 다르지요."

가하는 끝까지 소용없는 토를 달고 있었다.

제가 정말…… 비오가 이행하는 그 자리에 있어도 되나요? 시와가 거듭 말했는데도 루는 언제까지나 다시 묻고 확인하고 싶었다. 그것은 그동안 넓은 청사 어디에서도 진심으로 느껴 보지 못한 환영의 말이었다. 어서 오렴. 너는 우리의 손님이야. 우리는 네가 반가워. 그리고 루는 자기도 모르게 지장에게 항의를 멈추지 않았던 이유를 알 것만 같았다. 비오는 태어난 지 18년 만인 지금에야 비로소, 그들 사이에서 진정한 환영의 대상이 되어 의식을 치르고 있는 것이었다. 문득 텅 빈 청사의 정원, 인사 비슷한 몸짓 대신 흘끔거리고 외면하던 직원들, 대체로 한쪽 입꼬리를 살짝 올리고 눈살을 찌푸리던 휴고의 낮은 목소리, 자신과 눈을 깊이 맞추는 대신 제삼자의 객관적인 응시를 하던 어머니의 모습이 차례로 루의 뇌리를 스치고 지나갔다. 루는 대답 대신 시와의 따뜻한 품을 마주 안았다.

여명이 밝아 올 무렵, 이번에는 남녀노소 불문하고 움막 앞에 모여 문을 중심으로 두 줄로 마주 섰다. 전날 밤 성인이 된 의미로 귀를 뚫고 귀걸이를 한 청년들이 곧 문밖으로 나올 예정이었다. 이때 안쪽에서 임의로 문을 열어서는 안 되었고, 바깥에서 신호를 주기까지 기다려야 했다.

마주 보고 선 두 줄의 사람들 가운데 한 남자가 목소리를 길고도 그윽하게 뽑아 선창하기 시작했다. 움막과 조금 떨어진 곳에서 지요와 함께 거의 몸을 숨기듯 하고 그 모습을 지켜보던 루는, 자신이 알지 못하는 그들 고유의 언어로 부르는 노래를 가만히 들었다. 노래는 느릿했는데 도시의 유행가와는 음조가 다른 독특한 선율에 구슬픈 느낌은 없었으며 오히려 힘차고 맑았다.

"이 세상이 어떻게 만들어졌나, 누가 만들었나 그런 내용이야. 나도 우리 말에 익숙하지 않아서 대강만 알아."

지요의 말을 들으며 루는 시선을 움막 쪽으로 고정한 채 고개를 끄덕였다. 일찌감치 도시의 언어를 배우는 이곳에서는 연령대가 낮을수록 자신들의 말을 잘 알지 못한다고 했다. 작심하고 배우지 않으면 잊고 마는 것이었다. 그래서 저렇게 고정된 의식 때 부르는 노랫말 정도가 근근이 남아 있을 뿐이며, 선창하는 이가 비교적 옛 언어를 잘 안다고. 그러나 루는 말이 통하지 않아도, 무슨 뜻인지 몰라도 괜찮았다. 이해할 수 없는 소리가 이해하지 못하는 그대로 몸속에 흘러들어 오는 감각이 중요했다. 그들의 노랫소리는 가사가 아닌 몸짓과 진동으로써 자연과 인간의 내면에 깃든 마법적 감성을 자극했다. 세상에 태어난 존재 자체에 매혹되고 그것을 축하하며 기쁨을 나누는 데 있어서, 반드시 말이 통해야만 하는 건 아님을 저들이 몸으로 보여 주고 있었다.

1절이 끝났는지, 후렴구에 해당하는 듯한 부분부터 나머지 사람들이 다 함께 따라 부르기 시작했다. 선율과 분위기만으로도 그것이 가사만 바뀌어 오래도록 반복되는 후렴구라는 것을 알 수 있었으며, 후렴구는 단순 제창이 아니라 루가 일찍이 들어 본 적 없는 몇 겹이나 중첩된 화음으로 이루어졌다. 어떤 악기로도 구현할 수 없는, 사람들의 목소리로 들려주는 연주였다. 선창 때는 다소 엄숙한 느낌이 있었는데 많은 사람들이 함께 부르는 동안 어느새 노래에 활기가 붙었다. 사람들은 정해진 동작 없이 어깨와 허리를 흔들었고 박자에 맞춰 손뼉도 위아래 구분 없이 치면서 즉흥적으로 추임을 넣기도 했다. 그 틈으로 특이한 타악기 소리가 끼어들더니 사람들의 목소리와 접선을 시작했다. 그들 중 네댓 사람이 크기가 조금씩 다른 손북을 치고 있었다. 그것은 우리온의 가죽을 씌워 만든 맥고라는 것으로, 어느 부위의 가죽을 썼는지에 따라 소리의 높낮이와 울림과 지속성이 다르다고 나중에 지요가 들려주었다. 그걸 여러 사람이 악보나 규칙이 없이 두드리는 것 같은데도 소리가, 그럴듯했다. 한마디로 말이 되는 소리였다.

후렴구가 고조될 무렵, 움막 문이 열렸다. 후렴구의 반복이 문을 열고 나오라는 신호인 것이었다. 물만 마시며 몸을 거의 비워 내서 다소 지친 얼굴의 청년들이, 그럼에도 불구하고 바른 자세로 사람들 사이로 걸어 나왔다. 막 떠오르는 아침 햇빛에 저마다의 귀에 매달린 귀걸이들이 반사광을 내며 흔들렸다. 청년들의 맨 뒤에 비오가 나왔고 마지막으로 교사가 뒤를 든든히 받쳐 주듯 따라붙었다. 지요가 다음 과정을 보기 위해 루의 손목을 잡아 일으켜선 뛰었다.

청년들이 호수로 걸어가는 동안 두 줄로 섰던 사람들은 노래를 계속 반복하며 뒤를 따라갔다. 호숫가에는 물을 떠다 놓은 큰 나무 욕조가 있었다. 이제부터 청년들은 그리로 들어가 묵은 때를 씻는다. 거기에 그들을 위한 새 옷도 준비되어 있었다. 설마 목욕하는 동안 옆에서 내내 노래를 부르고 있을 작정인가, 아름다운 가락이긴 하나 수많은 사람이 떼 지어 무한 반복하면 정신 사나워서 씻을 수나 있을까 루는 궁금했는데, 다행히 청년들이 상의를 벗고 물속에 몸을 담그자 사람들은 노래를 마치고 흩어졌다. 이제 그곳에는 교사와 세 명의 주인공 청년만 남아 있었다.

"우리도 비행의 절벽에 가서 기다리자. 여기서 금방이야."

다음 장소로 손짓하는 지요를 따라가다가 루는 몇 번을 뒤돌아보았다. 코앞에서 들여다본 것은 아니었으나 청년들의 담갈색(비오는 갈백색) 어깨와 등은 정말이지 도시에서

흔히 볼 수 있는 사람들과 똑같이 근육의 움직임에 따라 꿈틀거릴 뿐이었다. 그 어깨에 날개가 따로 비집어 나올 만한 상처나 절개선은 없었고 등판이 깃털로 뒤덮여 있지도 않았다. 그들의 날개가 어디에 감추어져 있다가 솟아 나오는지, 모든 것을 인과 논리로 분석하려는 도시 사람이라면 누구라도 의문을 품고 때론 뜯어보고 싶다는 폭력적인 열망마저 품게 되는 게 큰 무리도 아니겠다는 위험한 생각이 들었다. 날개를 꺼낼 때 저들은 어떻게 할까. 인간이 친근한 개나 새를 부르듯, 휘파람이라도 불거나 박수라도 쳐서 불러내나. 단순히 생각만으로도 날개가 나온다면 아무 때고 펼쳐져 일상생활이 오히려 불편하지 않을까……. 루는 그것에 원리나 이치가 전무하다는 걸 알면서도 자꾸만 이해하려 들고 보는 도시인의 습성이 자신에게도 있다는 걸 알았다. 과학이나 문명의 이기에 대해 잘 알지 못하는 일반인이 이 정도인데, 그것을 업으로 하는 이들은 잔인한 호기심이라고 머리로는 인지하면서도 얼마나 익인들을 데려다 분석해 보고 싶을 것인지. 사람은 왜 자기와 다른 것이나 알지 못하는 것이나 알지 못하기에 비로소 아름다운 것의 비밀을 캐내려는 본능을 타고난 것인지.

가하와 지요가 끌어 올려 주어서 루는 비행의 절벽이 가장 시원한 각도에서 바라보이는 나무에 자리를 잡고 앉았다. 여기서라면 비오가 나는 모습이 잘 보일 것이었다. 이미 어려서부터 숱한 날갯짓에 익숙해진 익인들은, 그럼에도 불구하고 이행식 날 이 절벽에서 날아오르는 것을 첫 비행이라고 부른다. 이 절벽은 고원 지대 바깥으로 나가는 모든 절벽 가운데 가장 높고 가파른 데다가 상시 강풍이 휘몰아치는 곳이어서, 이행기 이전의 어린이가 이곳에서 비행하는 것은 금지하고 있었다. 물론 열서너 살만 넘어도 이 정도 강풍을 못 견뎌서 추락하는 익인은 거의 없다고 봐야겠지만, 어른의 몸이라도 아무런 공기 저항 없이 느긋하게 비행할 수 있는 곳은 아니었다. 어른 익인의 신장이나 체격이 유년기에 거의 완성된다는 점을 생각하면 더욱 그렇다. 익인들은 이곳에서 비행을 마침으로써 어느 악조건에서든 날아오를 수 있다는 확신을 갖게 되고, 이후 일상에서의 비행에도 좀 더 여유가 생긴다.

말하자면 보통의 익인들보다 키가 크지만 날개가 작은 비오에게는 어떤 위험이 따를지 모르는 장소라 할 수 있었고, 거기까지 이해하자 루는 불안해졌다. 어쩌면 본인이 내키지 않아 했던 이행식에 공연히 참여를 부추긴 것일지도.

비오가 저런 절벽에서 날다가 다치기라도 하면. 높은 나뭇가지에 편안히 올라앉아 바라보는 비행의 절벽은 아름다웠지만 거기서 나는 것은 다른 문제였다.

지장이 짧게 인사하며 시작을 알렸다. 어떤 행사가 있을 때 최고 책임자가 첫머리에 쓸데없는 훈계를 한다는 점은 도시나 여기나 다를 바 없다고 루는 슬그머니 소리를 죽이고 웃었지만, 다행히 지장은 요점만 얘기해 시간을 오래 끌지 않았다. 그러나 고식적인 말이기는 마찬가지였다. 하늘을 자유로이 날되 대지에 대한 감사를 잊지 맙시다, 오늘 좋은 날이니 축하해 주시고 이 친구들이 어디 하나 부딪히거나 긁힌 데 없이 돌아오길 빕시다, 뭐 그런 말. 둘러선 마을 사람들이 박수를 보냈다.

청년들이 호흡을 고를 시간을 준 다음, 이윽고 지장의 수하가 우리온의 뿔을 깎아 만든 호각을 불었다. 지장의 어깨 위에 앉아 있던 금곡조가 푸드덕거리며 날아올랐다. 맥고소리가 잔잔한 물결처럼 고개를 들더니 점차 큰 파도로 일어났다. 청년들이 절벽을 향해 달려 나갈 때 사람들이 그 행위를 북돋우기 위해 함성을 보냈고, 함성에 지지 않는 맥고소리가 혈관을 타고 몸속에 흘러들어 빠르게 뛰는 맥박과 한데 겹쳤다.

청년들이 절벽 밖으로 뛰어올라 허공을 찢으며 날개를 펼치는 것까지 보고 루는 눈을 감아 버렸다. 비오의 경우 날개가 힘 있게 펼쳐졌다기보다는, 피어났다. 어깨에서, 한 무더기의 금빛 꽃처럼. 아름답지만 오래도록 응시하기에는 눈도 마음도 시린. 이제 시작인데 벌써 외면하다니 비오에게 미안하지도 않으냐고 가하가 핀잔을 주는 바람에 루는 다시 눈을 떴으나 손바닥으로 얼굴을 가린 채였다. 손가락 사이로 다른 두 청년이 세찬 바람에 공중에서 휘청거리는 모습이 보였고, 그들이 그 정도라면 비오는 이미 절벽 아래로 나가떨어진 거나 아닐까 싶어 손바닥에 땀이 차올랐다. 비오가…… 비오가 어디 있지? 그때 지요가 루의 어깨를 잡았다.

"손 떼도 돼. 이제 여기서는 보이지 않아."

루가 눈을 떴을 때는 절벽 바깥으로 청년들의 모습이 세 개의 점처럼 멀어져 있었다. 비오는 이미 그 바람을 온몸에 맞으며 앞서 날아간 것이었다. 선천적으로 주어진 날개의 크기가 다른데 그게 가능한 일인지 루는 알기 어려웠으나, 다만 비오가 자신의 한계를 넘어서기 위해 그동안 다른 이들보다 몇 배의 날갯짓을 했을지는 짐작할 수 있었다. 몸을 으스러뜨리거나 목덜미를 낚아채어 던져 버릴 것만 같은 바람을 향해 비오가 날개를 활짝 펼쳤을 때, 그 앞에 펼쳐진 정경을 루는 결코 해독하거나 형언할 수 없을 것이었다. 루가 아는 어떤 사전을 머릿속에서 넘겨 보아도 이 느낌을 부를 마땅한 이름을 찾을 수 없었으나, 그것이 불안을 밀어 내고 순수한 경탄으로만 루를 감싸 왔다. 루는 제 어깨가 누군가의 뜨거운 팔 안에 들어가 있는 것 같았다.

절벽을 내다보고 섰던 군중은 노래와 외침을 그치고 고요와 침묵 속에 자유롭게 곳곳에 흩어져 앉거나 드러누워서 청년들을 기다렸다.

지정된 장소까지 날기를 마쳤는지, 사라졌던 세 개의 점이 희미하게 다시 모습을 드러냈다. 사람들은 하나둘 일어나 절벽 가까이 모여들어, 강풍과 거리로 인해 그들에게 들리지 않을 텐데도 입가에 손나발을 대고 소리치기 시작했다. 온다! 힘내라! 그렇게 외치면서도 누구도 날개를 펼치지 않았다. 날개를 펴는 순간 절벽으로 뛰어나가 청년들을 도와주고 싶어질 것이기에. 함성의 운율을 타고 다시 맥고 소리가 하늘을 수놓았다. 루는 일어났다. 앉아 있던 가지 위를 딛고 서는 정도로 더 잘 보일 리가 없다는 걸 알면서도, 조금이라도 자세히 보고 싶은 초조한 마음과 함께 일어서서 나무 기둥에 몸을 기댔다. 비오, 어서 와. 흔들리지 말고,

휘청거리지 말고, 그대로 날아와, 비오. 루는 제 몸 밖으로 소리가 나갔다고 느꼈지만 사람들의 함성에 묻혀 불분명했다. 점점 커지며 다가오는 점들은 어느새 청년들의 구체적인 형태를 드러냈다. 그때 또 한차례 바람이 강하게 불었는지 청년들이 궤도를 크게 벗어나 흔들렸고, 사람들은 비명과 탄식을 지르며 그 장면을 지켜보았다. 루가 미리 알면 걱정할까 봐 시와가 나중에 들려준 이야기에 따르면, 거기서 눈 깜짝할 새 바람을 헛디뎠다가 절벽 아래 뾰족한 바위에 내동댕이쳐져서 심각한 부상을 당한 사람들도 있다고 했다. 물론 익인들은 자체 회복력이 있고 남을 치유할 수도 있으니 이행식 과정에서 숨진 사람은 아직 없었으나, 당연하게도 고통마저 느끼지 못하는 것은 아니었다. 그렇게 머리가 깨지거나 다리가 부러졌다가 회복한 자는 얼마 동안 비행에 두려움을 느끼고 날개를 꺼내기가 그 전처럼 쉽지 않을 수도 있다는 것이었다.

하지만 비오는 큰 짐을 하나 떠메고 사막을 건넜는걸. 루는 그 힘을 믿었다. 비오, 어서 와. 흔들리지 말고. 그 말을 이번엔 확실히 입 밖으로 낸 것인지, 대각선 위쪽 나뭇가지에서 지요의 목소리가 들려왔다.

"아니, 그건 안 되지."

루는 그것이 자기에게 하는 말인지 몰라 위를 가만히 올려다보았다. 설마 지요는 비오가 다쳐도 상관없다는 뜻인가.

"바람에 몸을 맡기면서도 때론 바람에 저항해야 하는데, 흔들리지 않고 휘청거리지 않고 날 수는 없어. 비오가 아니라 우리 중 그 누구라도, 하다못해 작은 새나 벌레라도 날개를 가진 자라면."

그 바람에 몸이 산산조각 나는 것이 아니라면. 루는 나뭇가지에 다시 스르르 걸터앉았다. 다가오는 비오가 난폭한 바람에 밀리며 허공에 그리는 곡선이 이 세상에 존재하지 않는 숫자나 도형처럼 보였다.

"무섭더라도 그대로 지켜봐 줘. 그게 비오의, 우리의 비행이니까."

아낌없이 흔들리고 불안하게 솟구쳤다 꺼지기를 반복하면서도 어떻게든 버티어 내는 행위가, 말이지. 루는 비로소 고개를 똑바로 들고 절벽을 바라보았다. 출발할 때 잔뜩 긴장한 채로 힘을 써서 앞서 나간 탓인지 비오는 멀찍이 뒤처져서 오고 있었다. 뒤처지고 불안정했으나 어쨌든 날아오고 있었다. 한 사람, 두 사람…… 팽창한 바람을 온몸에 부여안은 채로 지상에 당도하자마자 청년들은 흩뿌려진 자갈처럼 쓰러져 뒹굴었다. 몇몇 사람이 달려가 그들을 부축하고 미리 준비해 둔 물을 뿌렸다. 물을 받아 마시다가 한 명은 토했고 다른 청년은 헐떡거리는 숨을 다 고르지 못해 손을 내저으며 물을 거절했다. 루는 나무를 타고 내려갔다. 날지도 못하는 루가 저 자리로 가까이 가서 무슨 사고를 칠지 염려되어 지요와 가하가 뒤따랐다.

비오는 아직도 지상에 다다르지 못하고 있었다. 이미 몸은 절벽의 경계선을 넘어서 가까이 다가왔으나 힘과 숨 조절이 안 되는 것이었다. 날아오르는 것만큼이나 땅에 바른 자세로 내려와 닿는 일이 중요하고도 어렵다는 것을, 루는 지쳐 뺀은 청년들을 둘러보고 실감했다.

그러나 그 피로를 안고 저대로 떠 있기란 더욱 어려울 것이었다. 루는 소리쳤다.

"비오!"

청년들을 돌보던 사람들의 시선이 루에게로 돌아갔다. 가하가 루의 목을 조를 듯이 끌어당겨 입을 틀어막았다.

"부르지 마. 한눈팔다 떨어지기라도 하면 책임질 거야?"

그러나 그 언제 이 세상 어디라도 비행을 하다가 한눈팔 일은 널려 있을 텐데, 지요의 말마따나 흔들림이 비행의 일부라면 이 또한 마찬가지일 것인데. 루는 가하의 팔을 뿌리치고 외쳤다.

"어서 내려와! 비오! 이리로!"

그 소리를 듣고 비오가 흘끗 내려다보았다. 다음 순간 비오의 몸이 또 한 번 공중에서 크게 휘청거렸고 사람들은 외마디 탄식을 지르며 얼굴을 손으로 가렸다. 비오가 조금씩 속도와 고도를 낮추는가 싶더니 마침내 온몸을 포승처럼 죄고 있던 바람의 힘이 일순간 끊어져 나간 듯 빠르게 내려왔다. 아니, 내려온다기보다 떨어지는 것에 가까웠다. 가하가 위치와 상황을 알아채고 루의 팔을 잡아당기려 손을 뻗었다.

"이리 와!"

그러나 가하가 미처 끌어당기기도 전에 비오는 지상에 닿자마자 반동으로 몸이 튕겨 루에게로 부딪쳤다. 그 결에 바로 옆에 서 있던 가하도 넘어졌고, 그대로 비오와 루가 한 덩어리가 되어 몇 바퀴나 굴러가는 것을 사람들이 뛰어들어 몸으로 막았다.

"두 사람 다친 데 없니?"

아이들을 살피니 비오가 루를 팔로 굳게 감싸고 있어서, 몸이 부딪쳤을 때의 충격을 제외하면 상태가 심각하지는 않을 법했다. 비오가 루를 안은 팔에 힘을 풀고 천천히 상반신을 일으키자 사람들이 앞다투어 쓰러진 루를 살폈다.

"세상에, 머리를 다쳤나. 애가 눈을 안 뜨네."

"도시 사람은 원래 이렇게 무모한가."

"너희 그대로 조금만 더 굴러갔다면 말이지, 저기 좀 봐
라."

사람들의 우려대로 그리 멀리 떨어지지 않은 곳에 바윗
덩이가 서 있는 걸 보고 비오는 실소를 터뜨렸다.

"웃을 일이 아니야. 너는 그런대로 무사했겠지만 저 아이
는 어떻게 됐겠니."

어른들의 타박 사이로 가하가 끼어들었다.

"아니, 이 도시 녀석 탓이에요. 위험하게 저 혼자 튀어 나
가서, 애가 부르는 바람에 오히려 비오한테 방해가 될 뻔했
다니까요."

"됐다, 괜찮아."

비오는 여전히 숨 가쁜 목소리로 말하며 가하의 등을 두
드렸다.

그때 피어오르는 모래 먼지 사이로 루가 가늘게 눈을 떴
다. 사람들이 안도하며, 충격을 받은 아이를 곧바로 일으켜
앉히면 안 된다고 주의를 주었다. 가하와 일행이 물을 가지
러 간 사이에 루는 하늘을 바라보고 누운 채로 중얼거렸다.

"나 또 쓸데없는 짓 했나 봐. 맞지?"

비오는 대답 대신 물었다.

"아픈 데 없어? 움직일 수는 있고?"

루는 누운 채로 천천히 다리를 굽혀 보고 팔을 들어 올려 살짝 흔들어 보고 목도 좌우로 돌려 보았다. 등과 발목에 가벼운 통증이 느껴졌다.

"발목이 살짝 삔 것 같은 느낌 말곤 없어."

루는 천천히 몸을 일으켜 앉았다.

"내가 정말…… 너 때문에……."

비오의 가쁜 숨소리가 조금씩 원래의 박자를 되찾고 있었다. 루는 그다음에 나올 말이 뭔지 알 것만 같았다. 너 때문에 이런 안 해도 될 고생을 했다든지, 너 때문에 착륙을 매끄럽게 못 했다든지.

"못 살겠다."

아무리 그래도 못 살 정도라니 그건 좀 심하지 않아? 루는 항의하고 싶었지만 비오는 이어서 말했다.

"쓸데없지 않았어."

이건 조금 전 얘기에 대한 대답인가 보았다. 쓸데없는 짓까지는 아니었다니 듣던 중 반가운 소리였다.

"그러니까 너도 원하는 걸 말해 봐."

"나? 나 왜? 특별히 없는데."

"나한테 해 준 게 있으니까, 나도 네가 바라는 걸 하나 들어주겠다고."

무언가를 받으면 반드시 그에 상응하는 다른 무언가를 내미는 그들의 증여 방식다웠다.

"그럼, 조만간 나를 데리고 다시 날아 줘. 또 사막을 통과할 수 있어?"

고원의 높이와 험준한 지형을 생각했을 때, 루가 도시에 돌아갈 수 있으려면 익인들의 날개에 의지하지 않고는 현실적으로 불가능했다. 그리고 루는 자신을 도와줄 날개의 주인이 저 절벽 너머로 다녀온 비오이길 바랐다.

"도시 한복판까지 데려다 달라는 건 물론 아니야. 그저 근처에만 내려놓아도 나 혼자 도시 경계선을 알아서 넘을 수 있어."

"데려가 줄게."

뜻밖에도 즉답이었다.

"도시 한복판까지라도, 청사 문 앞까지라도 데려다줄게."

그 비현실적인 말에 루는 웃으며 고개 저을 수밖에 없었다.

"그렇게 눈에 띄는 데까지 나를 데려갔다간 글쎄, 네가 나타나길 벼르는 사람들이 조금은 있을 텐데."

"그런 건 내가 알아서 하는 거야. 신경 쓰지 않아도 돼. 진짜 네가 원하는 곳이 거기라면, 무슨 수를 써서든 데려다주고말고."

정말로 원하는 곳이라면. 그 조건에 루는 말문이 막혔다.

"말해 봐. 정말로 가고 싶은 곳이 거기인지."

"나는……."

조용히 다독거리듯, 그러나 채근하듯 묻는 비오의 말에 루는 마침내 눈물을 터뜨렸다.

"난, 외할아버지의 고향에 가고 싶어."

눌러 담아 놓고 모르는 척했던 진심이, 쏟아져 나왔다. 어머니 가까이 있는 것도 나쁘지 않지만 어머니부터 낯선 존재였고 어머니를 둘러싼 그 밖의 모든 요소들은 말할 것도 없었다. 그중 루가 자기 것이라고 느끼는 건 단 하나도 없었으며 이는 단순한 투정이 아니었다.

비오가 루의 어깨를 말없이 힘주어 안았다. 루의 턱밑까지 차오르던 숨이 조금씩 가라앉았다.

맥고 소리에 맞추어 흐느적거리며 춤추는 형체가 사람인지 불인지 분간되지 않았다. 사람이 불 같고 불꽃이 사람 같았다. 흡사 사람과 불이 뒤엉켜 군무를 벌이는 모습이었다.

춤추다 지친 사람들은 여기저기 질펀하게 주저앉아 술을 마시고 과일을 먹었다. 맥고를 치는 이들도, 하나가 지치면 다른 이가 교대로 넘겨받으며 소리를 멈추지 않았다. 그사이 서로 눈이 맞아 슬그머니 자리를 뜨는 이들이 있는가 하면 불꽃과 타악기 소리가 어우러지는 소란 속에서도 나무 둥치에 기대앉아 용케 잠든 사람들도 있었다.

그 열기에 델 것만 같아 멀찍이 나무에 기대서서 루는 지요가 건넨 나무잔을 받았다. 우리온의 젖을 발효하여 만든 술이었다. 한 모금 입에 대 보니 시큼했지만 혀끝에 남는 맛이 나쁘지는 않았다. 이행식을 이미 지나 보낸 사람들만 여기에 미과 즙을 섞은 술을 마실 수 있다고 했다.

"피곤하지? 새벽녘부터 하루 종일 행사였으니까."

"아니, 이거 마셔서 좀 괜찮아졌어."

"아마 밤새 두드려 대고 떠들고 마실 거야. 우리는 이따 가하랑 같이 돌아가자. 나도 슬슬 졸려. 엄마는 음식이며 술에다 이것저것 챙기느라 오래 남아 계실 거야."

"힘드시겠네. 뭔가 도와 드릴 게 없을까?"

"그건 어른들 일이야. 너는 이제부터 나나 가하뿐만 아니라 엄마의…… 무엇보다 비오의 감사만 받아들이면 돼."

"내가 뭘 했다고."

그건 겸손이 아니라 진심이었다. 낮에 루는 기진맥진한
비오한테서 오히려 도움을 받았다는 걸 알고 있었다. 비오
가 몰아붙이지 않았다면 루는 자신이 가고 싶은 곳이 어딘
지를 몰랐을 것이다. 비오는 루가 말하기만 하면 언제라도
외할아버지의 사과밭에 데려다주겠다고 했다. 그곳에는 사
과밭이 황무지가 되지 않도록 어머니가 고용한 관리인이
살고 있을 것이며, 어머니와 시 청사의 연락이 닿을 것을 고
려하면 현실적으로 그곳에 오래 머무는 일도 불가능하겠지
만, 그래도 조금쯤 달라진 풍경과 외할아버지의 흔적을 다
시 한번 어루만지고 가는 데에는 큰 문제가 없을 것이었다.
그곳에서 마지막 인사를 외할아버지에게 건넨 뒤에…… 어
디로든 떠날 것이었다. 누구도 자신을 알지 못하는 곳으로.
어디가 됐든 청사가 아닌 곳으로. 열다섯 살의 아이가 혼자
살아갈 수 있는지는 나중 문제였다.

"네가 이 자리에서 그저 외지인이 아닌 가장 귀한 손님이
라는 걸, 다른 누가 몰라주더라도 우리는 알아."

그건 마치, 원한다면 앞으로도 여기 쭉 머물러도 된다고
말해 주는 것만 같았으나 지요의 마음이 고마운 것과는 별
개로 루는 세상 어디서든 평생을 손님으로 살아갈 수는 없
다는 사실을 알고 있었다.

그때 주홍색 불빛이 사방에 흥건한 어둠 속에서 맥고 소리를 헤치며 지장이 다가오는 걸 보고 루는 나무잔을 넘기곤 지요에게서 떨어졌다. 딱딱한 어른이 또 무슨 얘길 하려고 이 구석까지 오나 긴장했는데, 다른 익인들과 비슷한 옷으로 갈아입고 이런저런 머리장식도 벗은 지장은 위엄의 기색이 덜어져 한결 편안해 보였다.

"익숙지 않은 걸 오늘 많이 보고 듣고 했겠군요."

태어나 처음 보는 광경들뿐인 데다 자신이 그 속에 녹아들 수 없다는 사실도 확인했지만 루는 다른 이들 틈에 끼어들어 본 것만으로도 충분했으므로 웃음으로 대답을 대신했다.

"어…… 그러니까, 고맙습니다."

"당신이 고마울 게 있습니까."

"그, 비오에게, 결국은 자리를 주셔서……."

지장이 고개를 가로젓는 걸 보고, 착각하지 말라든지 당신 때문이 아니라든지 같은 대답이 나오리라고 루는 생각했으나, 지장은 처음 만났을 때처럼 루의 머리에 축복의 의미를 담아 손을 얹어 놓고 말했다.

"고맙다는 인사는 내가 해야 할 것 같습니다. 당신이 우리의…… 아니, 나한테 있던 마지막 망설임의 벽에 금을 내 주었으니까요."

그것이 외부에서 난입한 단 한 사람의 항의로 풀릴 만큼 간단한 규제였던가? 그럴 거라면 제한이나 배제라는 이름을 붙이지도 않았을 것이었다. 어쩌면 비오를 안쓰럽게 여기고 있었던 지장의 마음은, 거기에 방아쇠를 당겨 줄 만한 구실이 필요했을 뿐인지도 몰랐다.

"당신은 이미 비오와 우리에게 많은 것을 베풀었습니다. 당신은 우리가…… 특히 비오가 주는 것이라면 뭐든 받을 자격이 있습니다."

천천히 손을 떼며 지장은 머금었던 미소를 어둠 속에 풀어 놓았다.

"비오에게 가 보세요. 조금 취해서 저쪽에서 쉬고 있답니다. 아무래도 미과가 들어간 술은 처음일 테니까요."

단지 처음일 뿐만 아니라, 사람들이 오늘 같은 날 자기들 사이에 정식으로 끼어 앉게 된 비오를 더욱 특별하게 여기곤 그의 머리에 있는 대로 물으며 술을 끼얹은 것이었다.

새로운 술동이를 나르던 아주머니들이 도움을 청해 와서 지요는 그리로 발길을 돌렸다.

"나도 같이 가서 도울까?"

"아냐, 괜찮아. 너는 비오 옆에 있어 주면 좋겠어."

지요는 일손이 부족하다고 도시 아이를 함께 데려갔다간 아주머니들이 둘러싸고 무엇을 묻거나 참견하여 루가 피곤해질 것을 배려하는 듯했다.

"나도 되도록 빨리 갈게."

혼자 있어도 괜찮다고, 걱정 말라고 웃어 보이며 루는 조금 망설이는 지요의 등을 밀어 보냈다. 외부인인 자신이 이 장소에 오래 머무르는 게 눈치도 보이고 좋을 일도 없을 듯싶어서 루는 비오의 상태만 보고 집으로 돌아가야겠다고 생각하고 있었다. 아마 밖에서 자거나 밤을 지새우는 사람들이 적지 않을 테니 비오를 그대로 두고 들어가도 별일은 없을 테고, 어쩌면 수많은 사람이 비오를 둘러싸서 인사는 커녕 가까이 다가가기도 어려울지 몰랐다.

쉬고 있다던 비오는 팔짱을 낀 채 나무둥치에 기대앉아 졸고 있었다. 먼 데서 옮아오는 붉은 불빛이 비오의 얼굴 반쪽을 비추고 있었고, 어둠 속에서도 규칙적으로 오르내리는 어깨를 보니 조는 정도가 아니라 숙면 중이었다. 지친 몸에 처음 들어갔다는 술이니 그럴 만도 했다. 가까이 다가앉아 들여다보는데 머리를 흔드는 미과 냄새와 주취가 풍겨왔다. 숨소리가 고른 것을 확인하고 루는 조심조심 일어났다. 사방에서 춤과 노래로 야단인데 어떻게 나뭇잎 바스락

거리는 소리에 깨어났는지, 비오가 눈을 뜨고 반사적으로 루의 팔을 붙들었다.

"어, 있었구나. 언제부터."

"아니, 나도 막 왔는데, 자는 것 같아서 가려고."

"나도 좀 이따 들어갈 거야. 같이 가자."

"주인공 중 하나인데 그래서 되겠니. 그런데 좋은 날이라고 대체 몇 사발을 퍼마셨을까."

"미과주가 냄새가 좀 강하긴 한데 그렇게 도수가 높지는 않아. 나 취하지도 않았고 딱 세 잔 마셨거든. 근데도 금방은 못 움직이겠네. 팔다리가 녹아서 다 사라진 것 같아."

"긴장 풀려서 그런가 보다. 피곤할 만하지."

"음, 피곤해. 그러니까 좀 있어 봐."

분위기를 보니 비오가 다른 사람들과 더 이상 취하도록 마시고 놀 성싶지는 않았다. 지요가 금방 이리로 오리라고 생각하며, 둘이서 부축하고 데려가면 집까지 가기는 어렵지 않을 것 같아 루는 비오 옆에 앉아 기다렸다. 그렇게 나란히 앉으니, 루는 고작 향수병 비슷한 걸로 눈물을 쏟았던 일이 생각나 멋쩍어졌다.

"그러니까 그게, 낮에 고마워. 가하나 다른 사람들 안 보이게 얼굴 가려 줘서."

그리고 어디로 가고 싶으냐고, 진짜 속마음을 물어봐 주어서. 비오가 거듭하여 묻지 않았다면 루는 아마 틀림없이, 왜 그래야 하는지 의문도 품지 않고 당연하다는 듯 도시로 돌아갔을 터였다. 눈앞에 놓인 현실만을 어쩔 수 없는 것으로 치부하며 받아들이고, 자신이 진짜 바라는 것의 윤곽을 더듬어 볼 생각조차 안 했을지도.

"고마운 일이야 내가 더 많지."

"어? 하긴 내가 너한테 은혜를 좀 베풀긴 했지. 내 목에 칼을 들이대지 않았으면 너는 이리로 돌아오기 힘들었을 테니까."

진지한 인사를 받기가 겸연쩍어 루는 일부러 장난스럽게 말했는데, 비오는 루의 목에 손끝을 가져다 대곤 살피듯이 쓸어내렸다. 죄책감과…… 모종의 두려움과 호기심과 안도가 뒤섞여 결국 무엇인지 알 수 없게 되고 마는 감정이 깃든 손짓이었다. 그에 따라 루 또한 긴장과 고혹과 경악과 혼란이 한데 들끓어 무언가로 발효했는데, 태어나 한 번도 느껴 본 적 없는 이 낯선 감정의 파고를, 루는 신기하게도 그 정체를 알 것만 같았다.

"아니 뭘 심각하게 그래, 농담이야 농담. 나 하나도 안 다쳤잖아."

루는 자기도 모르게 몸을 살짝 젖혀 비오의 손길을 피하며 두 사람 사이에 흐르는 특정한 기류를 알아차리지 못한 척 웃어넘겼다.

"그러고 보니 처음부터 너한테는 미안한 일들밖에 없네."

그렇게 말하면서 비오는 손을 옮겨 가더니 전날 긁힌 루의 입술을 가만히 어루만졌다.

"이것도 미안하고."

루는 그 손길을 타고 흘러들어 오는 마음에 더 이상 소스라치거나 그것을 피할 생각이 없었다. 이 감정에 이름을 붙일 준비가 되어 있었다.

"아 진짜, 난 또 뭐라고. 그 자리에서 지요가 깨끗이 낫게 해 줬는걸 뭐."

"……괜찮아?"

괜찮으냐는 것은 무엇을 가리키는지, 왠지 모르게 루는 그것조차도 알 것 같았지만 짐짓 딴청을 부렸다.

"괜찮지 그럼, 언제 적 일을 이제 와서……."

다음 순간 기름 냄새가 섞인 미과 향기가 콧잔등에 떨어지면서 루의 시야는 더욱 단단하고 두꺼운 어둠으로 가려졌다. 홀림목의 기둥에서 채취한 기름을 청년들이 단장할 때 몸에 바른다고 했는데 그 냄새인 것 같았다. 어느새 술

냄새는 휘발되고 달콤한 향기만 남았다. 그 향기가 뜨겁고 부드러운 촉감과 함께 입술에 내려앉았다. 루는 자기도 모르게 입술을 벌렸고, 세상에서 제일 작은 새처럼 비오의 혀가 고른 치아 사이로 들어오는 것을 알 수 있었다. 두 사람의 깊은 호흡이 입 속에서 갈팡질팡하며 엇갈리다가 이윽고 겹쳤다. 루의 온몸이 맥고나 된 것처럼 울려 댔다. 알고 보면 그저 맥박이 뛰는 것일 텐데도. 영혼이 몸을 떠나가 다른 세계에 진입한 것만 같은 감각과 함께, 등과 머리에 촉촉한 풀밭이 느껴졌다. 살짝 눈을 떴을 때 자신을 내려다보는 비오의, 어딘가 안타까워하는 것도 같고 사랑스러워하는 것도 같은 눈빛과 마주쳤다. 우리가, 닿아도 될까? 마주해도 괜찮을까? 누가 먼저랄 것 없이 서로가 서로를 향해 그리 묻고 있었다. 비오가 젊어진 계를 생각하면 뭔가 이래선 안 될 것 같고 루가 외부인이라는 사실까지 포함하면 더욱 안 되는 일일 텐데, 이러면 안 되기 때문에 이 찰나가 더욱 의미 있다는 생각이 앞섰다. 불꽃과 어둠과 춤과 노래의 흥건한 소란 가운데 그들에게 시선을 주는 사람은 없었다. 어쩌면 보고도 모르는 척 지나치거나, 다 같이 취해 누가 누군지 알아보기 어려운 것인지도 몰랐다.

조금만 있으면 지요가 이리로 올 것이었다.

으레 그런 날은 축제의 장소에서 아무렇게나 뒤엉키고 널브러져 잠들게 마련이었다. 가하는 문득 뺨에 질척한 감촉을 느끼고 어슴푸레한 새벽빛 속에서 눈을 떴다. 우리온 한 마리가 다가와 혀로 사람들을 핥고 다니고 있었다. 간밤의 춤과 열기의 여운에 젖은 채로 가하는 키득거리며 일어났다. 불을 피웠던 자리가 까맣게 남아 있었고 돌아가며 맥고를 치던 사람들은 술과 잠에 취해서 우리온이 아무리 깨워도 몰랐다.

지요와 루는 간밤에 비오를 부축해서 집에 데려갔고, 가하는 네댓 명의 누나들과 돌아가며 춤을 추느라 이곳에 남았다. 그러고 보니 그 누나들 중 한두 사람은 아마 비오와 다리를 놓아 달라는 뜻이었을지도 모르는데 자기가 눈치 없었나 싶기도 했다. 그러나 누나들도 비오의 계에 대해 아는 이상 선불리 접근하기는 어려웠을 테고, 망설이며 간이나 보다가 오히려 비오에게 상처만 줄 수도 있으니, 자신의 행동은 눈치 없었다기보다 경계와 방어에 가까웠다고……

아니, 그게 아니었다. 가하는 머리를 흔들며, 자기가 간밤에 본 것을 떨어내려 애썼다. 그러나 정신이 맑아질수록 그것이 착각 아닌 현실이었다는 것만 분명해졌다.

어떻게 그들이 그럴 수 있었을까?

나무 아래 두 사람을 본 순간, 가하는 우선 아찔함과 함께 그 자리를 피해야 한다는 본능적인 판단이 앞섰다. 못 본 척 도망치는 마음은, 속에서 무언가 치밀어 오르긴 했는데 분노나 배신감으로 간주하기는 어려운 어떤 것이었다. 그런 감정이었다면 차라리 명쾌할 터였고, 그 자리에 장난스레 끼어들거나 아예 정색하고 난입하여 그들을 떼어 놓았을 터였다.

그러나 그들 사이에 오가는, 위태로우면서도 확고부동한 시선은 어둠 속에서도 쏟아지는 별처럼 선명하게 느껴졌고, 가하는 바닥을 본 적 없는 절벽을 마주한 기분으로 고개를 돌리고 말았다.

아마 오늘 하루 대부분의 사람들은 해가 중천에 걸릴 때까지 적당히 휴식을 취할 테고, 그다음에도 다 같이 청소와 뒷정리로 바빠 다른 할 일은 없을 것이었다. 가하는 아직도 늘어져 자는 사람들을 밟지 않도록 조심조심 발을 내디뎌 집으로 향했다. 가서 비오와 루를 마주칠 것을 생각하면 목울대가 답답해졌으나 가능한 한 아무것도 모르는 척 태연하게 굴 것이었다.

고원 지대의 새벽바람은 청정하다 못해 싸늘했다. 가하

의 발걸음이 빨라졌다. 어디선가 나지막한 말소리가 들려와 가하는 멈춰 섰다. 누가 이런 날 이런 시간부터 부지런히 움직이나. 그러나 길섶의 잠에서 이슬의 감촉에 깨어나 집으로 돌아가는 이들이 나누는 대화라고 하기엔 어쩐지 무겁게 가라앉은 데다, 초조함과 예민함으로 가득한 목소리. 인기척만 분별해도 최소 예닐곱 명은 모여 있는 듯싶었다. 축제 뒤끝에 무슨 사고라도 났나 싶어 조심스레 다가갔을 때, 가하는 아름드리나무 뒤쪽에서 들려오는 비라이와 그의 아내 노이의 목소리를 들을 수 있었다.

새벽부터 몇 명씩이나 모아 놓고 부부 싸움인가 싶어 자리를 피하려던 가하의 뒤통수에 문득 나지막하고 거칠게 꽂히는 이름. 비오, 비오를⋯⋯.

비오라고?

기포

나무 기둥 뒤를 살피니 거기 비라이네 가족만 있는 게 아니었다. 이런 날 이런 시간에 여기 있을 이유가 도무지 없는 도시 사람 네 명……. 옷차림과 무장 상태가 어디를 보나 군인이었다. 그들 주위에는 간이 유영기 같은 것도 눈에 띄지 않았고 기계음 하나 들리지 않았다. 초저소음 유영기를 멀찍이 세워 두고 걸어온 모양, 또는 간밤 북소리로 정신없던 중에 어느 물가에 슬그머니 내려앉았는지도 모른다. 저들이 만약 시 청사를 습격한 익인들을 일망타진하겠다는 목적으로 왔다면 비라이와 노이를 묶어다가 거대한 투탄기에 매달고 보란 듯이 먼지바람을 일으키며 나타났을 터였다. 그러나 이렇게 은밀히 모종의 거래라도 이루어지는 현장 같은 느낌은, 그리고 거기 비오의 이름이 들어 있다는 것은……

"그러니까 우리는 진짜 그게 누군지 몰라요. 도시 사람들 눈에는 한 알의 미과만 해 보일지 몰라도 우리 땅이 그렇게 작지 않아요. 인구가 천 명은 넘는 데다 마을 사람들 하나하나 알고 지내는 게 아니라고요. 정 필요하시면 지장 어른께 정식으로 면회를 요청하시라니까요. 그러면 마을 인구 전원을 소집할 거라고요."

그렇게 말하는 노이의 목을 긴 총부리로 찌르며 군인이 한 발 다가섰다.

"네 남편을 대신 데려갈까. 혹시 모르지, 그러면 새대가리 같은 네 기억력이 좀 좋아질지도."

지금 군복 입은 자들은 도시 아이를 내놓으라든지 그 비슷한 이야기는 없이 비오의 이름을 지목했다. 저들이 굳이 비오를 찾는 이유란, 도시 아이를 납치했기 때문인가. 그러면 그 도시 아이를 대령하면 되지 않을까. 그러나 그동안의 이야기를 종합하면 루를 찾아야 마땅한 사람들은 도시의 행정 관계자들이며, 비라이가 지장께 올린 보고에 따르면 그들은 시신 도굴에 대해 아는 내용이 전혀 없다고 하면서 오히려 청사 파손에 대한 손해 배상을 조만간 청구할 것처럼 나왔다고 했다. 게다가 납치범에 대해서는 따로 추궁하지 않아서 비라이는 어리둥절했는데, 그 화제를 부각하는 게 과히 좋지 않을 듯한 예감에 그만두었다고.

어쩌면 저들이 바로 애초에 시신을 파낸 일당인지도 몰랐다. 가하가 보기에 저들은 웬지 루를 안전하게 보호할 것처럼 느껴지지 않았고, 그들 손에 비오는 물론 루를 넘기는 것도 결코 좋은 선택 같지 않았다.

"제발 제 아내한테 그러지 마시고, 저와 함께 지장께 가서 말씀을 드립시다."

비라이가 아내의 목을 겨눈 총부리를 손으로 막으며 말했다.

"가서 비오라는 이가 뭘 잘못했는지, 당신들이 그를 왜 필요로 하는지 소상히 말씀해 주시면 지장께서도 헤아려 조치를 취하실 겁니다."

앞뒤 사정을 듣지 못한 가하도 그저 비라이가 무엇으로든 시간을 끌 요량임을 알아차릴 수 있었다. 저들이 비오를 내놓으란다고 지장께서 수락할 리 없었고, 다만 지장의 집으로 군인들과 함께 이동하는 동안 마을 사람들에게 그들의 존재를 최대한 노출하여 경계시키려는 의도임을 알 수 있었다. 하필이면 오늘 같은 날, 모두가 취기에서 덜 벗어난 이런 새벽에. 저들이 지장에게 순순히 공개적으로 나아갈 정도 같으면 이런 시간에 은밀히 찾아들지도 않았을 거였다. 군인은 약간 누그러진 말투로, 자신은 이 일에 대한 신념이나 의지가 없이 상명하복 체계를 따르고 있을 뿐이라는 듯 말했다.

"몇 번을 말해야 하나. 우리도 짧게 구두로 지시를 받았고 그놈이 누군지, 왜 그놈이어야 하는지는 들은 바 없다고 하지 않았나. 이름 글자만 들었을 뿐이라는 얘기를 너희 우두머리에게 가서 반복하라는 건가. 우리가 그리 우습게 보이나."

"그렇게라도 해 주셔야, 저희로서도 영문 모르는 것보다는 낫지 않겠습니까."

"말이 안 통하는 자로군. 그럼 대신 네 아들을 데려가겠어."

군인은 열두 살쯤 된 비라이의 작은아들을 돌아보곤 한 손으로 멱살을 끌어 잡았다. 두려움에 가득한 노이의 비명이, 바람을 맞는 나뭇가지들의 앓는 소리에 묻혔다.

"기다려."

가하는 그 순간 합리적인 선후 관계를 파악하거나 바람

직한 전망을 궁리한 게 아니었다. 그 자신도 어찌해야 할지 모르지만 비라이네를 도와줄 만한 다른 어른들을 불러올 여유는 없는 일촉즉발의 상황에서, 그렇다고 비오가 있는 곳으로 그들을 순순히 안내해서는 더욱이 안 된다는 예감 속에서, 자기보다 어린 아이에게 가해지는 위협을 보고 발이 먼저 움직이고 말았다.

그때 가하의 머릿속을 스치고 지나가는 것은 간밤에 보았던 두 사람의 모습이었다. 이제 막 이행한 사람, 겨우 한 명의 익인이 된 비오가, 고작 외부인에 불과한 여자애 하나를 영원히 놓아주지 않을 것처럼 붙들고 있었고, 가하는 그 의미를 구체적으로 알지는 못했으나 어쨌든 비오가 그때 바라는 건 그 애 하나 말고 없어 보였다.

예정에 없이 끼어든 제삼자를 보고 군인들이 일제히 그쪽으로 총을 겨누었다. 파랗게 질린 비라이와 노이를 돌아보며 가하는 가만히 모른 척하고 있으라는 뜻으로 손가락을 입술에 대 보였다.

"내가 비오인데, 무슨 일로 나를 찾아?"

그건 도박이었다. 저자들이 비오의 얼굴을 정확히 알고 있을까. 비오의 생김새가 익인들과 조금 다르다는 정보를 갖고 있을까. 그 어느 것도 알지 못하는 채로 다급히 꽂아

본 화살이었다.

군인들은 서로 시선을 교환하곤, 그들 가운데 한 명이 바지 뒷주머니에서 손바닥만 한 총을 꺼내더니 가하를 향해 쏘았다. 목에 둔탁한 통증이나 졸린다는 감각이 찾아올 여유조차 없이 그대로 쓰러져 잠들었지만, 그들이 제대로 헛다리 짚은 걸로 보아 가하는 자신의 무모함이 결코 무의미하지는 않았음을 꿈속에서도 알 수 있었다.

……그것이 비오의 행복이라면, 조금만 더 둘이 같이 있었으면 좋겠어. 가하가 바란 건 그 정도로 단순했다.

비라이 가족은 평소에도 인적이 드문 데다 전날 축제의 여운 덕에 통행이 적었던 길섶에서 발견되었다. 밖에서 자는 사람들 가운데 가하가 보이지 않고 여태 돌아오지 않는 걸 이상히 여긴 비오와 시와가 날아올라 곳곳을 살피다가, 비라이네 가족이 모두 쓰러져 몸을 뒤틀고 있는 모습을 발견했다. 간밤 축제 때 무얼 잘못 먹고 이러나 했지만 작은아이의 몸을 뒤집어 보니 옆구리에 구멍이 나 있었다. 총에 맞은 흔적이었다.

그중 제일 먼저 정신을 찾은 것은 노이였다. 태어나 산소총에 관통당하는 정도의 부상은 처음 입어 보아서 그녀는 충격이 가시지 않은 채 더듬거리며 말을 떼어 놓았는데, 가하가 눈앞에서 군복 입은 도시 사람들에게 끌려갔다는 것, 곧바로 자신들에게도 총이 발사되어 회복과 운신이 늦어진 탓에 사람들에게 알리지 못했다는 것이었다.

비오와 시와는 비라이네 가족을 부축하거나 안아서 집까지 데려다주고 안정을 취하게 했다. 시와는 가하가 사라진 데 대한 초조함을 드러내지 않으려고 애쓰며 노이에게 말했다.

"보고는 급하지 않아. 지금 지장 어른께 말씀드려 보았자 걱정거리가 늘어날 뿐, 당장 도시로 쳐들어갈 수도 없어. 지난번 일만 해도 소득이 없었잖아."

어머니의 심정을 알고 비오도 거들었다.

"그러게요. 그때도 자기네는 모르는 일이라는 듯이 굴었는데 이번이라고 다를까요."

"비라이, 네가 보기엔 그 사람들 어땠어? 정신이 좀 들어?"

비라이는 눈은 뜨긴 했지만 충격으로 입이 쉽게 열리지 않는 것 같았고 비라이의 아들은 아직 깨어나지도 못하고 있었다. 그나마 상태가 좋은 쪽이 노이여서 그녀가 띄엄띄엄 말을 이었다.

"그 모양이, 우리가, 평소에…… 도시 사람들 자주 만나 아는데, 좀 이상하고. 뭐랄까, 은밀하다고 해야, 할까. 몰래 온 느낌. 누구 허락이나 공인된 문서를, 갖고 오지도 않고, 시행이라든지."

"도굴꾼 같은 느낌? 수상했다는 거지?"

"거기다가…… 처음부터, 비오를 찾더라고."

시와는 비오와 마주 보며 눈짓했다. 시행의 지시라면 비오보다는 루를 최우선으로 찾아야 마땅할 것이었다.

"우리는 그런 이름, 우리도 사람 많아, 잘 모른다고…… 지장께 가서 물어보자, 우리 명부를 다 열람하자 했는데."

"그때 거기 가하가 있었던 거구나."

"가하가, 자기가 비오라고."

비오는 망연자실한 얼굴로 나무를 엮은 의자에 몸을 던지듯 파묻었다. 시와는 침착하게 되물었다.

"그랬더니 놈들이 그걸 믿고 끌고 갔다고?"

노이는 고개를 끄덕였다.

"그대로, 더 안 물어보고, 그 자리에서…… 재워서."

그들이 시행의 명령을 받아 루를 찾으러 나온 사람들이 아니라는 사실만은 이걸로 명백했던 것이, 비오라는 이름만 쥐고 왔을 뿐 비오가 다른 익인과 조금 다르게 생겼다는 사실을 모른다는 뜻이었다. 시와는 조금이라도 서둘러 움직이려는 듯 몸을 뒤치는 노이의 두 손을 잡고 당부했다.

"지장 어른께 당분간 말씀드리지 마. 우리끼리 머리 맞댈 게 좀 있으니까. 아무 생각도 하지 말고, 지장 어른께도 필요할 때 우리가 보고할게."

"아니, 기다려."

노이는 이제 상처가 거의 아물어 가는 듯, 심호흡과 함께 몸을 일으켜 앉았다.

"네 남편이 단독 행동을 하다가, 어떻게 됐니. 너도 편지 한 통, 달랑 남겨 두고, 사라지려고."

"안 그래. 다만 우리는 지금 도시 아이를 데리고 있어서 접근 방식이 조금 복잡해질 수 있거든."

시와는 비라이 가족의 상처가 아까보다 더 나아진 자리를 눈으로 확인하고 다독거리며 자리에서 일어섰다.

"우리가 결정을 내릴 때까지 절대로, 지장 어른뿐만 아니라 다른 사람들한테 이 얘기 입도 뻥긋하면 안 돼. 도와줄 거지?"

노이는 그럴듯하고 공허한 대답 대신, 몇 번이나 가족을 빼앗기면서도 흔들림 없이 그 자리를 지탱하고 선 시와의 작은 어깨를 끌어당겨 안았다. 젊은 시절 다시없는 인연이라 여겼던 사람을 원래 가족에게로 돌려보냈고, 격랑은 없으나 잔잔한 애정을 짚단처럼 쌓아 온 남편의 소식을 알지 못하고, 큰아들이 인질을 앞세워 무사히 돌아오자 이번에는 작은아들이. 그 과정을 노이는 어렸을 때부터 보아 온 것이다. 얼굴을 자세히 들여다본 적 없는 도시 아이가 다 미워질 정도였다. 그런 일들의 한가운데 버티고 선 시와가 부탁하는데, 지장께 보고를 앞당길 이유가 노이로선 없었다.

"군복 입은 도시 사람이라면 무화 소속 용병들일 거야."

긴급 사태 앞에서는 간밤의 열기를 떠올리며 시선을 마주하거나 새삼 얼굴을 붉히는 일조차 사치라는 듯, 루는 분연히 일어나 말했다.

시행도 임의로 못 건드리는 방위 산업체에서 왜 비오를 찾았는지, 어쩌다 가하를 비오로 알고 데려갔는지는 알 수 없었다. 무기 개발 연구소가 그 안에 있긴 하지만 생물종 연구에 대해서는 따로 진행 사항이 밝혀진 바 없으며, 생물학 연구소는 도시의 대학 내에 따로 있는데 그곳은 군사적 목적과는 인연이 없는 학문의 전당이었다. 게다가 생물종 연구 분야에서 익인을 직접 연구 대상으로 삼는 행위는 금지되어 있으므로 대학에서 군인을 고용하여 익인을 잡아갈 가능성과 수단은 별로 없었다. 그런데 군인이 나타났고 더욱이 루의 행방은 묻지 않았다면 시 단위에서 내려온 지시가 아닐 것이며, 온전히 무화 쪽만의 일일 가능성이 높았다. 비오 대신 가하가 끌려간 것이나 비오 아버지 다니오가 사라진 일 모두 무화라는 한 점으로 모이는 듯했다.

그러나 다니오는 제 발로 잠입했다가 잡혔으리라고 추측되는데, 무화에서 굳이 비오를 찾을 이유는 무엇이며 비오의 이름은 또 어떻게 알았나. 다니오와의 관계도 알고 있을까. 혹여 도시 아이를 잡아간 비오의 목에 현상금이라도 걸렸다면 대대적으로 드러내 놓고 기세도 등등하게 고원 지대를 짓밟으러 왔을 테지만 휴고가 자신을 위해 그런 번거로운 비용 지출을 감수하지 않으리라는 것을, 루는 너무나 잘 알고 있었다.

"당장…… 지금이라도 도시로 돌아갈게. 가서 가하를 찾기 위해 뭐라도 해 볼 거야."

그렇게 말하는 루의 손이 떨리는 것을 지요가 잡아 눌렀다.

루 자신도 시행에게 가서 지금까지의 일을 이야기하고 도시 전체를, 그보다는 무화를 집중 수색해 달라고 탄원하는 것 외에 뾰족한 수는 없었다. 시행이 그곳을 들쑤실 권리를 얻으려면 각 부처장들에게 과반의 동의를 얻고 수색 영장을 발부받아 경찰에 협조를 요청하는 등 간단하지 않은 절차를 거쳐야 했다. 그런 형식 없이 임의로 명령을 내릴 수는 없었다. 그러니 부처장 회의를 소집해 달라고 사정이라도 해 보려면 하루가 급했다. 비오 아버지 때는 실종과 관련한 목격담이 따로 없어 어디와 관련된 일인지 증거가 없었으나, 익인이 시위를 벌이고 비라이가 시행에게 다녀온 지금은 사정이 달랐고 루의 간청이 허황된 소리로 취급되지는 않을 터, 더욱이 무화의 소속으로 보이는 군복 입은 자들이 익인 일가족을 공격했다는 점은 시행으로서도 그냥 넘길 문제가 아닐 것이었다.

시와는 신음 섞인 웃음으로 루를 다독였다.

"네가 지금 혼자 어떻게 가겠다는 거니. 정신 차리렴."

그러나 루의 불안은 공연한 가정으로까지 뻗어 나갔다. 어쩌면 자신이 모든 문제의 근원일지도. 자신이 여기 없었다면, 사막에서 그대로 모래가 되어 버렸다면 생기지 않았을 일일지도…….

시와의 목소리는 최소한의 낙관성을 잃지 않았다.

"무슨 생각하는지는 알겠는데 네 탓 아니야. 정황을 보니 너와 관계없는 문제가 생긴 것 같고, 만일 네가 여기 있어서 생긴 일이라 해도…… 처음부터 너를 잡아 온 건 비오였는

걸. 가하에게 당장 무슨 일이 있지는 않을 거야. 나와 아이들은 한때 가장 가까이 연결되었던 존재들이고, 나는 아이들의 상태를 느낄 수 있지. 그러니 우선 진정했다가 비오의 피로가 회복되는 대로, 오늘 밤이나 내일 새벽쯤 출발하도록 해."

자신 때문이 아니더라도 어차피 벌어졌을 문제를, 최소한 안 보고 모를 수 있었던 일을 마주하는 것이 지금의 루에게 주어진 몫 같았다. 누구보다도 초조할 것인 시와가 루의 존재 때문에 마음껏 슬퍼하지도 못하고 있다는 걸 생각하면.

"걱정 마. 나는 네가 가서 얘기해 주겠다고 제안한 것만으로도 고맙단다. 우리도 결코 가만히 손 놓고 있지는 않을 거야. 너희가 잘 쉬고 밤사이에 떠나면, 우리도 지장께 보고를 올려서 정식으로 너희 도시에 방문할 거란다. 지금은⋯⋯."

지금은 아직. 가하가 도시 사람들에게 끌려갔다는 사실을 바로 보고하면 익인들은 큰 혼란에 빠질 것이었다. 좋은 날 뜻깊은 행사의 여운이 채 가시기도 전에 그런 일이 생겼다는 사실을 알면, 반쪽짜리 익인인 비오가 이행식에 끼어서 부정이 탔다든지 도시 아이가 군인을 몰래 데리고 왔을 거라든지 하는 식으로 많은 억측을 낳을 수 있었고, 그것은 익인들 내부 질서를 위해서뿐만 아니라 가하 아버지와 가하를 찾아오는 데에도 도움 되지 않았다. 거기까지 내다보는 시와를 위해, 루는 휴고에 대한 불편한 마음에도 불구하고 자신이 할 수 있는 일을 최대한 하겠다는 결심 말고는 다른 것이 떠오르지 않았다.

눈을 떴는데 사방에서 한 올의 빛도 비치지 않았다. 공기 중에 말린 새똥을 태우는 것 같은 냄새가 섞여 콧속을 자극해 왔고 물 끓는 소리가 귓전을 흔들었다. 좌우로 고개를 돌리는 것 외엔 몸을 움직일 수 없었다. 비스듬히 누인 상태로 결박당한 듯했다.

"깼네. 여기가 어딘지 모르겠지?"

도시 사람으로 짐작되는 젊은 남자의 목소리가 들려오는 쪽으로 가하는 얼굴을 돌렸으나 검은 안대가 채워진 시야에는 아무것도 들어오지 않았다.

"말은 알아듣나? 네가 기세 좋게 끼어들어 방해했단 말이지. 네놈 덕분에 사람을 한 번 더 보내야 하게 생겼잖아. 물론 네 말만 믿고 확인도 없이 냅다 태워 갖고 온 녀석들도 문제지만. 명령받은 것 말고는 머리를 굴릴 줄 모르는 녀석들. 그보다 더 심각한 녀석은 중간에 중요한 전달 사항을 빼먹은 놈이지만. 어디를 봐도 혼혈이 아닌데. 이런 꼬마를 비오라고 데려오다니. 뭐 상관없어. 샘플이 하나 늘어나서 나쁠 거 없으니까."

"누구⋯⋯."

입은 가려지지 않았으므로 가하는 목소리를 높였다.

"누군데 비오를 찾아다녔냐."

"나? 나는 그냥."

상대방이 소리를 죽인 채 다만 어깨를 들먹이며 웃고 있다는 걸 가하는 공기의 떨림만으로도 알 수 있었다.

"그냥 연구자인데. 그렇게 말하면 네가 알 리 없지."

"아니, 누구건 뭐 하는 놈이건 알 게 뭐야. 비오는 왜."

"그게 알고 싶어서 네가 대신 뛰어들었어? 호기심도 많고 용감한 아이네. 그러는 너는."

난폭한 손길이 가하의 머리채를 잡아당겼다. 이마 쪽 머릿살이 팽팽히 당겨지면서 가하는 통증으로 눈살을 찌푸렸지만, 그 바람에 안대가 조금 흘러내리면서 연구자라는 자의 표정 일부를 볼 수 있었다.

"너야말로 비오와 무슨 관계인지 말해 볼래? 친구? 친척?"

시야가 절반도 채 확보되지 않았으나 가하는 상대방의 눈에서 새어 나오는 증오에 가까운 열망만은 감지할 수 있었다.

"동생이다."

"동생."

세상에 태어나 처음 들어 보는 말이나 된다는 듯 그대로 따라 반복하는 연구자의 발음에는 온기가 전혀 배어 있지 않았다.

"동생이라고. 그래, 잘 왔어, 비오 동생."

그러더니 흘러내린 안대를 다시 빈틈없이 고정하고 연구자는 가하의 머리를 놓아 주었다.

"누군지는 몰라도 비오를 내버려 둬. 이제야 조금 행복해지려는데, 루와 함께……."

"루는 또 누구시더라."

사이를 조금 두고 이어진 상대방의 착 가라앉은 음성에, 가하는 자신이 무언가 실언을 한 것만 같아 멈칫하고 말을 돌렸다.

"여기는 어디야."

"그걸 이제 물어봐서 뭐 하게? 동생."

가하가 누운 자리가 굉음과 함께 천천히 움직이기 시작

했다. 고원에서는 듣기 힘든 소리. 도시의 생활을 굴러가게 하는, 특유의 기계음이었다.

"뭐야, 이거 뭐야!"

가하가 묶인 채로 몸을 뒤트는 걸 마르고 차가운 손이 내리눌렀다.

"얌전히 있어. 안 되겠네."

철컥 소리가 나더니 이제 가하는 좌우로도 몸을 돌리거나 비틀 수 없었고 입에 재갈 같은 게 들어오자 소리도 내지 못했다.

"그저 장소를 옮기는 것뿐이야."

심장 박동의 세기와 빠르기가 달라지는 것을 느끼며 가하는 온몸을 들썩였으나 결박이 워낙 단단하여 꿈틀거리는 정도에 그쳤다. 어째서 이런 위급한 때 날개가 나와 주지 않는 것인지 어렴풋이 알 수 있었다. 공포나 혐오 같은 부정적인 감정이 날개가 나오는 걸 방해하고 있었다. 묶인 채로 등은 침상에 딱 달라붙어 있었으므로 날개가 나올 길 또한 애초에 마땅치 않았다. 그들 날개는 혼의 흐름과 기운에 따라 실체화하는 일종의 생물로서, 이렇게 물리적으로 가로막혔을 적에는 나오지 못하는 모양이었다. 지금껏 광활한 고원 지대에서 지내며 날개를 펼치는 데 방해가 될 만한 요소라곤 오로지 익인들이 저마다 입은 한 겹의 옷뿐이었고, 그 옷을 지을 때조차도 언제든 날개를 꺼내기에 거치적거리지 않도록 어깨에는 두 개의 절개선이 늘 포함되어 있었다. 그러나 지금은……

마침내 침대가 멈추고 연구자가 안대를 벗겨 주었다. 그러나 이 방은 조금 전과 달리 조명이 거의 없다시피 하여, 가하는 사방이 수많은 유리병으로 둘러싸여 있다는 사실만 희미하게 파악할 수 있었다.

유리병마다 투명한 물 또는 약이 채워져 있었고 그 안에 각종 뼈와 장기가 하나씩 들어 있었다. 가하는 그것이 뭔지 알 것 같았다. 어른들이 우리온이나 다른 늙은 동물들, 또는 사냥한 동물들을 도축한 뒤…… 꺼낸 내장을 오랫동안 보관해야 할 필요가 있을 때…… 저렇게 소금물에 담그곤 했다.

반대쪽으로 눈을 돌렸을 때, 작은 유리병들 사이로 유난히 크고 사면에 이것저것 복잡한 선이 연결되어 그 자체가 하나의 기계로 보이는 수조가 눈에 띄었다. 그 안에는 온몸이 묶이고 입에는 공기를 공급하는 마스크가 씌워진 채 잠든 모습으로 보이는 작은 사람이 한 명 들어 있었다. 마스크에서 솟아올라 수조를 가득 채운 기포 사이로 잠든 이의 얼굴이 보였다.

"……!"

재갈 때문에 비명이 나오지 않았다. 누웠던 침대가 들썩거리고 몸을 결박했던 넓은 끈의 일부가 끊어졌다. 그때 연구자가 몸부림치는 가하를 붙들더니 목 옆에 주삿바늘을 찔렀다. 소리 없는 절규 대신 차올랐던 눈물이 감긴 눈꺼풀 밖으로 쏟아지면서 가하는 정신을 잃었다.

멀어지는 의식 한가운데서 가하의 기억에 마지막으로 남은 것은, 지금까지 안온한 우리온의 코트처럼 자신의 몸과 삶을 감싸고 있던 아름답고 따뜻하고 친절한…… 보편의 날들이었다. 그리고 그 보편의 공간에 얼룩처럼 떨어진 도시의 아이.

루, 너에게 조금만 더 윤이 나는 말을 해 줄 수도 있었을 텐데. 가하는 전날 자신을 사로잡았던 감정이 충격이나 분노 내지는 배신감 같은 게 아니었음을, 이제야 대낮같이 깨닫고 있었다. 그날 가하의 몸을 통과하고 지나간 것은 전율과 경이였다. 그날 밤 마주 보고 있던 두 사람의 옆얼굴이 얼마나 아름다웠는지, 루를 다시 만난다면 꼭 들려주고 싶었다.

"중간에 전달 사항을 빼먹은 데 대해 어떤 식으로든 책임을 져야 할 거야. 어떻게 목표 대상의 특징을 누락하고 잘못 골라 올 수 있지. 이번엔 실수 없이 데려와. 반드시 은밀히 진행하지 않아도 좋아. 시시한 소형 유영기 말고 투탄기를 끌고 가. 그리고……."

미과 향기에 머리가 지끈거리는 것을 느끼며 마이는 덧붙였다.

"혹시 살아 있다면 말인데, 놈의 옆에 시행네 집안의 작은아가씨 비슷한 어린애가 붙어 있는 게 보이면 함께 모셔 와."

상처

　익인은 밤눈이 밝으며, 보통 사람이 흘끗 봐서는 눈치채기 쉽지 않고 비오의 경우엔 더욱 그렇지만 어둠 속에서 안광이 조금 빛나기 때문에 검은 사막을 날아가는 데에 등불이 따로 필요치 않았다. 비교적 한가로운 속도라도 하룻밤만 꼬박 날아가면 동틀 무렵 도시에 닿을 것이라 소지품은 물통 한두 개 정도면 충분했다. 익인들 모두가 잠든 어둠 속에서 집을 나서는데 지요가 넓고 단단해 보이는 띠를 내밀었다.

　"이걸 그새 만들었구나. 손이 빨라서 살았다."

　비오가 용도를 알아차리고 바로 어깨와 허리에 띠 일부

를 둘렀다.

"덕분에 힘이 조금 덜 들겠네. 루, 나는 지금부터 여기다 가 너를 실어서 포대기에 싼 아기처럼 업어 갈 거야. 무슨 말인지 알아들어?"

루는 고개를 끄덕였다. 아무리 익인들이 도시 사람들보다 몇 배나 힘이 있더라도 지난번처럼 내내 루를 안아서 데리고 가기는 쉽지 않으니 업혀 가야 한다는 것, 가는 동안 루가 떨어지지 않게 끈으로 묶는다는 얘기였다.

"몇 번이나 말했지만 비오, 우리는 도시 입구에 닿기 전에 헤어지는 거야. 그 이상으로 나아가지 마."

"안다니까 그런다."

루는 시와의 뺨에 얼굴을 대고 마지막 인사를 건넸다.

"다녀올게요."

그러다가 루는 말을 바꿔야 한다는 걸 알았다. 언제부터 여기가 집처럼 느껴졌을까.

"안녕히 계세요. 다음에 누군가가 이곳에 온다면 제가 아닌 어른들이겠지만, 그분들이 가능한 한 좋은 소식 갖고 올 수 있게 저도 서두를게요."

"고맙다."

시와의 밝은 목소리에 슬픔과 불안이 흉터처럼 새겨져

있었다.

루는 지장에게 인사를 전하지 못하고 가는 것이 신경 쓰였으나 문제를 더 키울 수 없었다. 익인들이 보기에 만악의 근원이나 다름없을 자신의 존재를 이곳에서 치우는 게 우선이었다.

"비오, 진짜 괜찮은 거지? 숙취는 좀 어때?"

지요가 무거운 분위기를 흩뜨려 놓으려 일부러 장난치며 비오의 옆구리를 손가락으로 찔렀다.

"숙취는 무슨, 충분히 쉬었다니까."

루는 비오한테 업히기 전, 시와에게 했던 것과 마찬가지로 지요의 뺨에 얼굴을 가져다 댔다. 맞잡은 지요의 손끝이 가볍게 떨렸고 피로 때문인지 목소리가 조금 잠겨 있었다.

"또 봐."

"그래."

빈말이 아니라 우리가 또 만날 수 있으려면, 어떻게 해야 할까.

"이걸 하고 가."

그렇게 말하며 지요가 내민 것은 넓고 톡밴 천에 초원조와 신화 속 여러 상상의 동물을 화려하게 수놓은 목도리였다. 그걸 루의 목에 두 바퀴 휘감아 묶으니 눈 아래까지 모두 가려졌다.

"우리는 괜찮지만 너는 사막의 밤바람을 정통으로 오랜 시간 맞으면 얼굴이 찢어질 수도 있으니까."

지요 덕분에 생각났다는 듯 비오는 옷걸이에서 뜨개모자를 하나 집어다 루의 머리에 씌우기까지 했다.

"되도록 천천히 가긴 할 거야. 그래도 대비해 두는 게 좋겠지. 다시 만날 때 머리 가죽이 다 벗겨져 있지 않으려면 말이야."

다시 만날 수 있으려면. 루는 답을 내리지 못한 채로 비오에게 업혀 함께 떠올랐다. 비오의 가슴께에서 철컥, 무겁게 잠금쇠 걸리는 소리가 났다.

다 좋은데 비오의 등에 얼굴을 편안하게 묻을 수가 없었다. 그도 그럴 것이 익인의 날개가 애당초 누굴 태우거나 업고 다니기 편리하도록 만들어진 구조는 아닐 터, 평형을 유지하고 활공하는 동안은 괜찮지만 비오가 날갯짓을 크게 할 때마다 깃털이 루의 얼굴을 스쳤다. 크기가 작다고 대수롭지 않게 여겼는데 맞아 보니 스치는 정도가 아니라 때리는 수준이었다. 전날 지요가 끌어당겼을 때 가까이서 본 바로 익인의 날개 깃털은 구름처럼 몽실몽실 부드럽기만 한

게 아니라 바람에 잘 맞설 수 있도록 은근히 팽팽하고 단단
했다. 닿을 때마다 고양이 발톱 같은 게 얼굴을 할퀴는 느낌
이었다.

"당장은 약속을 못 지키게 됐네."

바람 소리가 방해되었으나 등을 타고 전해져 오는 진동
으로 루는 비오가 하는 말을 들을 수 있었다.

"약속? 무슨?"

"잊은 척하지. 널 고향에 데려가 주겠다고 했는데. 아니,
고향 아니더라도 너 가고 싶은 데로, 데려다준다고 했잖아."

"아, 그거야 뭐!"

"지금 이 길이 네가 가고 싶은 길은 아닐 텐데, 일이 이렇
게 돼서."

"괜찮아, 별수 없는 상황이잖아! 너도 가하가 걱정될 거
고!"

"꽥꽥대지 말라고. 안 그래도 들려."

"나중에!"

루는 조금도 목소리를 낮추지 않고 온몸이 입이 된 것처
럼, 이만큼 목청을 높이지 않으면 자신의 마음이 강풍에 삼
켜져 부서지기나 할 것처럼, 제 심장에 대고 부르짖듯이 외
쳤다.

"나중에 꼭 데려다줘! 가하와, 네 아버지를 무사히 찾으면 그때 꼭! 약속한 거야!"

제 몸에 두른 루의 팔을 비오가 붙잡고 말했다.

"다 들린다니까."

차갑고 부드러운 악력이 퍼져 나가면서 루의 불안과 분노가 조금씩 진정되었다.

"원한다면 그렇게 할 거야. 언제라도, 네가 나를 부르면."

훗날 너를 어떻게 부를 수 있을까. 그것을 묻는 대신 루는 비오를 안은 팔에 힘을 주었다.

일이나 공부로 도시에 들르는 소수의 익인들을 통하면 소식을 주고받는 일이 아주 불가능하지는 않을 것이다. 그러나 그런 물리적인 조건보다 앞서는 거리감. 그들은 서로 다른 자리에 속해 있는 사람들이었다. 비오는 아무리 애쓴들 도시 사람들의 잔혹성과 경직성 및 약탈 따위를 받아들일 수 없을 터였고, 루는 주어진 것이나 짊어진 것을 버리지 못할 것이며 그것들을 모두 버린다 해서 중력을 벗어나 익인이 될 수 있는 것도 아니었다.

"보름 채 안 지났는데 너 전보다 살짝 무겁다."

"어, 진짜로?"

루는 모래 섞인 눈물을 소매로 훔쳐 내며 경쾌한 음성으로 대답했다.

"네 어머니가 워낙 잘해 주셔서. 태어나 처음 보는 요리들이라고 매일같이 실컷 먹었더니 그런가 보다."

"그런 얘기가 아니라, 키가 좀 자라지 않았어?"

한 존재의 모든 방향으로 분열하고 폭발하는 생장점은 스스로 알아차리지 못하게 마련이나, 루가 아까 인사를 나누며 마주한 지요의 눈높이를 떠올리면 정말 처음보다 키가 조금 커진 것도 같았다. 어쩌면 고원 지대에서의 하루는 도시에서의 열흘이나 한 달이 아닐까 싶은, 시간과 공간에 맞지 않는 생각이 루의 머리에 떠올랐다. 험준한 산에서 길을 잃은 평범한 자가, 산사람들이 주는 술을 받아 마시고 마을로 내려와 보니 이제 그곳에는 자신의 가족뿐 아니라 알고 지냈던 이웃과 친구마저 단 하나도 남지 않았더라는 옛날이야기처럼. 루는 도시의 입구에 들어서는 순간 자신의 몸이 그 자리에 무너져 모래 언덕이 되어 버리는 거나 아닐까 상상하다가, 그러면 또 좀 어떤가 생각하기도 했다.

"힘들면 무리하지 말고 중간에 내렸다가 가."

"아직 그 정도 아니야. 필요하면 말할게."

간결하고 단호하며 분명한 말투가 루의 피부에 흘러들어 믿음을 주었다. 비오가 그런 식으로 말하면 루는 이 높이에서도 한 조각의 두려움조차 느끼지 않을 수 있었고, 언젠가 반드시 세상의 다른 곳으로 날아갈 수도 있을 것만 같았다.

"다행이다."

계기가 어쨌든 너를 만나서.

"뭐가?"

거의 속삭임에 가까웠던 혼잣말인데 비오가 되물어서 루는 움찔했다.

"아무것도 아니야."

생각해 보니 비오에게는 다행스러운 일이 하나도 없었다. 아버지는 어떻게 되었는지 모르는 데다 가하마저 끌려간 비오한테 업혀 가는 처지에 자신이 해도 좋을 말이 아니었다. 다행은커녕 지독하게 운이 나쁜 비오는 총상을 입고 홀로 잡혔다가 끌고 나온 인질 때문에 안 해도 될 고생을 하는 중이었다.

"나도 다행이라고 생각해."

비오의 말이 조금 뜻밖이어서 루는 되물었다.

"뭐가?"

"아무것도 아니야."

"복수냐."

둘은 누가 먼저라고 할 것도 없이 웃음을 터뜨렸다. 가하에게 무슨 일이 생겼을지 모르는 이 순간 이렇게 평온해도 되는 것인지 루는 의문이었다. 그럼에도 루에게 분명한 사실은 자신이 지금 의지하고 있는 단단하고 균형 잡힌 등이 이 고도에서조차 얼마나 따뜻하고 안락한지 그뿐이었다. 비오는 기압을 고려하여 루의 몸이 부서지지 않도록, 루의 눈이 멀거나 귀가 먹지 않도록 가능한 한 낮은 고도를 유지하며 날고 있었다. 기계 아닌 인간이 보통의 사람에게 부담을 최대한 덜 주는 높이를 신경 쓰면서 날아가기가 쉬울 리 없었다. 루는 그 배려에 마음이 한결 가벼워졌으며 뺨을 찢고 머리 껍질을 벗겨 낼 것만 같은 맞바람도 고통스럽지 않았다.

한결 이완된 마음의 외피를 벌리고, 비로소 그 전날 밤 자신을 사로잡았던 감각이 몸 밖으로 스며 나와 루는 하마터면 비오의 목을 감은 팔을 놓칠 뻔했다. 띠로 이어져 있으니 팔을 놓아 버려도 별문제는 없을 테지만, 사막의 찬 바람을 맞아 그리 티는 나지 않는다 해도, 갑자기 상승한 체온이 비오의 몸에 그대로 전달되는 것이 싫었다. 가하에 대한 염려로 지금까지 그날 밤 일을 언급하지 않았다. 그것을, 언젠가 이야기할 날이 올까? 우리는 무언가를 기약하거나, 한 눈금 더 깊어져도 되는 관계일까? 그러나 지금의 사태 앞에 그것을 언급하는 건 적절치 않았다. 무엇보다도 가하가 먼저였다.

그때 강풍에 섞여 먼 곳에서부터 폭음이 들려오는 것을 루의 귀는 예민하게 포착했다. 비오 역시 알아차렸는지 날갯짓을 조금 멈칫했다. 소리는 뒤에서 육박해 오는 게 아니라 맞은편에서 고속으로 바싹 들이닥치고 있었다. 하지만 어째서 이 시간, 이 높이에? 루는 위험을 감지했다.

"피해! 뭐가 와! 앞에!"

루가 소리치기도 전에 비오가 급격하게 방향을 틀었다. 이미 붙은 가속도를 서서히 줄일 틈도 없이 이보다 더 깊은 대각선으로 고도를 낮춰 틀어 버리면 직하, 그대로 추락이다. 충돌을 간신히 면했다는 판단이 들기도 전에 루의 머리 바로 위에서 연료가 폭발하다시피 끓는 기계음이 지나가고 등줄기에 식은땀이 흘렀다. 어째서 이런 한밤중에 유영기가…… 게다가 이 높이라면 규정된 항로와도 무관할 것이었다. 누군가가 불법으로 유영기를 운행 중이었다. 이미 루는 머리 위를 타고 넘어간 뜻밖의 기계음에 일시적으로 귀가 먹었는데 설상가상으로 그대로 지나쳐 간 줄 알았던, 말하자면 루 자신은 알지 못하는 이런저런 군사적 목적으로 정찰 중이다가 우연히 맞닥뜨렸을 뿐인 줄로만 알았던 의문의 유영기가, 방향을 바꿔 그들의 뒤를 다시 따라오는 듯 가까워진다. 속도를 줄여 일단 착지할 모양이었던 비오는 반대로 방향을 틀었다. 어쩌면 가하가 사라진 이유와 관계있을지 모르는 유영기를 피함과 동시에 사막 어딘가에 깊이 패어 있을 모래 구덩이를—엄폐물을 찾는 것이었다. 그 속도로 바닥에 거의 닿을 만큼 가까워지자 루는 자기도 모르게 눈을 질끈 감았다. 비오는 속도를 줄이지 않고 바닥과 평행을 이룬 채 날아갔다. 이어서 급속으로 뒤를 쫓아온 소리가 그들을 덮치고, 루는 등에 타는 듯한 통증을 느끼며, 비오의 몸 어느 부분에선가 뼈가 부러지는 소리와 함께 모래 구덩이 가까이 처박혔다가 그대로 비오와 한 덩어리가 되어 아래로 굴러떨어졌다. 그 위로 아득하게 멀어지는 거대한 기체가 보통의 유영기가 아닌 투탄기라는 걸 루는 등을 덮친 화염으로 깨달았다.

두 사람을 묶었던 띠가 충격을 받아 끊어져 나갔다. 비오의 신음이 들렸다. 무릎을 붙들고 비명을 참고 있는 걸로 보아 한쪽 다리가 부러진 듯했다. 그러나 루는 차가운 모래에 옆얼굴을 파묻은 채 자꾸만 눈이 감겨서 비오를 향해 손가락 하나 내밀 수 없었다. 포가 살짝 스쳐 간 등은 아직도 불이 붙어 활활 타오르는 느낌이었고 곧 등을 타고 녹아내리는 살덩이와 피가 느껴졌으며 반쯤 마비된 후각에 살이 타는 냄새도 끼얹어졌다.

미안한데…… 너 아픈 거 같고…… 걱정은 되는데……
나 졸려.

입술을 달싹거려 보지만 그것이 소리가 되어 말로 나왔는지 루는 알 수 없는데, 비오가 얼굴을 일그러뜨리며 대꾸하는 걸로 보아 전해진 것 같았다.

"네 꼴이나 보고 말해!"

비오는 있는 대로 욕지거리를 하며 머리카락 속에서 칼을 뽑아내더니 엎드린 채 꼼짝 못 하는 루의 상의를 찢었다. 아니, 찢을 필요도 없이 포가 아슬아슬하게 스칠 듯 말 듯 지나간 것만으로도 이미 루의 어깨부터 허리까지 사선으로 궤적이 그어져 너덜거리고 있었다.

그때에야 비로소 루는 감각이 선연해지며 입속으로 중얼거렸다. 아파. 아파. 아파. 눈물 흘리며 이어서 말한다. 미안해, 가하. 나는 여기서 더 못 갈 것 같아.

"빌어먹을!"

비오는 어찌할 바를 몰라 계속 욕을 토해 내고 있었다. 루는 출혈이 심해서 어둠 속에서도 알아볼 만큼 입술이 파랗게 질려 있고, 비오는 한쪽 다리가 부러져 뼈가 붙기 전까지는 날 수 없었다. 절반은 익인의 특성으로 언젠가 낫긴 할 테지만 언제가 될지는 알 수 없으며, 그건 지금 당장은 누군가에게 도움을 청하러 고원 지대로 돌아갈 수 없다는 걸 뜻했다.

이럴 때 지요가 있었다면. 고원 지대에서는 누군가 외부인이 쳐들어오지 않는 한 사람도 동물도 만신창이가 될 일이 극히 드무니 지요 또한 이렇게 깊은 상처를 치료해 본 적은 없겠지만, 그래도 지요는 순혈 익인이었다. 무엇을 해도 절반밖에 못 하거나 남들의 두 배는 시간을 들여야 하는 비오 자신보다는 나을 것이었다. 어머니가 합세하여 달라붙으면 힘을 극한까지 소진하지 않고도 상처를 막을 수 있을 터였다. 그러나 지금 이곳은 고원 지대와 도시의 꼭 중간 지점이며 사막 한가운데, 비오가 움직이지 못하는 상태에서는 누구의 도움도 얻을 수 없었다.

비오는 부러진 다리를 끌고 루 옆에 주저앉아 상처에 손을 얹어놓았다. 잿더미가 된 모자와 목도리가 어느 정도 방호 역할을 했음을 감안해도 머리가 날아가지 않은 게 신기하달 정도로 상처는 심했다. 부족한 대로 날개를 펴서 루의 어깨를 감싸 보려 했지만 하필 이런 때 날개가 나오지 않았다. 두 손을 모두 활짝 폈는데도 손가락 사이로 뜨거운 피와

살점이 흐르는 걸 다 막지 못했다. 총체적 난국이었고 비오는 자신이 없었다.

가물거리며 떨어지려는 정신의 끝자락을 붙잡고 루가 중얼거렸다.

"……뭐 하려는 건데."

"가만있어. 움직이지 마. 말 시키지도 말고. 그럴 기운도 없겠지만."

"관둬…… 그러다…… 너 다리 안 붙는다."

"됐으니까 닥쳐."

진심으로 있는 힘을 다해 비오를 말리고 싶지만 루는 머리 아래로 꼼짝할 수 없었다. 그렇게 한다고 상처가 더 빠르게 붙는 것도 아닌데, 상처를 덮은 비오의 손에 더욱 힘이 들어갔다. 루는 무언가 말하려 했으나 입 밖으로 말이 되어 나오지 못하고 다만 턱을 떨며 이를 부딪치기만 했다. 사막의 밤 기온은 아무리 낮아도 영상을 유지하니까 견딜 수 있다고 안이하게 생각했다. 그보다는 비오에게 업혀 날아가는 이상 사막의 차가운 모래 위에서 밤을 보낼 수도 있다는 생각 자체를 하지 않았다. 루가 떠는 것을 보고 비오는 일단 급한 대로 제 상의를 벗었지만 등의 상처가 워낙 깊고 광범위하여 그걸로 덮는 데는 한계가 있었다.

"아직 자면 안 돼, 죽는다. 피가 멎으면…… 그때 자."

그렇게 말하고 문득 손에 닿는 감촉을 살피니 피는 어느 정도 멎어 가는 듯했다. 출혈을 줄였다는 사실만으로도 일단은 한시름 덜었다. 단시간에 급하게 힘을 쓰기도 했고 뼈가 부러져서인지 비오는 눈앞이 한층 더 흐려졌으나 출혈을 완전히 막을 때까지는 정신을 놓을 수 없었다. 실혈과 추위로 루는 여전히 온몸을 떨고 있었고 비오의 손바닥에 그 떨림이 고스란히 전해졌다.

─아빠, 어떻게 좀 해 봐요. 내 작은 날개로는 이 아이를 덮을 수 없어요.

죽어 가는 다람쥐를 안고 속을 끓였던 그때, 아버지는 뭐라고 했더라.

사막의 밤바람이 부러진 뼈마디를 속속들이 핥고 지나가 비오는 이제 상반신을 완전히 일으켜서 버티고 앉아 있기도 힘들었다.

─날개 따위 신경 끄렴.

아버지가 그렇게 말했던가?

─그냥 그대로, 꼭 안아 주면 돼.

그것이 뭐든 간에 자신이 가진 것을 주면 된다고, 아버지는 그랬던 것 같다.

"잠깐 실례한다."

비오는 루의 머리를 살짝 들어다 자기 팔로 받치고 다른 팔로 어깨를 감쌌다. 루의 뒤통수에서 화약 냄새와 머리카락 일부가 타 버린 냄새가 여전히 올라왔다. 머리를 받친 팔을 루의 눈물이 끊임없이 적시고 있었다. 이렇게 잠들면 안 되는데.

"많이 아프지."

일부러 말을 시켜서 루의 눈꺼풀에 내려앉은 잠을 방해했다.

"아무 느낌이…… 없는데도, 몰라, 계속 눈물이 나와."

아무런 느낌도 없다는 그것이 실은 구체적인 통점조차 태우고 녹여 버린 심각한 화상을 뜻했다.

"울어도 좋은데 잠드는 건 안 돼."

심연으로 가라앉으려는 루의 의식을 비오의 목소리가 잡아당겼다.

"피가 멎을 때까지 조금만 참아, 조금만……."

그렇게 말하는 비오가 오히려 폭풍 같은 졸음과 싸우고 있는 듯했다. 루는 분명하게 느끼지 못하면서도 실제로는 자신의 온몸을 덮은 고통으로 인해 밀려 나오는 울음을 갈무리했다.

"미안해."

발목을 붙들어서, 가하에게로 가는 길이 지연되었을 뿐만 아니라 불투명해져서. 애당초 엮이지 않아도 되었던 도시 사람으로서의 원죄가…… 있어서.

"네 탓 아니야. 내가 잘 피했어야 하는데."

추위가 물러가는 게 느껴졌다. 통증과 한기가 구별되지 않았던 등에 조금씩 감각이 돌아왔다. 비오의 가슴이 바싹 붙어 초조한 심장 소리가 그대로 등을 타고 전해져 왔다.

'베푸는 겁니다. 무엇이든 나눠 주는 거지요. 자기가 가진 거라면, 하다못해 한 줌의 체온이라도 말입니다. 조각내서 나눠 줄 수 없으니 그 순간 눈앞에 있는 당신에게 최선을 다해서 마음의 전부를 주는 것, 그게 우리의 본성입니다.'

언젠가 지장이 그런 말을 했던 게 기억났다. 자신의 삶과 이미 얽혀 버린 또 다른 삶은 더 이상 타인의 것이 아니라고. 그저 여기 있다는 것만으로 마땅히 애정을 가지고 감사하며, 다소 성가신 의무로 여겨지더라도 도리를 저버리지 않는다고. 그로 인해 일어나는 일들에 대해, 결과가 잘못되거나 자신의 의도와 달라지더라도 후회하지 않는다고. 루가 지금 받고 있는 것이 그것이었다. 비오의 공포를, 절망을, 초조를, 그 모든 것에도 불구하고 어떻게든 살려야만 한다는 결심을.

"고마워."

입에서 저절로 그 말이 흘러나왔다.

"아직 모자라."

무엇이?라고 묻는 듯 고개를 살짝 들려는 루의 머리를 그대로 손으로 누르고 비오는 덧붙였다.

"돌아보지 말고, 앞을 봐."

하지만 나는 네 얼굴이 보고 싶어. 네가 어떤 표정을 짓고 있을지, 너의 부상은 괜찮은지 알고 싶어. 이렇게 몸이 닿아 있는데도 영원히 헤어져 버린 것만 같은 너와, 그 전날 밤처럼 입술이 닿고 싶어. 그러고 보니 눈앞에 펼쳐진 날들 가운데 무엇 하나 선명하지 않아서, 네가 좋다는 말 한마디도 아직 하지 못했어……. 네가 차마 그럴 수 없었던 것과 마찬가지로.

몸속에서 무슨 일인가가 생겨나는 걸 루는 고통 속에서도 느낄 수 있었다. 몸을 구성하는 작은 단위의 질서가 우주적인 체계를 갖추고 제자리로 돌아가려는 움직임 같은 것이었다. 상처가 수습되면서 한때 오히려 심해졌던 격통이 천천히 수그러들었고 몸속으로 흘러들어 오는 비오의 심장 소리가 좀 더 또렷해졌다. 둘 다 살아 있었다. 어깨의 떨림

은 어느새 잦아들었고 숨소리는 루 스스로도 느낄 수 있을
정도로 밤의 사막에 고르게 분포되었다.

"이제…… 잠들어도 괜찮아?"

대답을 듣기 전에 루의 의식은 무서운 속도로 졸음에 접촉
했지만 꿈결에 섞여 들어오는 목소리가 귓가에 다정한 각도
로 떨어졌다.

잘 자.

어깨와 목덜미와 귀에 비오의 입술과 따뜻한 입김이 차
례로 내려앉았다. 그와 함께 회복의 흐름은 완성 궤도에 접
어들고 있었다.

그리고 루는 꿈속에서 이런 말을 들은 것 같았다.

……네가 나한테 준 자리에 비하면, 모자라.

몸은 무겁지만 의식은 땅속 깊이 빨려들 것처럼 안락해
서 그대로 꺼지려 할 때 루는 눈을 떴다. 아침 햇살이 사막
에 번져 나가고 일찌감치 뜨거운 모랫바닥이 느껴졌다. 불
타서 그대로 몸이 없어질 것만 같았던 통증은 이제 사라진
듯했다. 아직도 자신의 어깨를 굳게 붙들어 감싼 비오의 팔
을 걷어 내고 루는 품에서 빠져나와 몸을 일으켰다. 비오의
팔이 힘없이 툭, 떨어져 내리는 모습에 심장이 덜컥했다. 귀

를 가까이 가져가 보니, 가늘고 희미해서 금방이라도 사라
질 것 같지만 숨소리도 심장 박동도 아직은 있었다.

비오의 한쪽 다리가 무릎 아래로 처참하게 부풀어 검은
빛을 띠고 있었다. 밤사이 조금도 나아지지 않았다. 회복을
위해 비오가 가진 것 모두를 루에게 주어 버렸기 때문이다.
마음은 정확한 비율로 조각을 내어 나눠 줄 수 없어서…….

"비오, 나 좀 봐, 여기."

눈썹이 조금 움찔거렸으나 비오는 눈을 뜨지 못하고 신
음 한 번 내지 못했다. 루는 주위에 물통이 떨어져 있는지
살피려 다급히 고개를 돌리다가 등줄기를 찌르는 통증에
주저앉았다. 손을 뻗어 등에 대 보니 아직 큰 상처의 흔적
이 울퉁불퉁하게 느껴지고 말라붙어 끈적거리는 피도 손가
락 끝에 만져지지만, 어쨌든 피가 멎고 조직이 대강 붙은 것
같았다. 몸을 움직일 때 등 전체가 뻐근하게 당겼다. 깨끗이
나은 게 아니라 그야말로 너덜거리는 살을 간신히 이어 붙
여만 놓았을 뿐으로, 밤사이 비오가 없었다면 그대로 죽어
도 이상하지 않을 만큼 상처가 크고 깊었음을 짐작할 수 있
었다. 그들이 머물렀던 모랫바닥에는 덜 말라 진득한 갈색
피가 옹당이져 있었고 비오의 가슴도 갈변한 피로 범벅이
되어 있었다. 모두 루의 것이었다. 대체 나…… 어떻게 살

아 있는 거지. 루는 고개를 흔들었다. 지금 고민해야 할 것은 비오를 어떻게 도울 수 있을까 하는 문제였다. 이 상태라면 비오가 자연히 낫기를 기다리는 게 나은지 비오를 업어다 익인들에게 데려다주는 게 먼저인지를 판단해야 했지만, 고원 지대까지 루의 걸음으로 하루 이틀 만에 도착할 수 있는 거리가 아닐 테고 가 보았자 루는 비오를 데리고 날아오를 수도 없었다. 가하에게 가는 길이 지연되기는 마찬가지였다.

그러나 판단할 시간도 없이 루의 뒤통수에서 철컥, 장전 소리가 여러 번 들렸다. 고개 돌려 보니 군인 대여섯 명이 모래 구덩이 안쪽을 향해 총을 겨누고 있었다. 이들이 루의 등에 짧은 순간 붙은 불을 포착하고, 사막에 떨어진 점 한 개나 다름없는 자신들을 밤새 찾아다녔을지도 모른다는 생각이 들어 루는 경직된 채로 말없이 그들을 노려보기만 했다.

그들 중 누군가가 루의 얼굴을 알아본 듯 일행에게 총을 내리라고 손짓하고선 경례했다.

"시행의 가족께 합당한 예를 갖추지 못해 죄송합니다. 이대로 동행해 주시면 큰 문제는 없을 겁니다."

경례를 마친 군인은 루한테서 시선을 거두어 다른 데로 돌렸다. 루는 비오가 벗어 놓은 피 묻은 옷가지를 집어 대충 몸을 가렸다.

"간밤에 사람한테 포를 쏘아 댄 분들이 하시는 말을 믿으란 건가요?"

"정조준하려던 건 아니었습니다. 다만 거기 있는 익인이 예상치 못하게 궤도를 트는 바람에 생긴 일입니다. 저희들 입장에서도 간담이 서늘해졌고 사실 최악의 경우를 각오하고 있었습니다."

루는 아직 정신을 차리지 못한 비오의 옆얼굴을 들여다보았다. 그리고 위쪽에 둘러선 군인들과 그들이 멘 총을 올려다보았다. 그렇게 번갈아 보기를 두어 번 더 하다가 마침내 가슴속 어딘가가 무너져 내리고 말았다.

"알았으니까…… 얌전히 따라갈 테니까."

마지막으로 다시 한번 비오를 내려다보는 루의 얼굴에 뜨거운 눈물이 타고 흘렀다.

"부탁이니까 이 사람부터 살려 주세요."

군인들은 다리가 부러진 사람에게 할 수 있는 응급처치를 하고 피와 모래를 씻어 낸 뒤 호흡기로 산소를 공급하기는 했으나, 그를 고원 지대로 돌려보내 달라는 부탁만은 들어주지 않았다. 군인들이 둘러쌌을 때부터 짐작했지만 이

들은 시행의 명을 받아 나온 자들이 아니고, 그들이 데려가
야 하는 주요 대상은 루가 아닌 비오임이 명확해졌다. 이들
은 비오의 작은 날개와 체구 등 신체 특성을 제대로 인지하
고 나온 자들이었으므로, 사람 잘못 보셨다는 속임수는 두
번 통하지 않았다. 막말로 그들이 필요한 사람은 비오인 만
큼 루는 떼어다 사막에 버리고 갈 수도 있는 일이었는데, 투
탄기의 짐 일부를 버리고 루까지 함께 태워 준 것이었다.

어쨌거나 이들이 명백히 불법 행위를 하고 있었으므로
루는 자신이 시 청사에 얌전히 반납되는 게 아니라 비오와
함께 어딘지 모를 곳에 끌려가리라는 예상을 어렴풋이 할
수 있었다.

"당신들은 누구 명령으로 이런 일을 하죠?"

"말할 수 없습니다."

"명령을 내린 사람은 왜 비오를 데려오라고 하는 거예
요?"

"저희도 모릅니다, 말 많은 아가씨."

"저는 시청으로 돌려보낼 건가요? 아니면 비오와 함께
당신들의 보스에게 가게 되나요?"

"구체적으로 들은 바 없습니다. 도착하는 대로 지시가 내
려오면 저희는 그걸 따를 뿐입니다."

한 군인이 기내에 여분으로 두었던 군복을 건네주어 루는 잠자코 윗도리를 꿰어 입었다. 소매를 몇 번이나 접어 올려도 손끝이 보이지 않을 만큼 컸다. 다른 군인이 루의 팔을 잡아다 수면 유도제일 것으로 생각되는 주삿바늘을 찔렀으나 루는 비오의 창백한 얼굴을 한 번 손으로 쓸어내렸을 뿐 날뛰지 않고 순순히 받아들였다.

그림

머리맡에서 오가는 고성이 꿈과 생시 어느 쪽에 걸쳐져 있는지 알 수 없었다. 자신의 몸은 어딘지 모를, 다만 실내로 짐작되는 곳의 바닥에 누워 있었고, 차가운 색깔의 정장을 입고 안경을 쓴 한 여성이 군복 입은 남자와 옥신각신하고 있었다. 우선 신병 인도를…… 위의 지시가 먼저…… 명분이 없는…… 내 목이 달아나…… 비밀리에……. 아무래도 꿈속인 것 같았다. 뭔가 넘어지고 무너지는 듯 둔탁한 소음이 귓바퀴를 흔들었다. 루는 자신이 눈을 떴는지 감았는지도 알지 못했으며 얼마 지나지 않아 시야가 다시 깜깜해지는 것만을 느낄 수 있었다. 언제까지고 휘발되지 않는 악몽에 갇힌 것처럼.

그리고 다음번에 정신이 들었을 때 루는 튀어 오르는 용수철처럼 몸을 일으켜 앉아서 주위를 둘러보았다. 나무와 가죽을 엮은 장식물로 꾸며진 익인들의 움막이 아니었다. 그랬지, 그 안온한 곳을 떠나왔지. 그리고 무언가 잊은 듯한…… 무슨 일이 있었던 듯한……. 푹신한 긴 의자에 손을 짚고 둘러보자 미색 벽, 연녹색으로 배색된 천장, 밝고 넓은……. 시 청사에서 시행의 집무실에 들어갔을 때와 비슷한 느낌을 받았으나 구조가 조금 달랐다. 눈의 초점이 채 선명히 맞추어지기 전에 등 뒤에서 한 남자의 목소리가 먼저 들려왔다.

"일어났습니까."

구두 소리를 내며 등 뒤에서부터 다가와 루 앞에 선 남자는 희끗거리기 시작한 머리를 쓸어 넘기곤 맞은편 의자에 앉았다.

"다행입니다. 군의관이라는 자가 귀하의 체중을 미처 고려하지 않고 연령대 평균에 맞추어 투약했다고 합니다. 위험했다고 할 정도는 아니지만 예상보다 오랜 시간 잠들어 있었습니다."

그림 267

루는 아직 약 기운이 남아서 사태를 바로 인지하지 못했으므로 그리 말하는 남자를 멍하니 바라보고만 있었다. 이 남자는…… 이 아저씨를…… 언제 만난 적 있던가? 루의 평소 생활 반경과 인연이 없는 벽안인인데도 전체적으로는 어쩐지 그리 낯설지 않은 이목구비였다. 그러다 문득 비오의 미약한 숨소리와 심장 박동, 감은 두 눈에 생각이 닿았다. 아저씨는 누구시죠. 여기는 어딘가요. 아니, 그보다 비오는 어디 있죠. 당신이 비오를 잡아 오라고 시켰나요. 입을 열었으나 목이 잠겨 소리가 나오지 않았다.

"뭐부터 물어봐야 할지 모를 테죠. 일단 그 옆 탁자에 있는 물을 마시고 기운을 차린다면 하나씩 얘기해 드릴 겁니다. 그냥 생수입니다. 뚜껑도 아직 안 땄으니 거기 뭔가 다른 걸 탔다고 의심하지 않아도 됩니다. 지금까지 잠들었다 일어난 사람을 다시 재울 리는 없지요."

루는 남자가 가리키는 대로 물통을 집어 들었으나 힘이 들어가지 않아 뚜껑을 쥔 손아귀가 헛돌기만 했다. 남자가 대신 뚜껑을 따 넘겨주자 그걸 받아 들고 마셨다.

"여행으로 잠깐 자리를 비웠다가 돌아와서, 귀하에게 무슨 일이 생겼는지를 제가 뒤늦게 극히 일부만 들었습니다. 그리고 오늘 우리 쪽 기에 사람이 두 명 실려 왔는데, 하나는 익인이고 다른 하나가 당신이었지요. 우리 비서가 두 사람을 다 내놓으라 했는데 군인들이 자기들 목이 걸려 있다며, 정 그렇다면 이쪽은 처음부터 못 본 걸로 한다고, 당신은 두고 익인만 데려갔다 합니다. 죄송하게도 제가 이렇게 허수아비입니다."

"그럼 여기가…… 무화의 영역인가요."

"그렇습니다. 나는 아직 당신을 사돈아가씨라고 부를 수 있는 입장이 아니라…… 정리하자면 탄 아가씨와 제 아들이 약혼 관계에 있습니다. 그리고 아직 확인하지는 못했지만 당신과 함께 있던 익인을 데려간 건 제 아들이거나 그 주변 관계자들, 하여간 연구소에 소속됐거나 그 지시를 받는 자들로 짐작합니다. 제가 할 수 있었던 일은, 최근 보고받은 아들의 행보가 약간 이상해서 그 애 방 전화에 도청기를 연결한 정도였습니다만, 녹음 내용을 듣자니 녀석은 최소한의 지시어와 동사만 사용할 뿐 무슨 일인지 단서가 될 만한 말은 거의 하지 않더군요. 제 아들이 익인을 데려간 게 사실이라면 끝까지 시치미를 뗄 거고 정공법으로는 그 익인을 면회하기 어려울 겁니다. 어쨌거나 연구소 자체가 거대한 요새와 같아서 저조차도 이제 지도가 없이는 그 안을 다니기 어렵고, 그새 구조 변경이 더 있었을지 모릅니다."

그림 269

한꺼번에 너무 많은 정보가 쏟아져서 루는 혼란스럽기만 했다.

"그러면 어떻게 하지요. 저는 비오를 찾아야 해요."

"그게 함께 있던 익인의 이름인가 보군요. 그런 이름을 얼핏 들은 것도 같습니다. 몸이 조금 남다르다는 얘기도. 찾아야 한다는 말씀을 들으니 강제로 끌려온 것만은 맞나 보네요. 도대체 여기서 무슨 일이 벌어지고 있는지 제가 파악할 형편이 못 되어서 당신이 깨어나기를 기다렸습니다."

"아저씨가, 그러니까, 회장님이라는 거죠. 저를 도와주실 건가요?"

"확답을 드리긴 어렵습니다만 처음에는 오히려 당신이 저를 도와주셔야 합니다. 대충 눈치는 채셨겠지만 저는 아들과 소원하고 아들은 제 통제를 벗어나 있습니다. 지금까지 무슨 일이 있었는지 자세히 알려 주시면, 혹시 익인들에게 어떤 변고가 있었는지 그동안 그들과 함께 지내면서 들은 게 있으시다면요. 당신 말을 듣고 그것이 내 아들과 관계있는 일이며 타당하다고 생각될 경우 시행께 별도로 연락을 넣어 보겠습니다. 만일의 경우 연구소를 샅샅이 털어야하는 문제이며, 사이가 어쨌든 간에 제 아들이 걸려 있는 일이다 보니 저도 구체적인 사항을 모르는 채로 당장 수사 인

력을 청할 수는 없답니다. 뭔가 부적절한 일이 발생한 것만
은 알겠는데 회사와 아들을 동시에 고려해야 하는 제 입장
도 이해해 주실 수 있겠나요. 아직 어린 당신께는 조금 어려
우실까요."

"아니…… 아니에요."

어차피 시행에게 곧바로 닿았더라도 루는 그 앞에서 입
도 뻥긋하지 못했거나 시행과 어머니가 모두 허황된 소리
라며 귀담아듣지 않았거나, 최악의 경우 고원에서 막 도착
한 루를 쉬게 한다며 거의 강제로 병원 독실에 넣어 두고 문
을 닫아걸었을지도 모르는 일이었다. 그럴 바에는 눈앞의
사람을 어디까지 믿어도 좋을지 모르지만 무화의 관계자를
설득해 이용하는 편이 나을 터였다. 루가 움켜쥘 수 있는 현
실적인 카드는 한정되어 있었다.

"알겠습니다. 그런데 뭐부터……."

"안정을 찾고 천천히 말씀하셔도 됩니다."

회장의 말에도 안정은커녕 루는 비오 생각에 더욱 초조
해졌다. 소파에서 내려선 다음 심호흡과 함께 넓은 회장실
을 둘러보면서, 자신이 처한 상황을 이해하려고 애썼다.

"생각을 좀 정리하게요, 여기…… 그 좀, 걸어 다녀도 되
나요."

그림 271

"물론입니다. 저 신경 쓰지 마시고 편히 돌아다니세요. 뭔가 마실 게 필요하면 말씀하시고, 배가 고프진 않습니까."

비오가 무사한지 어떤지를 모르는 채로 허기를 느낄 틈이 있을 리가. 루는 회장의 말에 대답하지 않고 천천히, 다소 오랫동안 잠들어 떨리는 발을 조금씩 디디며 서툰 걸음마를 시작한 아이처럼 앞으로 나갔다. 생각에 잠길 때 부산스레 돌아다니는 습관이 있는 건 아니지만, 지금은 서둘러 약 기운을 떨어내고 몸의 리듬을 찾고 싶었다. 처음에는 회장에게 어디까지 말해도 좋은지 생각했다. 그가 어디까지 편이 되어 줄지 모르는 상태에서 함부로 입을 열고 싶지는 않았는데, 말하는 순간 뒤통수를 치지 않을까, 자기는 좋을 대로 실컷 다 듣고 나서 연구소에 있는 아들을 위한다는 명분으로 협조를 거절한 채 함구하지 않을까 의심이 드는 것이었다. 그러나 한 걸음씩 내디딜수록 루 자신이 놓인 현실이 선명해졌다. 어차피 그와 대화라는 이름을 가장한 협상을 마치지 않는 이상 이곳에서 나가기는 어려울 듯싶었고, 그것이 적나라한 위협이나 함정에 불과하더라도, 그를 믿든 믿지 않든 제안을 거절할 힘이 루에게는 없었다.

"우선 저에 대해 어디까지 알고 계신지가 궁금합니다."

한 걸음씩 나아가는 발끝을 내려다보며 루가 물었다.

"아무래도 사돈 맺을 집안이다 보니, 당신의 처지나 입장은 대강 보고받아 알고 있었습니다. 그런 사적 배경 같은 것 말입니까?"

"아니, 그건 제 관심 밖입니다."

아비로서 최대한 걸러 내고 말했으리라 가정하더라도 그가 아들을 묘사한 방식에 따르면, 탄과 결혼할 사람의 상태가 다소 좋지 않다는 느낌이 들어 신경 쓰였으나 그건 나중 문제였다.

"저한테 무슨 일이 생겼는지 들으신 게 있나 해서요."

"말씀드렸던 대로 한두 다리 건너서 들은 게 전부입니다. 사건을 목격한 사람들도 자세한 내막까지는 모르지요. 익인 무리가 시 청사를 습격했다가 도망간 뒤 붙들린 단 한 명의 익인이 당신을 인질 삼아 빠져나갔다더라, 하는 정도입니다. 그들이 왜 쳐들어왔는지는 말 전해 준 사람들도 모르더군요. 그런데 마침 우리 무화 소속 용병들이 은밀히 데려온 익인과 도시 사람이 있다는 얘기를 듣고, 제가 비서를 시켜 그중 당신만 빼내 왔습니다."

"그러니까 아저씨는, 아니 회장님은, 제가 끌려간 뒤 그곳에서 그들과 함께 지냈을 거라고 생각하시고……."

"이렇게 돌아온 걸 보면 당연한 일 아닙니까?"

그림 273

"그리고 지내는 동안 제가 익인들에게서 들은 얘기가 뭐 없는지, 그걸 물어보시는 거군요."

"도시 사람이 상대라면 제게도 다른 수단이나 경로가 많지만, 익인들 얘기다 보니 거기 가까이 있던 사람 말을 듣는 게 빠를 것 같아서요. 들려줄 말이 있으면 좋지만, 전혀 없다고 해도 당신에게 해가 될 일은 없습니다. 고원 지대에 끌려가서 그들과의 모든 대화가 차단된 채 혼자 독방에 갇혀 지내다 오셨다고 한다면, 저는 이 길로 비서를 시켜서 당신을 고이 청사에 모셔다드릴 겁니다."

태어나 처음 만나는 사람이 하는 말을 곧이 믿기보다는 어쩌면 청사에 무사 귀가하여 다음 기회를 엿보는 편이 나을지도 몰랐으나—이 방이 정말로 무화의 일부인지, 자신이 회장이라고 말하는 벽안인이 실은 사기꾼인지 어떻게 안다는 말인가—이어지는 그의 말이 루의 마음속 소요를 정리해 주었다.

"다만 당신이 찾아야 한다는…… 비오였나요? 그 익인은 저조차도 함부로 손대지 못할 곳에 그대로 둘 수밖에 없겠지요."

그때 루가 발걸음을 멈춘 자리는 회장의 커다란 책상 끄트머리였다. 깨끗이 닦이고 최소한의 기기와 서류 외에 불

필요한 것이라곤 놓이지 않은, 각종 승인과 결재를 담당하는 사람의 책상은 비실용적으로 느껴질 만큼 광활했다. 루는 비오를 찾지 못할 거라는, 그토록 불길한 선언을 경매 입찰이라도 하듯이 태연하게 내놓는 회장이라는 사람의 표정을 확인하기 위해 고개를 들었는데, 그때 소파에 앉아 이쪽을 바라보는 회장의 얼굴보다도 그 책상에서 유일하게 이질적인 소품에 눈길이 먼저 갔다. 어린애 손바닥만 한 수제 액자가 아코디언 주름 모양으로 펼쳐져 있었다. 가죽으로 만든 익인들의 공예품인 듯했다.

회장의 부인으로 짐작되는 여성의 사진은 빛이 바래 있었고, 예닐곱 살쯤 먹은 남자아이…… 어쩌면 이자가 탄의 약혼자인가 보았다. 아비와 소원하고, 통제를 벗어나 있다는 그 아들은 한때 이만큼 순진하고 밝은 미소를 띨 줄 아는 아이였던 듯, 사진 밖으로도 그 빛과 온기가 새어 나왔다. 이렇게 귀여운 아이라니, 할 수만 있다면 자신의 지위와 능력을 총동원해서라도 그가 한 일을 덮어 두고 싶어 하는 회장의 번뇌가 조금쯤은 이해가 가기도 했다. 현재 어떤 괴물로 변해 버렸는지는 모르지만.

또 다른 사진은 부인의…… 아니, 사진도 아니고 부인도 아니었다. 부인과는 생김새가 전혀 다르며 더욱 젊은 여성

그림 275

의 그림이었다.

"이건 회장님이 직접 그리신 건가요."

"아, 뭐…… 그냥 끄적여 본 겁니다. 젊었을 때 잠깐 기계
도면 제도 말고는 해 본 적 없어서, 그림 실력은 그리 좋지
않습니다."

그림 속 여인을 어디선가 본 것 같다는 생각에 닿자 루의
가슴이 뛰었다. 접혀 있던 시간들이 액자 밖으로 튀어나왔
다. 직전까지 온몸에 고여 있던 절망과 불안이 새로운 흥분
과 합류하여 일말의 기적적인 가능성 앞에서 현악기의 줄
처럼 튀어 올랐다. 회장의 그림 실력은, 지나친 겸양이었다.
무척 뛰어났다. 루는 그녀가 누군지 알았다, 그 오랜 세월을
뛰어넘어서도. 다음 순간 바닥 전선 덮개에 발이 걸려 루는
균형을 잃고 넘어졌다.

─가죽을 엮어 만든 작은 수공예품만 짐 가방에 담아 말
없이 건넸고…….

─사막 한가운데서 부상 입은 벽안인을 발견했던 거란
다…….

부축하기 위해 다가온 회장의 팔을 힘주어 붙든 채 루는
호흡을 진정시켰다.

"비닐봉지라도 좀 갖다줄까요?"

"과흐흡, 아닙니다."

회장의 팔을 쥐어뜯을 기세로라도 붙잡고 자리에서 일어나야 했겠지만 루는 오히려 그를 끌어당겨 주저앉혔다.

"그림 속 여성을, 잘 아세요? 오며 가며 봤다든지 그런 거 말고, 개인적으로 말입니다."

"그건 왜……."

"제 얘기, 잘 들으셔야 해요."

"듣고 있습니다."

루는 회장실 좌우를 두리번거렸다.

"여기는 도청기 없나요?"

"제 방만큼은 없습니다. 괜찮은가요?"

"귓구멍 파고 똑똑히 들어야 한다고요, 아저씨."

다급하여 말이 험악해지는 걸 느끼면서 루는 자기도 모르게 회장의 흰 얼굴에 손을 가져다 댈 뻔했는데, 처음 보는 이에게서 이해하기 어려울 정도의 농도로 감지되었던 낯익음의 이유를 비로소 알게 되었다. 이와 비슷한 느낌을 주는 눈매와 콧날과 입술을, 한없이 가까운 거리에서 루는 몇 번이고 본 적 있었다. 그림 속 여성을 보는 순간 루의 침착을 유지하던 한 올의 팽팽한 줄이 끊기고, 막혔던 말문이 호우경보 한가운데의 강물처럼 범람했다.

그림 277

환경관리과와 식약품관리과 등에서 걸려 오는 몇 대의 전화를 동시에 받고 있어서 아마라는 다섯 번째 전화의 수신음이 울렸을 때 신경증이 극으로 치달아 오른 상태였다. 업무상의 동료나 적을 제외하고 일상을 허물없이 공유할 만한 친구가 남아 있지 않으며 가족마저도 거의 전무하다시피 한 아마라에게 개인 직통으로 걸려 오는 전화라고 해봐야 공공사업 협조 요청 문의가 대부분이었다.

"지금 바쁩니다."

상대방이 누군지 확인하지도 않고 그대로 끊으려던 아마라는 수화기를 든 채 일어섰다. 상대방의 말이 꿈 저편에서 감기는 필름처럼 느릿하게 달팽이관을 타고 흘러들었다. 심장 박동의 세찬 상승과 압력에 주저앉지 않기 위해 책상 모서리를 힘주어 붙들다가, 아마라는 곧 정신을 차리고 나머지 전화를 모두 대기 중으로 돌려놓았다.

"됐습니다. 말씀하세요."

아마라는 어떤 상황에서도 자신의 본분을 잊지 않는 사람이었다. 눈물과 절규에 관해서라면 나중에 얼마든지 시간이 있을 것이었다. 우선 녹음 버튼을 누르고 수화기를 턱과 어깨 사이에 낀 채로 컴퓨터 화면을 열어 필요한 사항을

278

빠르게 입력해 나가면서 상대방의 말을 경청했다. 다급히 중간에 말을 끊고 싶은 적도 한두 번이 아니었으나, 자신들에게 생긴 일이 간단한 요약과 거리가 먼 문제라는 사실을 알고 있었다.

"이쪽에서도 곧 협력 조치를 갖추고 연락드리겠습니다. 직통 번호를 불러 주세요. 여기 뜬 번호로 하면 되나요?"

침착하게 마지막까지 받아 적고 나서야, 아마라는 직전까지 참았던 숨을 몰아 내쉬며 말했다.

"루를 바꿔 주세요. 곁에 있다면요."

그로부터 루의 목소리가 들려오기까지 잠깐 사이의 시간이 아마라에게는 영원이었다.

"전화 바꿨습니다."

그 목소리에서 물리적인 거리만큼이나 서먹함과 망설임이 전해졌다. 아마라는 잠깐 입을 틀어막곤 숨결을 고른 뒤 말을 이었다.

"왜 그쪽에 가 있는지는 조금 전에 대강 들었다. 건강한 거 같아서 다행이야."

"예, 도움 주셔서 고맙습니다."

루가 너무 멀었다. 그러나 마주 보고 있더라도 아마라가 손을 내밀어 다가가거나 포옹할 수는, 아마도 없을 것이었다.

그림 279

"저도 다행이라고 생각해요."

"그래, 잘됐다. 자세한 얘기는 나중에……."

아마라는 서둘러 시행에게 보고하는 것이 루한테만이 아니라 시 전체에 도움이 되리라는 생각에 자신의 개인적 소회는 최소한으로 줄이고 마무리하려 했는데 루가 말끄트머리를 툭 치고 들어왔다.

"뭐가 다행인지는 안 물어보시네요."

아마라는 순간 자신이 딸에게 무슨 잘못을 더 했는지 긴장되었으나, 이제 와서 되묻기에도 늦었다는 현실적인 판단이 말을 가로막았다. 납치당하는 걸 눈앞에서 보고도 막아 내지 못한 것, 그에 앞서 시 청사 안에서 루가 지내는 모습을 제대로 돌아봐 주지 않은 것, 과수원에서 끌고 나온 것……. 생각하면 잘해 준 일을 찾는 쪽이 더 빠를 것 같았다. 그녀의 시선이 채 닿지 않았던 자리에서 아이는 어느새 혼자 자라나 있었다.

"어머니가 여전히, 제 안위에 대한 확인보다 처리해야 할 업무를 우선시하는 객관적이고 이성적인 상태를 유지하고 계셔서 다행이라고요."

이것은 당장 아이의 목소리부터 확인하겠다며 매달리지 않고 무화 회장과의 의논이 먼저였던 어머니에 대한 서운

함을 담은 비아냥거림일까. 아마라는 당황한 마음을 수화기 너머로 들키지 않으려고 애쓰며 루의 다음 말을 기다렸다.

"많은 부분을 알지는 못하지만, 최소한 그게 제가 알던 모습이거든요."

"……알아줘서 고맙구나."

그런 모습을 일관성 있게 보여 주는 것이 어쩌면 루에 대한 성의인지도 모르겠다고 생각하며, 아마라는 희미한 미소를 지었다.

그림 281

잠입

　가늘게 뜬 눈을 비집고 들어오는 빛줄기를 느꼈을 때 비오의 머릿속을 먼저 스치고 지나간 것은, 팔 안에 아직도 감촉이 남아 있는 것만 같은 루의 작고 가느다란 어깨와 목덜미와……

　루, 그러고 보니 루는 어떻게 됐지. 어디로 갔지. 반사적으로 몸을 일으키려는데 일어나기는커녕 손목도 들어 올릴 수 없었다. 다리에는 더 이상 통증이 느껴지지 않았고 하늘이 아닌 회색 천장으로 보아 이곳은 사막도 아니었다. 시선만 간신히 좌우로 돌릴 수 있었는데, 몸은 옷이 갈아입혀져 침대 같은 데 뉘어지고 두 발목과 손목, 그리고 목과 허리까지 여섯 군데가 단단한 띠에 묶인 듯했다.

"회복력 하나는 알아줘야 해."

소리 나는 쪽으로 눈길을 살짝 돌리자 비오는 무언가를 달그락거리며 부지런히 일하는 듯한 흰옷 입은 남자의 뒷모습을 볼 수 있었다. 지난번 본 적 있는 시 청사의 경비병들에게 다시 붙들려 왔나 했는데 그때와도 느낌이 좀 달랐다. 여기는 어디지.

"뼈가 부러졌다는 보고를 받고 혹시나 싶어 엑스레이를 찍어 봤는데, 거의 다 붙었더라고. 역시 보통의 인간은 아니야."

그렇게 말하며 돌아선 사람은 눈이 푸른빛이었고 전에 본 시행이 아니었다. 루는 어디 갔지? 루를 어떻게 했지? 상대가 누가 됐든 물어보아야겠는데 가죽 띠에 목이 오래 눌린 모양으로 비오는 말이 잘 나오지 않았다.

"만나서 반가워. 나만 너를 알고 있는 건 불공평하니까 내 이름도 가르쳐 줄게. 마이라고 한다."

벽안의 남자는 비오를 내려다보며 정말로 반가운 추억 내지는 전생의 인연이라도 조우했다는 듯이 차가운 손바닥으로 비오의 뺨을 쓸어내렸다.

"하지만 굳이 기억하지는 않아도 돼. 너는 곧 아무런 기억도 할 필요가 없게 될 테니까."

누군지는 몰라도 단단히 미친놈 같았고, 그의 어깨 너머에서 피어오르는 총천연색 증기나 각종 장치에서 울려 대는 소리로 보아 이곳이 도시에서조차도 일상생활과는 인연이 별로 없는 공간이라는 사실만은 알 수 있었으며, 그러자 루의 행방이 더욱 염려되었다. 루…… 루를 어떻게……. 억눌린 목을 타고 간신히 말소리가 밖으로 새어 나오려 할 때 마이는 오히려 이렇게 물었다.

"네 신체가 덜떨어져서 시 청사에 홀로 낙오됐다가 귀한 아가씨를 잡아서 빠져나갔다는 얘기는 들었다. 그 아가씨 어디다 버리고 너 혼자 왔어? 아니면 네 친구들에게 맡겨서 그대로 고원 지대에 체류 중인가?"

하는 말로 보아선 이자도 루가 어디 있는지 모르는 모양이었다.

"인질이 필요 없어졌다고 수고스럽게 죽였을 것 같지는 않은데, 설마 처음부터 고원 지대까지 데려가지도 않고 사막에다 버린 건 아니겠지. 그렇게까지 글러 먹은 놈은 아닐 거야. 그렇지?"

영문을 모르겠어서 불안하게 굴러가는 비오의 눈동자를 돌아보고 마이는 덧붙였다.

"하긴 그랬더라도 내 알 바는 아니지. 인질을 어디다 쓰겠어, 무겁게. 너희 같은 야만인들에게 인간의 측은지심을 기대한 내가 이상한 거겠지."

그가 하는 말은 사실과 전혀 달랐으나 비오로서는 더욱 불안한 소식이 아닐 수 없었다. 분명 잠들기 전까지 루와 함께 있었다. 사막의 열풍이 두 사람을 휘감아 온대도 세상이 끝나는 날까지 놓지 않을 것처럼 그 어깨를 붙들어 안았었다. 출혈이 멎고 훼손된 진피층이 새로 올라오는 모습까지 확인한 뒤 새벽빛이 거의 밝아 올 때쯤 비로소 밀려드는 안심과 함께 눈을 감았었다. 그 아이가 옆에 없었다니. 어디서부터 따로 떨어졌나. 루가 시 청사로 무사히 돌아갔다면 다행이지만 유사에 파묻혀 버리기라도 했다면. 적어도 이렇게 상태가 난감해 보이는 벽안인 앞으로 루가 함께 끌려오지 않았다는 사실을 위안으로 삼아야 하는 건지, 비오는 알 수 없었다.

"하지만 아무리 야만인이라도 이걸 보면 조금은 느끼는 바가 있겠지."

마이가 벽을 가리고 있던 장막을 걷어 내자, 그 너머 즐비한 유리병과 거기 하나씩 담긴 다양한 신체 조직이며 보존된 뼈가 보였다.

설명하지 않아도 그 뼈들은 고원 지대의 무덤을 파서 꺼낸 것이라는 느낌이 바로 왔다. 대체 왜 이런 짓을, 사자의 뼈로 네가 원하는 무엇을 알아낼 수 있다고. 그 이전에 어째서 보통 사람들과는 다른 익인의 신체 구조를 파헤치기를 원하는 것인지, 혹은 이자가 정말로 알아내기를 원하는 비밀이 그게 맞는지도 의문이었다. 각 유리병에 담긴 것은 익인으로선 이해할 길 없는 순수한 호기심이나 열의가 아닌, 그저 악의의 결과로만 보였다. 사지가 묶인 비오는 머리에 피가 몰릴 뿐 몸부림을 칠 수조차 없었다. 그런데 분홍빛이 감도는, 마치 바로 어제 세상을 떠나기라도 한 듯한 저쪽의…… 장기 일부는, 무덤에서 쉬던 이들의 평균 안식 햇수를 가늠하면, 그들에게 저런 형태의 조직이 아직 남아 있을 수는 없을 것이었다.

가하와 아버지의 모습이 비로소 머릿속을 스쳤다. 공포와 분노가 물에 젖은 해조류처럼 불어나 비오의 온몸을 휘감아 왔다. 팔을 뽑아내기라도 할 것처럼 뒤틀며 날뛰는 비오의 몸짓에 그를 묶어 놓은 침대가 바닥에서 일부 들뜨고 허공에 진동을 일으켰다. 목구멍에 걸린 신음이 입 대신 눈물로 쏟아졌다.

"힘이 보통 아니네, 쇠 침대가 다 흔들리고. 아직 약을 놓아도 되는 시간이 아니긴 한데, 어쩔까. 너에겐 딱히 상관없으려나. 네 동생이라던 놈과 마찬가지로."

꿈틀거리는 어깨를 마이가 양손으로 잡아 누르고 내려다보았다.

"그래, 네 동생 말이야."

또 한 번 명시 조로 반복하기 전에 마이는 잠깐 사이를 두었다. 그것은 죄책감이나 양심 같은 인간 감성의 작동 기제에서 비롯한 망설임이 아니었다. 그의 표정은 성취감과 환희를 배경으로 삼고 거기다가 한 스푼의 혐오를 전경처럼 떨어뜨린 것으로 보였다.

"좀 시끄럽지만 착하더라. 너도 그 반만큼만 됐으면 좋겠는데."

"가…… 하…….."

목소리가 조금씩 몸 밖으로 스며 나오기 시작했다. 가하를, 아버지를 어떻게 했어.

"인사 나누기는 어렵지만 면회는 시켜 줄 수 있어."

마이가 걷어 낸 다른 쪽 장막에는 사람의 몸이 통째로 들어가고도 남을 만큼 거대한 수조가 있었다. 눈물이 넘쳐서 시야가 부옇게 흔들렸지만 그 안에 가하가 잠들어 있는 모습이 보였다. 가하의 얼굴 절반을 덮은 호흡 마스크 밖으로 기포가 규칙적으로 생성되어 수면 위로 올라왔고, 어깨부터 발목까지는 움직이지 못하게 묶여 있었다. 만일의 경우 눈도 뜨지 못하도록 양쪽 눈꺼풀에는 반창고가 붙어 있었다.

"수조가 좀 크지? 너도 곧 같이 들어가게 될 거야."

목소리가 나오지 않았지만 비오는 적어도 자신을 내려다보는 마이의 얼굴에 침을 날려 붙일 수는 있었다. 마이는 피식 웃으며 흰 위생장갑을 낀 손으로 얼굴을 닦더니 그 손을 내밀어 비오의 뺨에 문댔다.

"네 거니까 네가 가져가. 응? 더럽게."

장갑 낀 손으로 툭툭, 신경질적인 박자로 뺨을 두드리는가 싶더니 이어서 세 번을 힘주어 갈기자 장갑에 코피가 묻었다.

"건방진 놈."

돌아서선 장갑을 벗어다 쓰레기통에 버리고 마이는 생각이 바뀌었다는 듯 일회용 포장을 뜯어서 빈 주사기를 꺼내곤 그 안에 투명한 약을 채워 넣었다.

그때 연구실 문 쪽 책상에서 전화벨이 날카롭게 울렸고 마이는 눈살을 찌푸렸다. 웬만하면 무시했을 텐데 평소와 다른 종류의 수신음, 그가 긴급 시에만 울리도록 설정해 놓은 것이었다. 마이는 주삿바늘을 밀폐된 약병 뚜껑에 꽂은 그대로 세워 두고 다가가 수화기를 들었다.

"뭡니까."

"소장님, 업무 도중 실례합니다. 회장님 앞으로 시행께서 찾아오셔서 소장님을 호출하고 계십니다."

"당신 어느 부서 소속입니까. 예고 없는 방문 호출에는 시행이고 회장님이고 간에 나와 상관없다는 지시 전달 혹시 못 받았습니까."

"알고 있습니다만, 시행께서 탄 아가씨와 동행한 상태입니다. 중요한 일인 것 같습니다."

더 듣지 않고 수화기를 내려놓으려던 마이는 멈칫했다. 자신이 그녀에게 호감을 가졌든 그녀가 자신을 증오하든 마이에게 있어서 탄의 이름은 아직까지는 그 어떤 중요한 일도 중단시킬 수 있는 유일한 주문이었다. 설령 나중 가서 그녀의 방문이 별 볼 일 없고 사소한 목적이었다고 해도 탄의 존재는 어쩌면 그의 업무, 나아가 그의 일생과 가장 비슷한 중량과 부피를 지녔다고 보아도 좋았다. 비록 그녀에게는 단 한 번도 그렇게 말해 본 적 없지만.

마이는 불규칙한 호흡으로 격하게 오르내리는 비오의 가슴을 한 번 돌아보았다. 당연하게도 비오는 공기와 단 몇 분 접촉하는 것만으로 성분이 변하거나 증발하는 시약이나 실혐체가 아니었다. 마이의 계획이나 연구 목록에 끼어 있지 않았던, 그러나 뜻밖에도 궁극의 존재가 손안에 들어왔고, 급할 일은 없었다. 마이는 슬쩍 벽 거울을 바라보았다. 흰옷에 흔적을 남긴 여러 검사물, 그리고 조금 전에 튄 피까지.

"……옷만 갈아입고 10분 내로 간다고, 조금만 기다려 달라고 해 주세요."

"준비는 서두르지 않으셔도 된다고 합니다."

전화를 끊고서 마이는 흰 가운을 벗어 의자에 걸어 놓고 비오에게로 다가갔다. 비오의 손발과 호흡은 여전히 출렁거렸고 마이를 올려다보는 두 눈은 곧 피눈물을 쏟아 낼 것처럼 충혈되어 있었다.

"이제 좀 얌전해졌네."

차가운 미소를 지으며, 조금 전 건드리지 않은 비오의 반대쪽 뺨을 툭툭 치고서 마이는 차 열쇠로 보이는 작은 버튼식 단말기 한 개를 집어 들었다.

"당장이라도 저걸 발로 차서 동생을 꺼내 주고 싶은 마음은 알겠는데 이거 끈이 그렇게 쉽게 안 끊어지거든. 저것도 발길질 같은 걸로 깨지는 게 아니라서 헛수고는 글쎄, 하긴 너희들 힘이라면 또 모르지만 저거 잘못 건드리면."

마이는 입과 손으로 펑 하고 터지는 시늉을 해 보였다.

"여기 장치가 죄다 위험한 것들뿐이다 보니 손을 좀 썼지."

이를 너무 악물어서인지 맞아서인지, 비오의 입가로 피가 두어 줄기 흘러내리는 것을 솜으로 닦아 내어 감염 폐기물함에 버리고 마이는 방을 나섰다.

"오래 안 걸리니까 편히 쉬고 있어."

비서는 전화를 끊고 일어나더니 불가해할 만큼 느긋한 태도로 말했다.

"이제 당신은 안심하고 대기해도 됩니다. 나머지는 어른들의 일이에요."

"제 비서 말이 맞습니다. 시행께서 도착할 때까지 푹 쉬세요."

혼란과 불안이 극에 달했을 텐데도 그것을 억누르고 있는지 회장의 반응 또한 마찬가지였다. 거대 무기 회사를 이끄는 동시에 혈육에 대한 고민을 하는 이로서의 신중함이겠으나 루는 말문이 막혔다. 현실적으로 생각해 봤을 때 그들의 선택이 합리적일 테지만 기다린다니, 그 만만치 않은 절차들을, 지금 비오가 어떻게 될지 한시가 급한 상태에서.

"한가하게 시행님을 기다릴 수 없어요. 저는 먼저 연구소로 가서 비오가 무사한지 확인하고 싶습니다."

이마의 땀을 훔쳐 내며 번민에 시달리는 듯한 회장—사실 그야말로 누구보다 먼저 달려가서 자신의 직계가 벌이려는 일을 막고 싶지 않을까—의 눈치를 살피다가 비서가 대신 고개를 저었다.

"연구소는 그리 만만한 곳이 아닙니다. 본사 근무자인 저조차도 방문 출입증을 매번 새로 받아 들어가는 곳이에요. 늘 거기서 일하는 사람이 아니면……. 아가씨 같은 사람은 현관에서부터 막힐 겁니다."

"아니, 됐어. 내가 함께 가지. 그러면 길을 열어 주긴 할 거야."

"제가 소장님이라면 회장님께서 도착하셨다는 보고를 받는 즉시 연구실 철문부터 폐쇄하고 모른 척할 겁니다. 가다가 마주치기라도 하면 또 어떻게 하실 건데요. 아가씨, 그냥 가만히 계시는 게 여러 사람을 위해 좋아요."

"가만히 넋 놓고 있는 동안 비오가 어떻게 될지 모르는데 그건 안 돼요. 설마 그사이에 무슨 일이 있기야 하겠느냐는, 그런 가정은 제게 없어요."

"그럼 최소한 우리 비서를 대동하고 가세요."

그렇게 말하며 회장이 고개를 들었을 때, 루는 비서의 필통에서 뽑아낸 보잘것없는 문구칼을 만지작거리고 있었다.

"죄송합니다만 저 지금 회장님 완전히 못 믿어요. 당신 아드님이 걸린 일이라서."

루는 그들에게 지각없는 아이로 여겨져도 상관없다고 여기면서 싸늘하게 말을 이었다.

"설령 당신을 믿더라도 당신 부하는 돌아서서 뒤통수를 칠지 누가 알아요. 회장님이 딸려 보내는 사람과 동행하고 싶지 않아요. 출입용 카드랑 지도만 주세요."

이거야말로 세상에서 제일 대책 없는 일이었으나 루의 정신은 그 어느 때보다도 침착하고 명료했다. 일단 그곳에 닿는다 치고 그다음에는 어떻게 하려고? 누가 묻는다면 루는 대답할 수 없을 것이었다. 정교한 논리나 구체적인 계획, 실현 가능성 같은 것은 여기서 단 5분이라도 더 지체해선 안 된다는 단순한 직감 앞에서는 한없이 무용했다.

―늘 거기서 일하는 사람이 아니면…….

루는 언뜻 성인 여성처럼 보이는 가발에 모자를 눌러쓰고 미화원의 회색 제복 차림을 하고 있었다. 가슴에는 연구소 현관 출입을 위해 청소 용역 회사의 전자 명찰을 부착했고, 주머니에는 회장이 건넨 소형 단말기를 넣었다. 연구소 내부의 전자 지도를 띄울 수 있는 것이었는데, 그사이 구조

변경을 했을지 몰라서 회장도 절대적으로 자신하기는 어렵다고 했지만 아주 없느니보다는 나았다. 회장과 그 일행을 완전히 못 믿는다고 하면서도 장비는 그들이 건넨 것에 의존할 수밖에 없는 상황이 아이러니했지만, 설령 장비가 제대로 작동하지 않거나 오류가 있다 하더라도 사람이 돌변하는 경우보다는 대응하기가 좀 나을 것이었다. 믿음의 문제에 앞서 루는 반드시 어른의 도움과 안내를 받아야 하고 어른의 별책부록처럼 딸려 가야 하는 상황, 그로 인해 둘러선 사람들의 의혹 가득한 시선을 받아야만 하는 자신의 모습을 그려 보았을 때 썩 마음에 들지 않았다. 그런 일은 두 번 다시 겪고 싶지 않았다.

비서가 전화를 붙잡고 있는 동안 상대방의 수신 위치를 탐지하여 지도에 표시해 두었으므로, 정밀도가 떨어지니만큼 오차를 감안하여 그 주위를 뒤져 볼 작정이었다. 물론 전화를 받은 곳이 비오의 위치와는 전혀 무관한 곳일 가능성도 배제할 수 없었고, 비오가 이 구역을 완전히 벗어난 모종의 장소에 붙들려 있을지도 모르지만 지금으로선 이게 최선이었다.

"이것도 없어지지 않게 잘 갖고 가요."

루가 나서기 전에 비서에게서 건네받은 것은, 과거 병원

진료 기록에서 보안을 풀고 얻어 낸 소장의 지문이 새겨진 투명 인화지로, 소장 개인의 연구실 문을 열 때 필요할지 모른다는 것이었다. 그 외에 혹시 보안이 걸린 스크린도어나 중간 철문이 있다면 이 지문이 일종의 마스터키 역할을 할 수도 있다고 했다.

어머니는 최대한 빨리 움직이겠다고 약속했지만, 탄이나 시행이 오지 않았음을 알고 소장이 속았다는 걸 눈치챌 때까지 제한 시간은 불과 20분 남짓일 터였다. 그날 밤 이후로 루의 마음속에서 줄곧 울리던 맥고 소리가 마지막 힘을 내어 등을 떠밀었다. 루는 비서가 알려 준 대로 연구소로 통하는 언덕 지름길을 숨차다는 생각도 할 겨를 없이, 하룻밤 사이에 새살이 고르지 않게 돋은 등에 전날의 통증을 느낄 새도 없이, 타넘어 달렸다.

마이가 자리를 떠나고 수많은 기포들의 화음만 끓어오르는 방 안에서 비오는 몸부림치고 있었다. 손발에 너무 힘을 주어 곳곳에 푸른 힘줄이 돋고 멍이 들었지만 비오는 느끼지 못했다. 불과 몇 걸음 앞에 있는데도 닿을 수 없는 가하의 모습이 눈 속에서 이지러졌다. 비오의 사지가 묶인 육중한 철제 침대가, 세찬 움직임에 따라 조금씩 들썩거리며 금속성을 냈다. 침대 발은 바퀴로 되어 있는 것 같았다. 더욱 세게 몸을 흔들자 바퀴가 슬며시 구르는 듯하다 멎었다. 비오는 숨이 턱밑에 차오르고 가죽 띠에 목이 졸려 눈앞이 완전히 혼미해질 때까지 몸을 흔들어 댔다. 침대가 움직이긴 했으나 가하와의 거리는 한 뼘만큼도 가까워지지 않았다. 설령 가까이 간다고 해서 손발이 묶인 채로 그 아이를 빼내줄 방도란 없었고, 위협인지 사실인지 잘못 건드리면 폭파한다고 벽안의 사람이 으름장을 놓기도 했지만, 비오는 움직임을 멈출 수 없었다.

다른 사람과 눈을 전혀 맞추지 않고 고개를 푹 숙인 채 걷는 것은 루가 생각하기에 좋은 선택이 아니었다. 수상하게 보이기를 자청할 필요는 없었다. 어디까지나 당당하게, 정말로 미화원인 것처럼, 경비원이나 일반직이 마주 다가오기라도 하면 가벼운 목례를. 빌려 낀 뿔테 안경 너머로 루의 눈 속에 도사린 불안을, 루의 앳된 표정에서 비롯한 나이를 그 짧은 순간 감지하기는 어려울 것이다.

루는 연구소 건물 별관 뒤쪽 수돗가에 세워져 있던 청소용 카트를 밀면서 중앙 현관이 아닌 본관과 별관을 잇는 옆문으로 들어섰다. 세상의 수많은 첩보 영화를 보면 카트를

296

미는 미화원이나 택배 기사, 피자 배달부야말로 가장 경계
해야 할 대상이지만, 현실에서는 그 누구도 신경 쓰지 않고
무심히 지나치는 공기 같은 존재들이었다. 이 건물에는 각
종 무기 개발에 종사하는 연구원만 200명이 넘는다고 했다.
모두가 한 연구실에서 일하는 게 아니며 분야별로 몇 명씩
나뉘어 근무한다. 분기별 전체 회의 때가 아니면 다 함께 얼
굴을 볼 기회가 없으며 누가 누군지 모른다. 그런 환경에서
지나치는 미화원에게 눈길을 줄 일은 없었다.

　루는 서투르게 굴지 않았다. 제 몸보다 훨씬 크고 각종 무
거운 도구가 들어 있는 청소용 카트지만, 그전에도 시 청사
에서 몇 번이나 밀어 본 적 있었다. 막상 마주 걸어오는 사
람들을 보면서 태연할 수 있을 만큼 강심장은 못 되었으나,
옆문을 지키는 경비원에게도 담대히 목례를 하곤 그의 약
간 의아하다는 듯한 얼굴을 뒤로한 채 뛰는 심장을 부여잡
고 통과했다. 로비를 지나 복도를 가로질러 늘 익숙한 동선
을 따르는 것처럼 승강기를 탔다. 그 안에서 짧은 시간 동안
주머니 속 단말기를 꺼내 지도를 띄우고 5층의 구조를 눈
에 익혀 두었다. 문이 열리면 왼쪽, 그다음 오른쪽, 그다음
왼쪽 코너, 다음 세 갈래 길……. 구조는 섬세하고 복잡하
여, 5층에서 문이 열렸을 때 루는 다급히 주머니에 단말기

를 쑤셔 넣다가 헛손질로 떨어뜨렸다. 위압적인 자세와 풍채의 여성 경비원과 눈이 딱 마주쳐 버렸지만 어깨를 잠깐 움찔했을 뿐 곧 태연히 인사하며 그저 떨어진 휴지나 전화기라도 주운 것처럼 주머니에 손을 깊이 찔렀다. 카트가 나갈 수 있도록 경비원이 몸을 틀어 비켜 주었고, 루는 떨리는 손으로 카트를 밀면서 나갔는데, 이상하게도 옆얼굴에 은근한 관찰의 시선이 꽂히는 것 같았다. 걸음을 빨리하면 안 돼. 수상하게 여기고 쫓아올 것이다. 루는 승강기 문이 열린 자리에서 왼쪽으로 가야 한다는 걸 기억하면서도 경비원의 시선으로부터 멀어지기 위해 오른쪽으로 꺾어서 묵직한 카트를 밀었다.

아나나 다를까, 발소리를 있는 힘껏 죽이고 있었지만 뒤에서 그 경비원이 따라오는 것이 느껴졌다. 루는 돌아보지 않고 다음 코너에서 또 한 번 카트의 방향을 틀었다. 모두 연구에 몰입 중인 한산한 복도를 지나고 있어서 그들 외에 다른 인적은 없었다. 연구실이 없는 통로까지 가야 주머니 속 단말기를 꺼내서 위치를 재확인할 수……

"거기 멈춰."

상대방이 마침내 불러 세웠을 때 루는 청소 카트를 앞세워 그다음 모퉁이를 막 돈 참이었다. 등 뒤에서 산소총의 안

전장치를 푸는 듯한 소리가 들렸다. 그리고 이제 숨기지도
않는 발소리가 천천히 다가왔다.

"이 시간에 청소를 왜 하지? 당신 누구야."

그렇게 말하며 상대방이 모퉁이를 돌아 모습을 드러내는
순간 루가 쥔 대걸레 자루가 그녀의 가슴과 배 사이에 강하
게 꽂혔다. 그러나 그녀는 무늬만 경비원이 아니었다. 순간
적으로 손에 힘이 풀려 산소총을 떨어뜨린 데다 몸을 잘 움
직이지 못하고 목소리를 낼 수는 없었지만, 그런 상태에서
도 발을 뻗어 미끄러지면서 루의 발목을 걸어 함께 넘어뜨
리고 그대로 덮쳐눌렀다. 중년의 여성에게서 나오는 힘이
라고는 믿기지 않았다. 몸을 뒤틀다가 안경이 떨어져 구르
고, 경비원은 루의 얼굴을 좀 더 자세히 확인할 수 있었다.

"애 좀 봐, 애잖아."

가까스로 목소리가 통로를 찾아 나오는 듯, 경비원은 숨
을 가쁘게 쉬며 내뱉었다.

"어린 게 뭐가 이렇게 힘이 세. 나쁘게 안 하니까 같이 가
자고. 누구랑 같이 왔니."

경비원의 실수라면, 작고 어린 여자에게 자기도 모르게
측은함 비슷한 게 느껴지기라도 했는지 루를 찍어 누른 손
에 최대한의 힘을 쏟아붓지 않았다는 데 있었다. 제대로 제

압을 하고자 한다면 상당히 허술하고 좋지 않은 방식이었는데, 루의 체구가 조금도 위협적으로 보이지 않은 까닭에 길 잃은 강아지를 붙들어 안듯 한 것이었다. 어쨌거나 그 짧은 순간 대걸레를 휘두른 가락으로 보아 아이의 힘이 보통은 아닌 건 알았으니 경비원은 다른 일행을 호출하고 싶어진 눈치였으나, 허리에 찬 무전기를 잡기 위해서는 아이를 붙잡은 손 가운데 한쪽을 떼어야 했다.

이때 팔뚝이 잡힌 채로 주머니에서 손을 뽑아낸 루가 머리로 인중을 들이받자 그 반동으로 경비원은 어깨를 붙든 손을 완전히 놓치면서 굴렀고, 이어서 몸을 일으킨 루가 그녀의 옆구리 아래쪽 장골 부근에 주먹을 갖다 꽂으니 경비원은 그 자리에 쓰러져 꿈틀거렸다. 가쁜 숨을 몰아쉬며 루는 떨리는 손발로 기어서 경비원의 옆에서 멀어졌다. 경비원의 옆구리에 꽂힌 것은, 쓸 일이 없기를 바란다고 말하면서 비서가 챙겨 준 소형 전기 주사기였다. 보기에는 연필만 하지만 상당히 높은 전류가 흐르니 절대 호기심에 작동해 보거나 유사시에도 사람의 심장 가까이 찍어서는 안 된다고 했었다. 무기 회사의 비서란 이런 걸 상시 휴대하고 있는지 의문이지만 주는 거니 받아 오긴 했는데, 너무 일찍 써 버린 게 아닌가 싶었다.

우선 경비원의 허리에서 무전기를 떼어다 볼륨을 죽이고 청소 카트에 던져 넣었다. 무전기를 완전히 꺼 버리면 수상한 낌새가 바로 감지될 것이었다. 복도에 있던 소화전을 연 다음 잠든 경비원의 몸을 있는 힘껏 밀어서 거기다 넣어 버리고 문을 닫았다. 깨어나면 본인이 어깨로 밀어서 열 수 있을 것이었다. 바닥에 밀려 나간 산소총도 집어서 청소 카트의 양동이에 넣었다. 거기까지 하고 나니 이미 지친 루는 더 이상 한 걸음도 앞으로 나갈 수 없을 것만 같았고 전자 지도 단말기를 잡는 손가락 끝도 덜덜 떨려 간신히 집어 올린 것을 놓쳐 버릴 것 같았다. 그때 멀리서 들려오는 발소리에 루는 여전히 떨리고 꼬이는 발을 끌어다 벽감 속으로 몸을 숨기고 등을 붙인 채 숨을 죽였다. 다행히 이쪽으로 접근하기 전에, 한 남자가 전화 통화를 하면서 비상구의 철제 출입문을 열고 있었다. 고개를 빼꼼 내밀어 멀어지는 등을 보니 흰 가운이 아닌 깔끔한 스트라이프 정장 차림이었다. 연구원이 아닌가? 화학 약품 회사 같은 거래처 직원일지도 몰랐다. 누구든 간에 어째서 승강기를 타지 않고 이 5층부터 층계로 내려가려 하는지는 모를 일이었지만, 이쪽의 청소 카트를 들키지 않았으니 다행이었다.

카트를 밀면서 지도를 띄웠다. 지도를 따라 걸으니 막다른 골목도 나오고 동서로 두 갈래여야 하는 길이 남서로 뻗어 있는 등 구조 변경이 있었던 모양이지만, 몇 번의 시행착오 끝에 표시된 전화 수신자의 위치에 조금씩 가까워지고 있었다. 그곳에 비오가 없더라도, 최소한 비오에 대한 단서가 있을 것이었다. 가는 도중 복도에 줄지은 연구실 문을 열고 누군가가 내다보지 않기만 바랐다.

하늘로 떠오르기 전 발을 굴러 도움닫기를 할 때처럼 박차를 가하여 수조 가까이 침대 바퀴가 움직였을 때, 쾅 하고 문소리가 울렸다. 비오는 눈앞이 캄캄해졌다. 벽안의 그자가 돌아온 모양이었다. 발걸음이 다가오기도 전에 그자의 비웃음이 들리는 것만 같았고, 이 광경을 본다면 그가 곧바로 더 단단한 구속구를 채울 것이었다.

그러나 조급한 발소리가 침묵을 뚫고 눈앞으로 미끄러져 오면서 주위의 공기가 직전과 달라졌다.

"다행이다. 있었어."

익숙하고 그리웠던 목소리가 비오의 눈앞에 멈추었다. 그토록 보고 싶었던 얼굴인데도 비오는 눈꺼풀에 가득 고인 눈물 때문에 잘 보이지 않았다.

"조용히. 움직이지 마."

기세 좋게 다가왔으나 루는 수조 안에서 잠든 가하를 발견하고 무릎에 힘이 풀려 침대 옆에 넘어졌다. 시든 나뭇가지처럼 연약하고 무기력한 가하의 모습이라니, 도무지 받아들일 수 없었다. 가하는 싹수없이 툭툭 던지는 말투와 찡그린 표정이 어울렸다. 적어도 여기서 이러고 있으면 안 되는 거였다. 루의 손발과 입술이 떨렸고 잇새로 신음이 새어 나왔다.

그러나 기껏 여기까지 왔는데 이렇게 넋을 놓고 앉아 일을 그르칠 수는 없었다. 루는 심장 박동이 손톱 끝까지 전해져 오는 손아귀를 몇 번 접었다 폈다 하며 떨림을 진정시키고, 곧 결심한 듯 비오의 손목을 굳게 붙든 가죽 구속구를 칼로 끊어 냈다. 손목은 물론 손등과 손가락 두 번째 마디까지 덮을 만큼 넓고 두꺼운 가죽이어서 한 개를 자르는 데만도 오랜 시간이 걸렸고, 특히 목을 누른 띠를 끊어 낼 때는 힘을 넣는 동시에 힘을 너무 깊이 주지도 않아야 했으므로 이마에서 땀이 흐르고 손아귀가 저려 왔다. 그때 비오가 자유로워진 한쪽 손으로 루의 머리카락을 지나 뺨을 쓸어내렸다. 눈앞에 있는 유일한 온기를, 기존에 알던 세상을 확인하려는 듯이.

"마음은 알겠는데 하지 말라고, 시간 없거든."

루 역시 비오를 당장 안아 주고 싶긴 했지만 칼로 비오의 목을 찌르지 않기 위해 심혈을 기울이느라 숨소리마저 죽이고 있었으므로 시야가 흐려져서 이와 같은 손짓에 한가롭게 반응할 틈이 없었다. 목을 조금 찌르거나 벤다고 해도 경동맥을 건드리지 않는 이상 비오에게 큰 문제가 생기지는 않을 테지만 비오는 아마도 몸이 많이 약해져 있을 터였고, 무엇보다 루가 그렇게 하고 싶지 않았다. 그때 비오가 루의 머리카락을 잡아당기더니 귓가에 대고 바람 소리처럼 속삭였다.

"수고했어. 손 떼 봐."

루가 귀를 틀어막고 얼굴이 상기된 채 칼을 거두면서 뒤로 물러나자, 비오는 목울대를 내내 짓누르고 있던 가죽띠를 한 손으로 붙잡아 뜯었다. 그리고 다른 쪽 손목을 묶은 띠도 너무나 가볍게, 손이 자유로우니 다른 데는 볼 것도 없었다. 자신이 온 영혼을 두 손아귀에 털어 넣기라도 할 듯 집중했던 시간이 무색하게 비오가 나머지를 바람과자 부수듯 툭툭 끊어 버리자, 루는 긴장이 풀려 침대 아래로 주저앉았다.

"잘했어."

비오가 루의 팔을 잡아 일으키면서 말했다. 루가 여기까지 어떻게 왔는지 그동안 어떻게 무사히 지냈는지, 사막의 날로부터 시간이 얼마나 흘렀고 무슨 일이 있었으며 가하가 왜 이런 데 있는지, 무엇보다 여기가 어디인지 근본적인 문제가 한둘이 아니었으나 지금 그걸 다룰 때가 아니라는 사실 정도는 알 수 있었다.

비로소 가하에 대한 걱정이 본격적으로 밀려오는 루가 조금 비틀거리며 실험대에 등을 기댔을 때, 비오는 가하의 얼굴을 만지는 듯 수조에 손을 대고 있었다. 곧 주먹으로 쳐 보기도 하고 발길질도 해 보았으나, 호흡 용도로 짐작되는 관을 제외하고 뚜껑까지 모두 밀폐된 수조는 그런 힘으론 꿈쩍도 하지 않았다. 비오는 한숨을 토해 내며 이마를 수조에 기댔다.

"이 시설에 대해 알아?"

루는 고개를 가로저었다.

"전혀. 나도 오늘 처음 들어와 봐. 일반인은 애당초 출입 금지야."

너의 어머니를 알고, 말하면 너도 알 것 같은 분이 도움을 주어 이곳까지 잠입했다는 이야기는 나중에 천천히 할 기회가 있을 것이었다.

"그럼 우선 여기서 나가자."

비오가 고통을 억누르는 표정을 하고선 가하를 포기한다는 데에 루는 눈을 동그랗게 떴다. 물론 루 역시 비오를 빼낸다는 일념으로 왔을 뿐 가하까지 만나게 될 줄은 몰랐다. 그냥 부수고 꺼내지 못한다는 것쯤은 조금 전에 비오가 주먹질을 했을 때 금도 가지 않는 걸 보고 알았다.

"그자가…… 푸른 눈을 한 남자가 그랬어. 섣불리 건드리면 폭파되는 장치가 있다고."

그래서 전력을 다해 치지 못했구나. 루는 피멍이 든 비오의 손목을…… 잡지 못하고 그 대신 옷깃을 슬쩍 쥐고서 말했다.

"나가서 그 사람을 찾자. 그 사람이 어디로 가고 있는지 내가 알아. 그를 제압하고, 장치를 열게 하자."

어머니가 시행과 함께 이곳으로 오는 중이라는 이야기를 비롯하여 자세한 일들은 역시 나중에 설명할 기회가 있을 것이었다. 지금은 우선 중앙 현관으로는 나갈 수 없을 테니 창문으로 빠져나가는 일이 급했다. 그때 비상경보가 울렸다. 아까의 경비원이 정신 차리고 소화전에서 나온 모양이었다. 루는 단말기며 마이의 지문이 들어 있는 거추장스러운 외투를 벗어 버리고 산소총만 집어 들었다.

"조금 뛰다가, 어, 지금은 자동으로 잠겼을 텐데, 창을 깨고 나가야 할 것 같아. 혹시 날개는 펼 수 있겠어?"

"당연하지."

비오는 시간 절약을 위해 지난번 납치할 때처럼 루를 어깨에 둘러메듯이 번쩍 안아 올리고 연구실을 빠져나가면서 마지막으로 가하를 한 번 돌아보았다. 기다려 줘. 금방 올 테니. 비오는 입술을 깨물었다. 완전히 낫지 않은 한쪽 다리의 통증을 참으며 조금씩 절면서도, 달릴 수 있고 무엇보다 날 수 있다는 확신이 들었다.

두 사람이 복도에 나섰을 때는 다른 방에서 근무 중이던 연구원들이 비상경보를 듣고 나와 있었으나, 익인과 그 어깨에 매달린 아이를 보고 누구도 선뜻 그들을 제지하지 못하고 얼빠진 표정으로 웅성거렸다. 여기 왜 익인이 있지. 익인이…… 맞나. 저기 소장님 방 아닌가. 소장님은 어디……. 주춤거리는 연구원들 사이를 경비원들의 발소리가 헤치고 나왔다.

"거기 멈춰!"

양쪽 복도 끝에서 이런 외침이 들려왔을 때 루는 비오의 팔에 안긴 채 산소총의 안전장치를 풀고 복도 창문에 총구를 겨누고 있었다.

개입

본사 회장실에 도착했을 때 마이는 왠지 모르게 당황스러워하며 어수선하게 오가는 유안 회장의 모습을 볼 수 있었다. 마치 벌여 놓은 도박판이라도 급하게 엎어 감춘 듯한 몸짓, 꿍꿍이의 여운이 방 안에 감돌았는데 탄은커녕 시행도 그 자리에 있지 않다는 데서 마이는 무언가 문제가 생겼다는 걸 바로 알아차렸지만 혹시나 하는 마음으로, 그보다는 회장에게 최소한의 예의를 지키기 위해 분노를 억누르고 물었다.

"그래서 시행이 어디 계신다는 거지요."

"그게 실은 말이다."

한 거대 무기 회사를 이끄는 사람치고 회장은 거짓말을 능숙하게 하는 사람이 아니었다. 그러니 최고 경영자 자리에 붙어 있을 뿐 실무는 다른 이들이 휘두르는 것이었다. 낭만적이고 순진하고…… 피곤한 사람이었다. 주로 옆에 있는 다른 이들이 악역을 자처하며 손에 피를 묻혀야 하는. 오랜 옛날에는 그런 역할을, 상무라는 직책으로 어머니가 대부분 수행했다는 걸 마이는 기억하고 있었다. 약간 이상주의자인 회장의 뒷감당을 주로 하던 상무가, 꼭 그 이유 때문만은 아니나 이른 나이에 건강을 해쳤다는 사실도.

"우선 앉아서 얘기하도록 하자."

찬찬히 생각해 보면 이상한 일이었다. 마이는 드디어 비오를 손에 넣었다는 흥분 때문에 순간적으로 판단력이 흐려졌는지도 몰랐다. 처음 도착했을 때 비오의 상하의에 묻었던 대량의 피는 누구 것이었을까? 병사들은 골절상 보고를 했고, 마이가 피를 가리키며 다른 부상을 입었는지 묻자 그저 원래 그렇게 더러웠다고만 했다. 미생물 연구실에 혈액 검사를 하라고 옷을 맡기긴 했으나 그것은 어디까지나 세균 감염 여부를 확인해 달라는 의미였다. 비오는 피 흘린 사람 옆에 가까이 있었던 게 아닐까? 그리고 그 사람은 지금 어디…….

"절 속이셨군요. 이만 가 보겠습니다."

발을 들이자마자 나갈 기세로 몸을 돌리는 마이의 등 뒤에 대고 회장은 말했다.

"앉아라. 네가 아무리 연구소장이고 나를 무시하는 줄은 알지만 지금은 앉아야 한다. 내가 네 아비라는 걸 잊지 마라. 시행께서 오고 계신다는 것 또한 거짓이 아니다."

"뭘 꾸미고 계신 거죠."

탄이 왔다는 소리를 듣고 신경이 곤두서는 바람에 이 순간 연구소 내부에 발생할지 모르는 수상한 움직임 내지는 침입에 대비한 보안 경계 지시를 내려 두지 않은 것을 후회하며 마이는 되물었다.

"내가 너에게……."

회장은 잠시 감정의 동요를 다스리는 듯 깊은 숨을 몰아쉬고 말했다.

"쓸데없는 짓을 하지 말아 달라고 부탁했다."

마이는 이제 회장이 어떤 목적을 갖고 자신을 바깥으로 불러냈으며 그사이 연구소 안에 쥐새끼가 숨어들었을지도 모른다는 가정을 확신으로 바꿀 수 있었지만, 동시에 연구소는 쥐새끼 한 마리에 금방 뚫릴 만큼 호락호락한 공간이 아니라고 믿었다. 마이가 대꾸하는 대신 그대로 돌아서서 나가려는데 회장 비서가 문 앞을 가로막았다. 마이는 얼굴을 찡그리며 주머니에 손을 찔러 넣었다.

"좋은 말로 할 때 비켜 주시죠. 제가 좀 바빠서."

조급한 마음에 마이는 비서의 다리를 걸어 넘어뜨릴 만한 적절한 시점과 각도를 가늠하고 있었다. 그러나 비서는 그저 버티고 섰을 뿐인데도 자세에 빈틈이 없었다. 이대로 그녀를 떠메어다 등 뒤에서 다가오는 회장을 향해 던져 버리는 것 말곤 방법이 없어 보였다.

그때 문밖에서 들려온 다른 목소리가 긴장을 끊어 내고 상황을 정리했다.

"시행께서 도착하셨습니다."

"들어오시라고 전하게."

회장은 기다렸다는 듯이, 또는 그 반대로 차라리 영원히 오지 않았으면 어땠을까 싶은 불가능한 가정과 아쉬움을 담아 대답했는데 그 말이 끝나기도 전에 문이 열렸다. 입을 굳게 다문 시행뿐만 아니라 탄의 냉랭한 표정을 발견한 마이는 못마땅하다는 듯 가늘게 뜬 눈을 이내 감아 버렸다.

마이가 앞장서서 지름길을 걸으며 시행 일행을 연구소까지 안내하는 동안, 언덕길이 가파른 편이어서 힐 구두를 신고 잰걸음으로 따라가던 탄은 곧 거추장스럽다는 듯이 신을 벗어 손가락에 걸었다. 그들을 수행하는 아마라가 깜짝 놀라며 발을 다친다고 걱정했을 뿐, 휴고는 탄을 힐끗 돌아보곤 아무 말도 하지 않고 마이를 바싹 따라잡았다. 아마라의 말대로 발이 무언가에 찔리거나 긁혀 상처투성이가 되고도 남을 경로였지만 지금 그건 중요하지 않았다.

—자네는 조금도 부끄러움이라는 게 없나.

—무슨 말씀이신지 모르겠습니다.

—됐으니까 자네 연구실이라는 데로 함께 가서 무슨 짓을 하고 있는지 내 눈으로 확인해야겠네.

—그러면 연구소로 방문하실 일이지 무엇 하러 번거롭게 회장님을 거쳐 오셨습니까.

—내가 지금 멱살을 쥐어흔들고 싶은 걸 자네 부친 앞이라 참고 있지. 나를 부른 건 회장님이야. 이래도 모른 체하겠나.

—연구소까지 함께 가시는 건 문제가 아니지만 그 내부는 외부인에게 보여 드릴 수 없습니다. 헛수고예요.

—그 잘난 연구소 정문 앞에서 경찰들이 수색영장 갖고 대기 중이야. 뭣하면 이리로 가져오라고 할까.

—아 뭐…… 정 원하신다면 함께 가시죠. 단 제가 차를

몰고 오지 않았으니 다소 불편한 길로 걸어가셔야 합니다.

　―상관없으니 앞장서게. 자네는 일단 피의자니까 가는 길에 연구소의 누구에게도 연락을 취하거나 지시를 내릴 수 없다는 것만 알도록 해.

　회장실을 나오기 전에 옥신각신했던 걸 떠올리며 휴고는 이를 갈고 있었다. 군과 정은 떨어질 수 없기에 서로의 앞날을 생각해 혼약 관계를 형성했으나 처음부터 사람 알기를 대놓고 우습게 알았던 자. 이 정도로 뒤틀린 자인 줄 알았다면 결코 소중한 여동생을 계약으로 걸지 않았을 터였다.

　일행이 연구소에 다다르자 휴고 말대로 20여 명의 경찰이 정문 앞에 대기 중이었다. 그중 가장 직위 높은 경찰이 발급받아 온 수색영장을 들어 보이고 있었다. 정문을 지키는 군인들에게 문을 열어 주라는 수신호를 보내고 마이는 조소의 눈빛으로 휴고를 돌아보았다.

　"고작 저만한 인원을 동원해서 괜찮으시겠습니까. 만일의 경우 어찌 될지 모르는데요. 여기가 어디인지 잊으신 모양인데, 저 뒤쪽 연병장에서 제가 부르면 튀어나올 병사만 몇 명인지 아십니까."

　"제발 좀 닥쳐!"

　비명에 가까운 부르짖음과 함께 마이의 뒤통수에 묵직한

통증이 꽂혔다. 마이가 돌아보니 눈물이 글썽거리는 탄이 나머지 구두 한 짝마저 던져 버릴 것처럼 고쳐 쥐고 씨근대는 숨을 내뱉고 있었고, 아마라가 탄의 어깨를 붙들어 말리는 중이었다.

"너 미친놈인 줄은 대강 알았는데, 그래도 사람에 대한 마지막 도리를 지키게 해 줘야지, 이러면 안 돼."

"탄, 그쯤 해라."

휴고가 나지막한 음성으로 나무라는 걸 못 들은 척하고 탄은 아마라의 손을 뿌리치며 마이 가까이 나섰다.

"네 그 유능한 군인들. 걔들 숙소 현관 다 막았고 통신 끊고 오는 길이야. 아마라가 우습게 보여?"

"탄, 그만하래도."

"걔들 실질적으로는 네 말 듣는 애들이지만, 회장님이 너한테 회사 넘길 때 서류상으로 군사 지휘권만은 안 넘겼던 거 알지? 오히려 네가 권한도 없으면서 걔들 네 맘대로 사용하고 투탄기랑 유영기를 띄운 게 벌써 몇 번째야. 법률을 몇 개나 어겼는지 알아? 그것만으로도 넌 철창 예약이야. 그리고."

정문이 열리면서 안쪽으로 들어서는 경찰들 뒤로 따라 들어온 것은, 수많은 카메라와 조명의 번쩍이는 불빛이었다. 아마라의 고지를 받고 온 언론사들이었다.

"주식 폭락하는 소리가 들리지 않니? 혐의가 추가되기 전에 네가 문 따고 내용물을 꺼내 봐."

그때 경찰들의 시선과 언론사의 카메라가 곳곳에서 터져 나오는 감탄사와 함께 일제히 하늘 저편으로 향했다. 마이도, 휴고 일행도 그들의 눈길을 따라갔다. 낮은 하늘을 활강해 오는 익인과, 그 팔에 안긴 루. 휴고 일행이 전날 본 적 있는, 생김새에 잊을 수 없는 특징이 있던 바로 그 익인이었다.

"루! 무사했구나."

탄은 반가움과 안도로 한순간 긴장을 잊고 외쳤지만, 그동안 무슨 아수라장을 헤치고 나왔는지 지쳐 보이는 루는 눈인사만 살짝 건넸다. 일행으로부터 멀찍이 떨어져서 부드럽게 착지한 뒤 여전히 경계의 몸짓으로 루를 내려놓은 익인의 손에는, 도중에 누구를 쓰러뜨려 탈취했는지 모를 산소총이 한 정 들려 있었으므로 경찰들은 방어 태세를 갖추었다. 그들 쪽을 살짝 흘겨본 뒤 휴고는, 안색이 변하지 않도록 기를 쓰고 있으나 낭패감을 완전히 감추지 못하는 마이를 향해 말했다.

"자네가 얘기해 주지 않을 거라면, 자세한 이야기는 저 아이들에게 들어도 되겠지. 아마라가 사전 입수한 정보에 따르면 저 아이들이 누구보다 명백한 증인이 될 것 같군."

"형님."

마이가 고개를 숙인 채 입을 열었다. 휴고가 한심하다는 듯이, 그러나 조금은 안쓰럽다는 듯이 대꾸했다.

"아직 형님 아니랬지."

"제가 왜 당신들을 모시고 여기까지 순순히 왔다고 생각하십니까."

마이의 한 손이 단정한 스트라이프 정장의 주머니 속에 들어가 있는 것을 본 경찰이 소리쳤다. 저자를 잡아⋯⋯.

"신호 감도가 멀어서요, 거리를 좁혀야 했거든요."

경찰 몇 명이 제압하기 위해 달려오기도 전에 마이는 주머니 속 단말기 단추를 눌렀다. 곧 연구소가 통째로 공중 분해될 것만 같은 폭발음과 함께 땅이 뒤흔들렸다. 그 자리에 있던 경찰들과 언론사 관계자들이 바닥에 넘어져 구르거나 반사적으로 납작 엎드려 머리를 감싸는 한편, 일부는 진동을 버티며 비틀거렸다. 아마라도 탄을 감싸고 엎드렸다. 연구소 5층에서 검은 연기가 피어오르고 직원들의 비명과 아우성이 멀찍이 떨어진 정문까지 울려왔다. 탄이 고개를 들었다.

"이게 대체 뭐야. 너 뭘 어떻게 한 거야?"

그러나 탄이 모르는 것을 루는, 그리고 무엇보다 비오는 알고 있었다. 폭발음에 다른 이들과 마찬가지로 넘어졌던 비오는 연구소 건물을 휘감은 검은 연기를 멍하니 바라보고, 다음으로 울음을 터뜨리는 루의 옆얼굴을 한 번 돌아본 뒤, 비척거리며 몸을 천천히 일으켰다. 가슴이 뛰고 머릿속에 이명이 차올랐다. 비오의 세계가 눈앞에서 결코 동의할 수 없는 방식으로 부서졌다. 어디선가 날아온 맹금류의 발톱이 비오의 발목을 낚아채어 허공에 휘둘렀다가 두 번 다시 헤어 나올 수 없는 유사의 바닥까지 처넣는 것만 같았다. 가하, 가하.

그리고 비오는 더 이상 저항할 마음이 없다는 듯 편안하게 서 있는 벽안의 연구자를 향해 한 걸음씩 발을 떼어 놓았다. 맞은편에서도 진동과 충격에서 몸을 막 추스른 경찰들이 마이를 향해 다가오고 있었으나 간발의 차로 비오가 먼저 그에게 다다를 것이었다. 루가 고개를 들었다. 비창과 공포로 뒤흔들리는 늑골 사이를 현실의 칼날이 깊이 베고 지나갔다. 저걸 저대로 두었다간…….

"안 돼, 비오, 안 돼."

루가 뛰어나갔다. 탄이 소스라치며 두 손으로 입을 가렸고, 무슨 일이 벌어지려는지 알아챈 아마라가 탄의 어깨를 놓고 딸을 향해 달려나갔다. 경찰들이 익인에게 진정하고 무기를 바닥에 내려놓으라는 표시로 두 손을 뻗어 보였다. 그 모든 장면이 산들바람처럼 느릿한 동작으로 루의 눈앞에서 흘러갔다.

왜냐하면 그 사람은…….

무거운 통증이 왼쪽 쇄골 아래를 뚫고 지나가서 루는 입술만 달싹였을 뿐 그다음 말을 이어서 내놓을 수 없었다. 그 자리에 무너져 내리는 루의 작은 몸을, 다만 제 코앞에 있었기 때문에 반사적으로 받아 안은 마이의 발 옆으로 단말기가 떨어져 굴렀다.

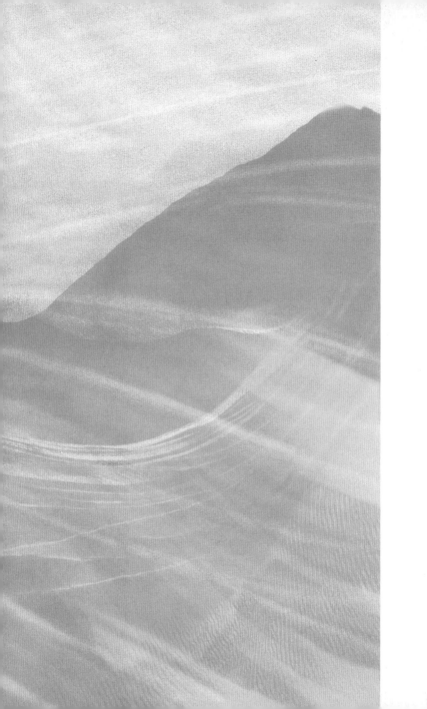

약속

일곱 번째 찾아왔을 때 비로소 면회가 이루어졌다. 그 전까지 탄은 여섯 번이나 허탕을 치고 돌아섰는데 모두 마이가 면회를 거절해서였다. 거절 의사를 전달하는 교도관도 매번 미안한 표정이었으나 탄은 으레 그럴 줄 알았다는 듯 가볍게 고개를 끄덕이곤 했다.

마이는 한때 나라의 살림을 좌지우지했던 무기 회사의 실질적 수장이었고 현재도 그 지위가 완전히 박탈된 게 아니어서 교도관이 그에게 완력을 행사하거나 제재를 가할 수 있는 입장은 못 되었다. 그는 재소자 가운데서도 정규 노동에서 제외되고 독방에서 개인 일과를 유지하는 등 특별

대우를 받는 중이었다. 다만 거의 식사 대용으로 습관처럼 씹어 삼키던 미과는 제공되지 않았으므로, 그로 인한 금단 증세를 치료하기 위해 의무실에서 보내는 날이 잦았다. 간혹 발작을 일으키는 것을 건장한 교도관들 몇이 달라붙어 묶고 진정시키기도 여러 번이었다. 아마 부작용으로 변한 얼굴과 초라한 행색을 보여 드리고 싶지 않아서 그럴 거라고, 교도관은 묻지도 않은 부연을 하며 탄의 헛걸음을 위로했다.

그러나 오늘은 사정이 달랐다. 탄은 검은 정장 차림에 검은 리본을 달고 왔는데, 교도관이 이를 구체적으로 전달하기도 전에 이미 재소자들도 신문 방송을 통해 소식을 알고 있던 것인지 마이는 이번만은 두말없이 접견실로 나왔다. 어쩌면 보름 전 방송을 접한 뒤 탄이 한 번쯤 찾아올 것을 예상하여 약도 꾸준히 먹고 관리를 한 듯, 마이는 생각만큼 거친 얼굴이 아니었고 깔끔하게 면도도 한 모양이었다.

"오랜만이네."

탄이 먼저 입을 열자 마이는 고개를 끄덕였다.

"고생했다는 거 얘기 들었어, 방송으로."

"고생이야 뭐 내가 했나. 어쩌면 아버지 그렇게 되셨을 때부터 예견된 일이었는데, 오래 버티셨지."

"친척들 몰려오고 또 남의 상 위에 감 놔라 배 놔라 아수라장이었겠네. 눈에 그려져."

"그게 있잖아, 이번에 놀랍게도 오빠가 다 쳐 냈어."

"형님이?"

습관처럼 무심코 되물었다가 마이는 이제 휴고를 그렇게 부를 수 있는 입장이 아니라는 걸 알아채고 말에 사이를 두었다.

"……시행의 그런 모습은 상상이 안 가는군."

"나는 동생이지만, 아니 동생이니까 오히려 오빠를 잘 알지만, 나도 지켜보면서 믿기지 않았어. 그렇게 단호하게 몰려드는 사람들을 잘라 내리라고는. 아버지가 이렇게 완전히 세상을 떠나고 나서야, 비로소 오빠는 권위를 자각하고 그것을 내보이기 시작했어. 진작 갖고 있던 것을 말이야. 자신의 이익을 챙기거나 한몫 보려는 친인척들의 입김에 귀 기울이는 시늉도 하지 않고, 그들에게 완곡한 말을 골라 하지도 않았어. 이런 말은 좀 그렇지만, 마치 이날만 기다렸다는 듯이. 그런 의미에서, 아버지가 떠난 것이 조금도 슬프지 않다는 것은 아닌데, 그 덕에 오빠가 한 걸음 나아가서 비로소 자기 자신이 된 것 같아. 지금까지 아버지의 그림자 끝자락만 간신히 붙들고 살아왔으니 앞으로는 스스로 해

나가겠지."

"그럼 아마라인가 그 비서를 옆에 두고 있었던 것도, 그녀가 전 시행의 일부였기 때문인가."

"아니, 그건 좀 달라. 처음 기용한 계기는 어쨌든 아버지의 수하였는데 아버지가 그리된 바람에 위치가 애매해져서 하던 일이라도 계속하게 하자는 뜻이었을지도 모르지. 그래도 아마라는 기대 이상으로 오빠를 잘 보좌해 주었어."

탄은 곧 있을 정식 취임식 같은 소식을 전하러 온 게 아니었으므로 시행과 그 주변의 일들에 관해서는 그 정도로 마무리했다.

"밥은 잘 먹고 있니."

온갖 궁리를 쥐어짠 끝에 나온 말이라곤 고작 그런 것이었다. 마이도 기가 막혔는지 가볍게 실소를 터뜨렸다.

"나한테 할 말이 그것만 있지 않을 텐데."

"아니, 생각해 보니 뭐 별달리 할 말이 없어. 나는 너한테 전 시행의 서거나 이후 근황을 들려주러 온 게 아니니까. 그냥……."

"그냥."

"보러 왔을 뿐이야."

"보고 싶어서, 라고는 안 하는구나."

거기서 그쳤으면 탄의 마음이 안도와 긍정 쪽을 향해 한 걸음 더 큰 보폭으로 움직였겠으나, 마이는 끝내 말을 더 보탰다.

"죽이고 싶어서, 도 있을 테고 비웃고 싶어서, 또 뭐 있지? 비난하고 싶어서, 여러 가지 많잖아."

"그 정도는 알아서 생각해."

보고 싶지 않은 사람을 여섯 번이나 헛물켜고 또 찾아왔을 리가 없었다. 탄은 앞으로 마이가 나올 때까지 적어도 몇 번은 더 찾아올 예정이었고, 마이는 그 성격에 오라는 얘기를 자기 입으로 하지 않을 것이었다.

"잘 지내는 거 봤으니까 됐어. 이만 가 볼게."

마이는 또 와 줄 거냐고 묻지 않았고, 탄은 그를 기다리겠다는 말을 하지 않은 채로 일어섰다.

"치료 잘 받아."

마이는 눈에 띄게 떨리는 오른쪽 손을 책상 아래로 감추며 웃었다.

"걱정을 다 해 주네."

끝까지 이기죽거리는 말투에 탄은 결국 참지 못하고 마이의 멱살을 잡아 일으켰다. 두 명의 교도관이 방 안의 양쪽 끝에서 안절부절못하며 손을 내저었다.

"깨끗하게 나아서 얼른 네 대가를 치르고 나오지 않으면."

원래 예정대로였다면 내년 이맘때 정식으로 예식과 혼인 서명식이 있었으리라는 것을, 탄은 문득 떠올렸다. 지금 같은 상태에서는 그와 같은 조약도 흐지부지된 거나 다름없으나, 그렇다고 해서 정식으로 파혼을 통보한 것 또한 아니었다. 약속을 굳세게 간직하려던 작정은 아니었고 그사이 순전히 공사다망하여 경황이 없었기 때문이지만.

"나는 옆에 유리잔이나 페트병을 놓고 식을 올릴 거야."

그 정도가 최선이었다. 탄은 어안이 벙벙해 있는 마이를 의자에 도로 떠밀어 앉히고 뒤돌아보지 않은 채 접견실을 나섰다.

지금 이 순간은 이것을 동정이라고 불러도 좋았다. 저런 걸 탄 자신이 아닌 다른 누가 감당하거나 데려가거나 다스릴 수 있을지 도무지 짐작 가지 않는 데에서 나오는 충동이라고 해도 좋았다. 동정이어서 안 될 건 또 뭐란 말인가. 동정 역시 살아 있는 사람이 누군가에게 혹은 무언가에 가질 수 있는 무수한 현실적인 감정 가운데 하나일 뿐인데. 동정이 아니라면, 전폭적으로 그 삶을 끌어안고 그 존재를 지지하는, 진실하며 불순율 영에 육박하는 무공해의 애정이라는 게 혹시 존재한다면, 그것이 평생 변질되지 않고 보존되기라도 하나. 그 감정에 영원히 끝이 오지 않기라도 하나. 어차피 이 감정을 무슨 이름으로 부르든 간에, 세상에 존재하는 수많은 최초는 변색 내지 탈색될 운명이라면.

탄이 자리를 떠난 뒤 눈치를 살피던 교도관은 이제 마이를 방으로 데려가기 위해 조심조심 다가가 어깨를 두드렸다. 마이는 떨리는 두 손을 이마 앞으로 깍지 낀 채 웃고 있었는데 어깨가 들먹거리는 모양이 웃음보다는 흐느낌처럼 보이기도 했다.

"네, 갑니다, 가요. 괜찮습니다. 웃겨서 정말."

여전히 고개를 푹 숙인 채로 웃으면서 일어난 마이의 팔을 잡고 교도관이 접견실을 나갔다. 다른 교도관이 마른 수건을 가져와서는 마이가 앉았던 자리의 책상에 떨어진 물기를 모르는 척 닦아냈다.

시기가 한참 늦었지만 어쨌든 어머니가 내준 대로 검은 정장을 입고 검은 핀을 머리에 꽂은 루가 새로운 수석비서의 안내를 받아 시행 집무실로 들어섰다.

"어서 와라."

"안녕하십니까."

루는 예전처럼 휴고 앞에서 쭈뼛거리거나 주춤거리지 않고 어깨를 곧게 편 채 다가가선 바른 자세로 목례했다. 그와 같은 자세는 자신이 이 도시에 궁극적으로 바람직한 일을 한 데에 일정 지분이 있다는 자부심에서 나오는 것이 아니었다. 감당하기 어려운 상처와 대수술을 겪어 냈다는 신체적 자신감이나 새롭게 태어난 듯한 감각에서 비롯한 것도 아니었다. 이처럼 평범하면서도 고르고 바른 자세는, 루 자신은 미처 알아채지 못했으나 그동안 알게 모르게 쌓인 휴고와 그 주위 사람들의 교육의 결과였다.

"오랜만에 뵙습니다."

"건강해 보여서 다행이야. 이제 움직이기는 괜찮나."

그리고 루는 더 이상 휴고를 불편하게 여길 이유가 없었다. 오늘은 이 청사에서 보내는 마지막 날인 것이다. 그 증거로 휴고는 다행이라든지 괜찮다든지, 루의 건강을 살피는 듯한 말을 처음으로 하고 있었다.

"전혀 문제없습니다. 워낙 오랫동안 누워서 잘 쉬었으니까요. 그 탓에 아버님의 장례식과 시행님의 취임식에 참석하지 못해서 죄송합니다."

"건방진 소리도 할 줄 알게 됐나. 나가는 날이라고 아주,

정문도 아직 안 열렸는데 막 나가는군. 처음부터 네가 올 자리도 아니었다."

금방 가시 돋친 말을 하는 휴고의 눈은 그러나 웃고 있었다.

"아마라가 너 대신 다 했으니까 네가 신경 쓸 일은 아니다. 너는……"

휴고는 일어나서 천천히 루 앞으로 다가왔다. 몇 달 사이에 루는 눈높이가 조금 높아진 것 같았다. 시선이 조금쯤 가까워지니 눈빛 또한 달라 보였다. 기죽은 데가 없고 만성적인 불만과 우울의 빛이 사라졌으며 한 인간으로서의 당당함이 넘치는 눈매였다. 이 눈빛이 돌아오기까지 그동안 있었던 많은 일들이 휴고의 머리를 스치고 지나갔다.

루가 익인의 팔에 안겨 날아갔을 때도 최소한의 냉정을 잃지 않았던 아마라의 비명과 통곡을, 휴고는 그때 처음 보았다. 평소의 그녀라면 누구보다도 상황 판단을 빠르게 하여 구급차부터 불렀을 것인데, 그날은 마이의 손에서 빼앗은 아이를 끌어안고 울부짖기만 했을 뿐이다. 거기 함께 있던 익인 청년도…… 이름이 비오라고 했던가, 큰 충격을 받은 듯 한동안 움직이지 못하고 산소총을 떨어뜨린 채 주저앉았다.

그가 황망한 얼굴을 하고 엉금엉금 기다시피 하면서 모녀에게로 다가갔을 때, 아마라는 딸한테 손가락 하나라도 대면 죽이겠다고 소리쳤다. 어찌 됐든 익인 청년은 발포자였으므로 일부 경찰은 마이를 붙잡고 다른 이들은 익인을 포획했는데, 이때 휴고가 시행으로서 명령을 내렸다. 그 익인을 놔둬. 그리고 아마라는 아이를 그자에게 넘겨. 정신 차리고 상황 똑바로 판단해. 경찰 측에서 부른 구급차가 도착할 때까지 익인 청년이 반쯤은 혼절 상태로 울면서 루를 돌보았다. 완벽하지는 않았으나 급한 대로 쓸 만한 응급처치였다. 그 익인 청년에게 치료의 전권을 넘길 수는, 아무래도 문명인이자 도시인으로서는 그럴 수 없었으나, 휴고는 초기 조치를 익인에게 부탁한 자신의 선택이 옳다고 믿고 있었다.

손상된 조직을 복원 재건하는 수술은 무사히 끝났지만 루는 무려 37일간이나 깨어나지 않았다. 그사이에 오래 병석에 있던 전 시행이 서거하고 도시 전체가 장례 의식에 들어갔으므로 아마라 또한 경황이 없었으며, 휴고는 그동안의 경위를 일차로 무화의 유안 회장에게서 들었다. 당사자인 마이가 제대로 얘기하리라는 기대를 하기 어려운 상태였는데, 자신의 귀한 연구소 일부를 날려 버리고 인명 피해를 적잖이 낸 그는 눈만 뜨고 있을 뿐 혼수상태에 가까워서였다. 회장은 루가 전한 이야기를 한 다리 건너 말하게 되는 셈이었는데, 아마도 루가 상대를 완전히 믿지 않았던 탓에 고의로 누락했든지 하여 일련의 사태에는 군데군데 공백이 있었다.

그리하여 휴고는 다음으로, 잠든 루의 곁을 떠나지 않고 있던 익인 청년에게서 공백의 일부를 듣게 되었다. 아마라는 그 전에는 딸을 납치하고 이제는 딸에게 총을 쏘기까지 한 익인이 병실을 지키고 있는 것을 한동안 증오의 눈길로 지켜보았지만, 그 어느 것도 그가 일부러 한 일이 아니라는 것만은 알고 있었다. 익인은, 그 역시 어느 정도 사실관계를 빼고 말했겠지만, 자신이 끌려가서 목격한 것들에 대해 비교적 소상히 말했다. 마이가 한 말, 마이의 행동, 그리고 그의 연구실에 가득 차 있던 것들. 상당 부분이 전에 상인 비라이가 들려준 이야기와 맞물렸으므로, 실물이 제대로 남아 있지 않더라도 증언은 효력을 가질 것이었다. 설상가상 그 안에 있던 것이 그 익인의 동생과, 아버지 신체의 일부였다고 하니 그렇게 이성을 잃고 총질을 해 댄 게 무리도 아니었다. 그 와중에 자신을 도운 루가 마이 앞을 막아서 총을 대신 맞기까지 했으니, 익인 청년이 이 정도로 정신을 차리고 루 옆에 버티고 있는 것만 해도 놀라운 일이 아닐 수 없었다.

폭파된 연구실에서 나온 잔해는, 그리 많지 않았으나 가능한 한 샅샅이 뒤져 모아다가 익인들에게 돌려주었다. 뼈를 가지러 온 대표들이 통곡하고 원성을 보냈다. 휴고는 그들에게 깊이 허리를 숙이며 앞으로 주요 무역 품목의 거래 가격과 비율을 대폭 조정하겠으며 무역이 약탈에 가까운 행위가 되지 않도록 신경 쓰고 명문화하겠다는 제안을 할 수밖에 다른 현실적인 방법이 없었다. 그런 걸로 죽은 자들의 유해와 영혼이 훼손당한 사실이 바뀌지 않는다고 익인들은 비난을 퍼부었는데 휴고 또한 그만한 사실은 잘 알고 있었다. 그들의 지도자 격인 지장이 나서서 무거운 마음으로 중재하지 않았다면 더 큰 문제가 생겼을지 몰랐고, 그 밖에도 산적한 여러 안건들은 차차 합의하기로 하여 얼마 뒤 3차 회의가 열릴 예정이었다.

수사 보고서는 '익인의 신체적 특성을 연구하여 무기 개발에 활용하고자 했던 무화의 연구소장이 과도한 표본 수집을 시도하다 익인들의 묘지를 훼손하고, 결국 살아 있는 익인마저 실험 대상으로 삼는 한편, 연구에 결정적인 도움이 될 것으로 믿은 혼혈 익인을 포획하기 위해 잔혹 행위를 자행하다가, 생체 표본이 탈출하고 소장 본인이 궁지에 몰리자 증거물이 될 연구소 일부 구역을 스스로 폭파한 사건'으로 요약되었다. 그 과정에서 관계자들이 말하지 않은 부분, 어째서 루가 평소 친하기는커녕 만난 적도 없는 마이를 지키기 위해 총구 앞으로 몸을 던졌는지, 그것이 그저 선한 익인이 살인자가 되는 걸 두고 볼 수 없어서 본능적으로 움직인 것에 불과한지, 마이는 연구자의 눈빛을 넘어 왜 증오에 가까운 태도로 익인들을 취급했는지 등의 극히 주관적인 미지수들은 다른 중요한 사안들의 갈피에 묻어 두게 되었다.

익인들이 뼈를 받아 갈 때조차 그들과 함께 떠나지 않고 루 옆에 머물렀던 익인 청년은, 37일째 밤이 저물어 가던 날 홀로 사라졌다.

루는 이튿날 늦은 오후에 눈을 떴다. 침대에서 내려와 제 발로 걸을 수 있게 된 것은 그로부터도 일주일이 지난 뒤였고, 충격에서 완전히 놓여나 자신의 의사로 문밖에 나서기까지는 두 달이 더 걸렸다.

취임식을 마치고 나서야 휴고는 아마라에게 그동안의 인사를 몰아서 할 여유가 생겼다.

—아버지가 그렇게 된 뒤에도 이곳에 남아 도와주셔서

고맙습니다.

아마라는 다만 평소 하던 일을 했을 뿐이라며 고개 저었다.

―이제부터 혼자 해 나갈 수 있는 힘을, 당신이 내게 준 겁니다. 그래서 조만간 당신들을 과수원으로 돌려보내 드릴 텐데, 인수인계 잘 부탁드립니다.

아마라의 얼굴에는 루의 아버지가 기어이 세상을 떠난 데 대한 슬픔의 그늘이 드리워져 있었으나, 휴고의 말에 기쁨과 안도가 섞인 복합적인 빛을 내비쳤다. 그도 그럴 것이 그녀의 실질적 남편이 세상에 없는 이상, 딸과 함께 살아갈 수 있는 곳이 있다면 어디든 좋을 것이었다.

"너는."

휴고는 눈앞에 단정한 자세로 서 있는 루의 어깨에 손을 얹었다.

"너한테 가장 잘 어울리는 자리로 돌아가서, 행복하게 지내면 돼."

휴고의 입에서 행복 같은 낱말이 나오는 것이 낯설고 기이하여 루는 믿지 못하겠다는 눈빛을 하고 얼굴을 거의 일그러뜨린 채 그를 올려다보았으나 그건 시작에 불과했다.

"이제는 내게 권한이 있고."

루의 그런 표정이 어떤 의미인지 휴고는 알고도 남았지만 웃음을 참았다. 이 아이는 그럴 만했다. 그동안 별로 좋은 모습을 보여 주지 않았고, 시행 대리의 입장상 휴고는 의도적으로 그래 왔기도 했다. 더불어 외가 쪽 친척들의 눈에 띄지 않게 하려면 루를 철저히 배제한다는 듯한 태도를 유지하는 게 여러모로 유리했었다. 지금도 그는 이 아이에 대해서는 환대보다는 재단이나 평가의 행위가 더 익숙했고, 그럴 수밖에 없는 모호한 감정은 앞으로도 지고 가야 할 자신의 몫인 것 같았다.

"이 목숨이 붙어 있는 한, 너희 두 사람은 누구도 손대지 못하게 지켜 줄 테니까."

다만 이 말만은 진심을 담아 건넬 수 있었다. 더는 세상에 없는 아버지 대신, 휴고가 두 사람을 위해 해 줄 수 있는 일은 그것이었다.

비행

지난달에 비라이 편으로 보내 준 축하 선물은 잘 받았어, 루. 너희들 도시 사람은 나처럼 열여덟 살이 되었다고 해서 곧바로 당연하다는 듯이 결혼하지는 않는다는 걸 알고 있어서, 이행식을 마친 지 얼마 되지 않은 내 결혼 소식에 네가 어떤 반응을 보일까 조금 걱정했고, 그래서 굳이 말하지 않고 숨긴 거였어. 비라이를 통해 내 얘기를 짧게 전해 듣고서 소식을 전하지 않은 나에 대한 원망도 없이 다만 기뻐해 줬다는 이야기에 고맙기도 하고 미안함도 컸지만 무엇보다 안심했어. 같은 나이인 너는 나랑 달리 세상의 더 많은 것들을 보고 듣고 느낄 테고, 하고 싶은 것들을 있는 힘껏 찾아 나서기를 주저하지 않겠지. 그러나 나도 내가 선택한 삶의 방식을 후회하지는 않을 거야. 우리는 우리를 지키고 이어 갈 수 있는 수단이 이제 별로 남아 있지 않아. 뭐, 나와 우리를 이어 간다는 것이 무슨 대단한 의미일까 싶기도 하고, 나로부터 몇 세대 지나지 않아서 우리가 완전히 소멸하고 한때 우리가 있었다는 사실이 자연에 새겨진 흔적이나 설화로만 남는다 해도 후회는 없지만, 그 당시 내 생각의 대부분은 이랬어. 싫지 않고 할 수 있다면 하고, 굳이 거절할 이유가 없으면 받아들인다 정도? 날마다 바쁘게 공장의 컨베이어벨트 돌리듯 삶의 회전축을 돌려 나가는 도시 사람들이 보기엔 무기력하거나 체념적인 생활 태도일 것 같은데, 그저 우리는 무언가를 받아들일 수 있는 범위…… 마음의 공간이 좀 넓다고 해야 할까.

이행식을 마친 당일과 다음 날 두 명의 사람들이 내게 신을 벗어 내밀었는데, 그중 내가 고른 상대는 스물한 살의 남자야. 그러고 보니 비오가 지금 딱 그 나이가 되었겠네. 하지만 비오와는 전혀 닮지 않았어. 가하와도, 아빠와도. 내가 눈이 좀 높아. 이 대목에서 웃어도 돼. 엄마도 웃었거든.

가끔 가하의 멈춰 버린 시간에 대해 생각해. 그걸 생각할 때면 내 온몸의 시간마저 함께 멈춘 듯이 아파 와. 어째서 나는 여기 있고, 가하는 손 내밀어도 닿지 않는 데에 있는 걸까. 너희 도시 사람에게도 쌍둥이란 으레 떨어진 채로 공명한다거나 그런 감각이 있다고 하지. 나는 앞으로 살아가면서 그걸 계속 느낄 거야. 가하가 있는 곳으로 따라가지 않는 이유는, 엄마를 위해서이기도 하지만, 이 아픔을 느끼면서 살아가는 게 그 애에 대한 나의 의무인 것 같아서야. 하지만 잊지 말아 주기를, 일이 이렇게 된 것에 너의 탓은 단 하나도 없다는 사실을.

지금 가하는 아빠 옆에서, 아빠는 전 부인의 곁에서 안식을 취하고 계셔. 엄마는 때때로 그들을 느낄 수 있다고 하시지. 어쩌면 나를 안심시키기 위해 그냥 하는 말 같지만, 아무리 생각해도 그건 이상해. 그 누구보다 위로가 필요한 사람은 엄마인데. 나도 결혼했으니 이제 엄마는 그 집에 혼자 있는데 말이야. 물론 나랑 남편이 이틀이 멀다 하고 엄마를 들여다볼 수 있는 가까운 곳에 거처를 정했지만, 밤에는 어쨌든 혼자인데.

그럴 때면 엄마와 나를 그 집에 두고 먼저 떠난 비오가 원망스럽기도 해. 하지만 그것이 비오의 선택이라면, 존중해 주려고. 비오는 결코 원해서 그와 같은 몸을 하고 이 세상에 온 게 아니니까.

출발하기 전날까지 비오는 지장 어른을 비롯해서 아는 사람들과 하나하나 오랫동안 인사를 나눴어. 그걸 보니 정말 다시는 돌아오지 않을 작정이라는 걸, 일시적이며 기분 전환을 위한 여행이 아니라 완전히 떠날 준비가 되어 있다는 걸 알 수 있었지. 꼭 그렇게 우리 옆에서 멀어지고 홀로 되어야만 자신이 진짜 누구인지를, 나아가 자신이 무엇이 되고 싶은지, 어떻게 날아가고 싶은지…… 무엇보다 어떻게 살아가고 싶은지를 알 수 있는 거냐고, 마지막 날 밤까지도 나는 묻지 않았어. 아이들이란 원래 언젠가는 부모를 떠나는 게 맞는 거라고 엄마가 허락한 걸, 내가 무슨 자격으로 따질 수 있겠어.

하지만 비오가 너한테조차 아무 말 없이 훌쩍 떠났다는 건 용서가 안 돼. 난 당연히 그길로 도시에 한번 들렀다 갈 줄 알았지. 비오도 그럴 거라고 했는데 날 속였어. 내가 왜 그렇게 여겼는가 하면, 다음에 비오가 돌아온다면 그건 우리한테로가 아니라 너한테로일 거라고 생각했으니까. 그 어떤 새도 영원히 허공에서만 살 수 없고 언젠가 땅에 내려앉아서 두 발을 디뎌야 한다면, 네가 그의 유일한 영토이니까. 그런데 네가 못 만난 데다 아무 얘기 못 들었다니, 아무래도 너를 보러 가면 떠나겠다는 결심이 그 자리에서 무너

질까 봐 그랬나 보다.

어쨌거나 비오가 돌아온다면, 그게 언제가 될지는 모르고 혹은 언제까지나 돌아오지 않을 수도 있겠지만, 우리가 아니라 네게로 갈 것인데, 그때의 선택은 너에게 맡길게. 그때 네 옆에 따뜻하고 든든한 배우자나 연인이 있든 없든 간에, 너는 그 자리에서 비오를 걷어차 버려도 돼. 너에겐 그럴 자격이 있어. 비오는 엄마에게서 몸을 받아 태어났지만, 비오에게 정말 필요한 것은 네가 주었으니까. 비오는 네 거니까 네 마음대로 결론을 내려도 괜찮아. 아, 그렇다고 해서 내가 실은 그날 밤 나무 기둥 아래에서 서로의 목을 끌어안고 어쩔 줄 몰라 하는 두 사람을 봤을 거라든지 그런 생각은 할 필요 없어. 비오가 너에게 신을 벗어 건네주고 네가 그것을 신은 그 새벽의 사막에서부터 이미 비오는 네 것이었어.

어쨌든 나는 꼭 엄마에게 활력을 되찾아 주기 위해서만은 아니지만, 되도록 아이를 빨리 갖고 싶어. 아들을 낳으면 이름을 가하라고 지을래. 딸을 낳으면, 루의 이름을 붙여도 되니? 소식 기다릴게.

추신. 엄마는 여전히 그분을 만나실 생각은 없나 봐. 각자 자리가 따로 있는 사람들이 이제 와 만나 무얼 하겠느냐며.

지나간 회포라도 풀까? 서로에게 아직 남아 있는 나날들을 위로하고 격려할까? 뭔가 맺힌 걸 풀어서 비 온 뒤의 땅을 굳히거나 화해할 일도 딱히 없는 사람들이 무언가의 완결이나 정리를 위해 굳이 만난다는 것은 뭐랄까, 억지거나 자기기만이거나…… 하여간 제 마음 편해지자고 하는 일일 텐데, 해소되지 않은 마음을 계속 안고 살아가는 것 또한 인생이잖아. 비오 역시 그랬어. 비오에게 아버지는 우리 아빠 한 분뿐이었어.

*

지요에게.

당연히 되고말고. 네가 그 이름을 가장 소중한 사람에게
붙여서 살아 있는 날들 동안 계속 불러 준다면 나도 기쁠
거야.

*

지요에게.

지난번 편지에서 하지 못한 말이 있어. 음, 이 편지도 비라이 편에 전할지 어떨지 아직 마음을 못 정했어. 비라이는 여러모로 믿을 만한 사람이고 나 때문에 고생이 많았지. 비라이가 시행님 앞을 물러 나오기 직전 우리 어머니를 위로하는 인사로 두 손을 붙잡고, '부디 건강히 힘내십시오. 여기서도, 탈 없이 잘 지내겠습니다.' 한 것만으로 어머니는 그것이 나에 대한 이야기인 줄 알았다고, 그래서 덕분에 조금 안심했다고, 훨씬 나중이 되어서야 나는 들었어. 그걸 신호로 알아들은 어머니도 보통이 아니지만, 비라이는 참 재치 있고 머리 좋은 사람이야. 어쨌거나 이번 편지는 어떻게 할까, 역시 비라이에게 맡겨야 하나. 망설이는 중이야. 네가 이렇게 독설가 기질이 있는 줄은 미처 몰랐어서 그렇기도 하고(결국은 그날 우리를 봤다는 얘기군.) 민망한 탓도 있지만, 그보다는 내가 보고 들은 것이 환상이나 꿈이었을지도 모른다는 생각이 들거든.

내가 호흡만 할 뿐 의식이 돌아오지 않았던 그 무렵 있잖아. 비오가 내 머리맡을 지켰던 날들 말이야. 나는 신기하게도 비오의 목소리를 계속 듣고 있었고, 비오가 내 얼굴을 만지는 손가락의 섬세한 움직임 하나하나를 느낄 수 있었어. 의료진이 내가 깨어나지 않았다고 여기고 생체 신호를 측정하며 기록하는 것 외에 다른 조치 방도가 없었다던 그 기간 동안, 나는 몸이 움직이지 않았을 뿐 실은 내내 깨어 있었다는 느낌이 들어. 몸이라는 껍데기에 갇혀서 내 외침이나 의식의 움직임이 밖으로 새어 나가지 않았던 것 같아. 몸이란 워낙 구차하고 느린 것이니까.

그때 비오가 내게 몇 번이고 말했어. 마치 깨어나서도 기억하고 있으라는 듯이. 다른 하늘을 찾아볼 거라고, 네 옆에 머물 수 없어서 미안하다고. 누군가의 옆에 머무른다는 걸 너무 쉽게 생각했던 것 같다고. 지금과 같은 모습으로는 너에게 상처만 줄 뿐인데, 그건 단지 총상을 입힌 충격과 죄책감 때문만이 아니라, 벽안인에게 동생과 아버지를 잃은 슬픔 때문만도 아니라, 더욱 근본적인…… 지금으로선 말로 선뜻 표현하기 어려운 이유가 있는 것 같다고. 그 모든 날들이 지난 뒤 나중에는 진정으로 함께 있기 위해 자신이 어떤 인간인지를 먼저 고민하고 싶다고. 그리하여 언젠가는 우리의 만남이 초원조의 축복을 받아 마땅한 인연이었음을 확신하고 싶다고 말이야.

나는 아마 화는 났지만 의외로 선뜻 수긍했던 거 같아. 그
도 그럴 게, 한군데 정박하지 않고 앉은 자리를 끊임없이 박
차고 떠나는 거야말로 날개를 가진 자의 운명 아닐까. 날 수
있는 사람을 땅에 붙들어 놓는 게 옳은 일일까. 비오가 다른
장소를 찾아가든, 세상 어디를 찾아가더라도 결국 고원 지
대 말고는 정 붙일 곳 없다는 사실을 알게 되든 간에, 여기
가 아닌 다른 곳이라면 그 어디라도 모색하는 게 지극히 자
연스러운 일이라고 생각했어. 뭐 돌아와도 좋고, 안 온다면
내가 찾으러 가면 그만이고. 너무 순진한 생각이었다는 거
모르지 않아. 유한한 땅도 아닌 무한한 하늘을 나는 사람을
어디 가서 어떻게 찾겠어. 그럼에도 불구하고 나는 대답한
거야. 원하는 곳으로 날아가라고.

　비오는 내 말을 들었을 거야. 듣지 못했더라도 어쨌든 우
리는 마음이 통했을 거야. 그래서 내 몸이 깨어나는 걸 끝까
지 지켜보지 않은 채 자리를 털고 일어났을 거야. 그러니 비
오가 고원 지대를 떠난다는 것을 나는 어쩌면 너와 시와보
다 먼저 알고 있었어. 지금까지 얘기하지 않아서 미안해. 꿈
과 생시가 구분되지 않았기 때문이기도 하지만, 깨어난 뒤
에 그것이 현실이었다는 걸 알게 되고 나서도 가능한 한 혼
자서만 간직하고 싶었어. 더구나 내가 깨어나는 걸 안 보고

사라졌다는 게 괘씸하기도 했고. 그런데 그건 기다리지 않은 게 아니라 네 말마따나 일부러 안 보기로 한 것 같아. 혹시 그건 따라오라는 뜻이 아니었을까. 그가 내려앉을 유일한 땅 한 뼘이 되는 것도 나쁘지는 않지만, 나는 가만히 앉아서 누군가의 휴식처로 남을 마음이 없어. 그래서 기다리기보다는 내가 땅을 떠나기로 한 거야. 자신의 한계를 명확히 알고 그럼에도 그것을 넘어서기 위해 움직이는 것이, 유한한 인간이 내릴 수 있는 최선의 결론이라고 생각하니까.

공부도 하면서 유영기 조종 자격증을 따는 건 쉽지 않았어. 키는 아슬아슬하게 기준치를 넘었는데, 결정적으로 등에 있는 큰 상처 때문에, 필기시험에 만점으로 합격했는데도 자격증이 안 나오더라고. 가슴에 총상 꿰맨 건 상관이 없는데, 비오가 이미 손대서 막아 버린 등의 상처는 지나치게 급변하는 기압에서 오랫동안 머물 때는 유사시에 파열될 위험이 있어서 안 된대. 결국 몇 가지 정밀 신체검사를 더받고 위험성을 판단한 뒤 내게는 극소형 유영기 조종 자격증이 나오는 걸로 합의가 됐어. 더 멀리, 더 높이 날아갈 수는 없지만 이만하길 어딘가 싶어. 그리고 비오는 어쩌면 내가 육안으로 확인할 수 있는 높이에서(시력검사 결과는 야생동물 수준으로 나왔어!) 오늘도 날아가고 있을 거라고 생각하거든. 처음부터 비오는 그랬으니까. 어쨌든 우리가 언젠가 다시 만날 수 있다면, 그때의 비오는 내가 받아 간다고 시와에게도 전해 줘.

인사가 늦었지. 진심으로 결혼 축하해. 이른 나이의 성급한 결정이라고 생각지 않아. 삶의 방식이 다르다는 것이, 무언가는 옳고 바람직하다거나 다른 것은 그릇되었음을 말하지는 않아.

축복과 경애의 입맞춤을 전하며.

추신. 이미 개별적인 삶을 살아가는 사람들이 굳이 만나는 건 나도 반대. 무슨 추억팔이로 연명하는 동창회도 아니고.

*

번거롭고 남사스러우니 쫓아 나오지 말라고 말해 둔 대로 어머니와는 전날 밤 헤어졌는데, 그 새벽에 유영장까지 배웅을 나온 사람은 유안 회장이었다. 루는 살짝 신경증이 돋았지만 머리에 썼던 헬멧을 도로 벗어 옆구리에 끼었다. 어쨌거나 유안은 루가 개인 소형 유영기를 구입하기 위해 일하고 있다는 사실을 알고선 사비를 털어 이 유영기를 선물한 사람이었으므로, 최소한의 예의는 다할 생각이었다. 물론 그가 비오와 전혀 무관한 사람이었다면 루는 결코 호의를 받아들이지 않았겠지만.

"이른 시간에 여기까지 나와 주셔서 고맙습니다."

"천만에. 오히려 이런 것밖에 해 주지 못해서 미안할 뿐이지. 아마라가 많이 속상해하지 않던가. 위험한 일을 하려는 자신의 딸을 말려 주지는 못할망정 바람을 넣는다고 말이야."

"그렇게 통이 작은 생각을 할 분이 아니에요. 그리고 제가 이걸 끌고 어디 전쟁터에 나가는 것도 아니고."

루는 엄지로 소형 유영기를 살짝 가리키며 웃었다.

"이 작은 것으로 얼마나 멀리까지 갈 수 있을지 솔직히 불안해서 그래. 물론 우리 무화의 제품에 하자는 없다고 자신하고, 자네도 태양 연료 충전 시의 주의 사항을 비롯해 여러 변수를 사전에 수없이 반복 학습하고 모의 비행도 했을 테니 실력을 의심하는 것도 아니야. 그저 좀 더 크고 튼튼했으면 좋았을 텐데 하는 것뿐이지."

"그건 괜찮습니다. 생각해 보니 너무 크면 오히려 제가 조종하기 어려울 것도 같고 이 정도가 꼭 적당합니다. 베풀어 주신 호의는 다음에 꼭 갚겠습니다."

"무슨 그런 말을 하나, 서운하게. 부디 자네의 목적을 이루기 바라네."

어쩌면 그 목적이란 하늘을 날아오르고 나서야 비로소 선명해지는 것인지도 모르지만 루는 고개를 끄덕였다. 유안이 조금 망설이는 듯하다 지나가는 말처럼 물었다.

"그런데 만에 하나라도, 이 넓은 세상에서, 음, 그러니까…… 그 애와 정말 마주치기라도 하면 그땐 어떻게 할 텐가."

루는 유영기의 앞코 부분을 손가락으로 가리키며 대꾸했다.

"이걸로."

감히 날 놔두고 혼자 갔겠다.

"들이받아 버릴 겁니다."

그러나 유안의 얼굴이 조금 하얗게 질리는 것을 보고 루는 웃으며 손사래를 쳤다.

"그럴 리 없잖아요. 농담입니다."

"자네가 더 잘 알겠네만, 새와 부딪치면 새만 부서지거나 엔진에 빨려 들어가는 걸로 끝나는 게 아니야. 웬만큼 침착한 조종사라도 계기 파손 정도에 따라서는 추락을 면하기 어려울 걸세."

"알고 있습니다. 걱정하지 마세요. 저는 그 녀석을 만나러 가는 거지 죽이러 가는 게 아닙니다. 저도 죽을 생각 없는 건 물론이고요."

루는 가볍게 목례하고 헬멧을 썼다. 마치 날갯짓이라도 하는 것처럼 가벼운 움직임으로 간이 계단을 뛰어올라 유영기에 탑승했다. 계단을 접어 올리고 캐노피를 닫았다.

다만 만나러 간다. 만나서 그다음에 어떻게 할 건지는 사실 루 자신도 아직 결정하지 않았다. 멱살 잡아 끌고 오나? 그게 가능할 리 없고 서로가 원하는 결론과도 거리가 멀 것이다.

레버를 당겼다.

그러나 한 가지만은 분명하다. 다만 이 순간 그를 만나고

싶다. 창공에서 무언가가 루를 끌어당기며 루는 거기 대답
하기 위해 날아갈 뿐이다.

네가 어디 있건, 어디서 날고 있든 간에 기다려 줘. 지금
곧 거기로 갈게.

고도계를 세팅하고 브레이크를 풀다가 루는 문득 고개를
젓는다.

아니다. 기다리지 않아도 된다. 기다리지 말고 원하는 어
디든 날아가라. 내가 따라가면 되니까. 너무 멀리 너무 높이
날아간 까닭에 이 세상을 벗어났다면, 그럼에도 불구하고
그 간격만큼 내가 쫓아갈 것이다.

"잘 가라. 아니……."

말하다가 유안은 고개를 젓고 번복했다.

"다녀와라."

루는 돌아오겠다는 분명한 대답 대신 유안에게 두 손가
락으로 경례를 해 보였다.

"건강히 지내십시오. 이제 멀리 떨어지시고요. 거기 그러
고 서 계시면 다칩니다."

RPM을 올린다.

구름 한 점 없는 활주로가 저 멀리 보인다.

어디선가 금곡조 우는 소리가 들려오는 것 같은데, 곧 심

장을 흔드는 엔진의 소음과 한데 뒤섞인다.

어서 더 멀리 날아가. 네가 원하는 만큼, 어디까지든.

지금, 내가 가.

창비 청소년문학

초판 1쇄 발행 • 2019년 3월 15일
초판 8쇄 발행 • 2024년 12월 26일

지은이 • 구병모
펴낸이 • 염종선
책임편집 • 김영선 김소영
조판 • 신혜원
펴낸곳 • (주)창비
등록 • 1986년 8월 5일 제85호
주소 • 10881 경기도 파주시 회동길 184
전화 • 031-955-3333
팩스 • 영업 031-955-3399 편집 031-955-3400
홈페이지 • www.changbi.com
전자우편 • ya@changbi.com

ⓒ 구병모 2019

ISBN 978-89-364-3435-9 03810